Klett-Cotta im Ullstein Taschenbuch

Klett-Cotta im Ullstein Taschenbuch
Ullstein Buch Nr. 39088
im Verlag Ullstein GmbH,
Frankfurt/M – Berlin – Wien
Ungekürzte Ausgabe
Aus dem Englischen übersetzt
von Wolfgang Krege
Umschlagentwurf und Realisation:
Hansbernd Lindemann
Zeichnungen: Jiři Blboun

Lizenzausgabe mit freundlicher Genehmigung
der Verlagsgemeinschaft
Ernst Klett – J. G. Cotta'sche Buchhandlung
Nachfolger GmbH, Stuttgart
Die Originalausgabe erschien 1978
unter dem Titel
›Rattus Rex‹

Printed in Germany 1984
Druck und Verarbeitung:
Elsnerdruck, Berlin
ISBN 3 548 39088 9

September 1984

CIP-Kurztitelaufnahme
der Deutschen Bibliothek

Mc Laren, Colin Andrew:
Rattus Rex: Roman/Colin McLaren.
[Aus d. Engl. übers.
von Wolfgang Krege]. –
Ungekürzte Ausg. – Frankfurt/M;
Berlin; Wien: Ullstein, 1984.
(Ullstein-Buch; Nr. 39088:
Klett-Cotta im Ullstein-Taschenbuch)
Einheitssacht.: Rattus Rex [dt.]
ISBN 3-548-39088-9

NE: GT

Colin McLaren

Rattus Rex

Roman

Klett-Cotta im Ullstein Taschenbuch

Das Londoner Kanalisationsnetz ist ungefähr so lang wie der Erddurchmesser … Die Ratte ist das einzige Tier in den Kanälen.
– H. Mayhew:
London Labour and the London Poor – 1861

Meiner Tochter
Judith,
die es alles
schon kennt

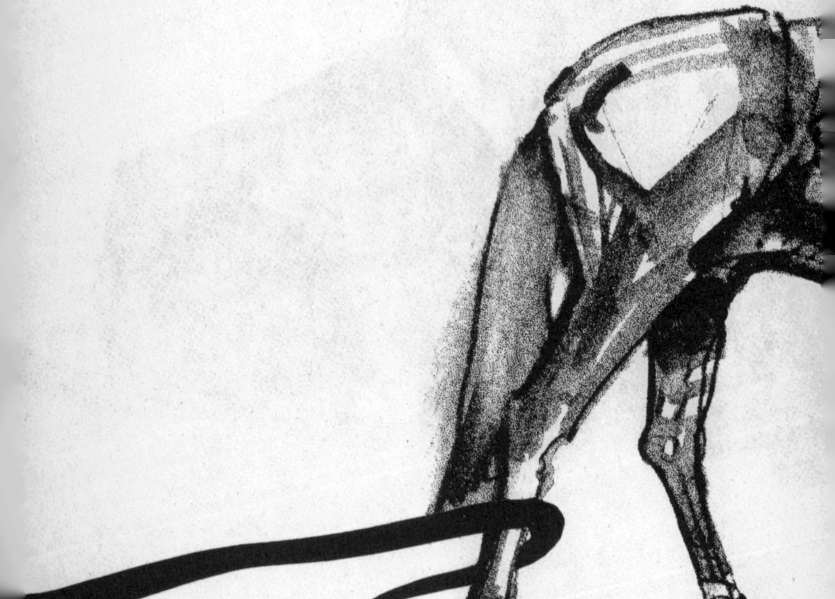

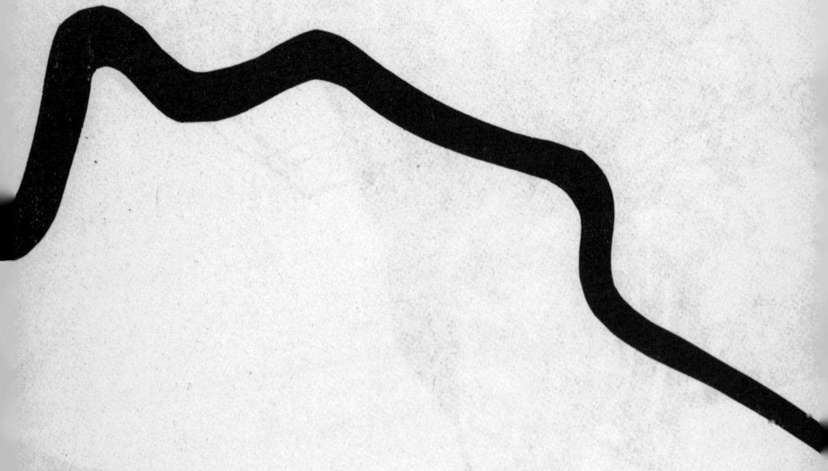

Der Feind dringt vor

Als die Turmuhr von St. Anna an jenem tristen Novembertag drei schlug, gratulierte ich mir zum Geburtstag; ich wußte, niemand anders würde es tun. Man schrieb das Jahr 1863. Auf die Stunde genau vor sechzehn Jahren hatten die Weiber im Arbeitshaus von Soho mich in die Welt gezerrt und mich schreiend liegengelassen, während sie meine tote Mutter aufbahrten. Im Register des Armenhauses war das Ereignis ordnungsgemäß vermerkt worden, mit dem Zusatz, weil der Name der Mutter und der Aufenthalt des Vaters unbekannt seien, hätten die Pfleger mich Matthäus Markus genannt. In die Apostel und Evangelisten setzte man bei der Namensgebung für uneheliche Armenkinder alle Hoffnung, doch vergebens: Peter Simon, mein Altersgenosse, wurde 1864 deportiert, und Lukas Jakob, noch jünger als ich, war vorige Weihnachten gehängt worden.

Ich lugte auf den muffigen Hof vor der Werkstatt hinaus, wo ein Sprottenverkäufer, bis zu den Knöcheln im seifigen Wasser aus einem Dutzend Waschzubern, sich einen Weg durch die Wäsche bahnte, die zwischen den Häusern auf Leinen hing. Fast beneidete ich ihn. Der konnte gehn, wohin er wollte, während ich als Lehrbursche beim Graveur Pratt noch auf drei Jahre zu der Plackerei verurteilt war, auf Buchsbaumscheiben die groben Linien und Schraffuren billiger Sudler nachzuziehen. Über den Rang unserer Kundschaft hatte ich keine Illusionen. Mich selbst hielt ich für keinen üblen Zeichner – zwei Jahre unter Herrn Ruskin, dachte ich, und ein Platz in der Akademie wäre mir sicher –, und für die Künstler, denen wir dienten, hatte ich nur Verachtung. Die Leechs und Keenes kamen nicht zu uns; ihre Arbeiten gingen an Dalziel oder Swain. Wir dagegen mußten froh sein, daß wir den kleinen Lampiner von den *Illustrierten Monatsheften* hatten, dem die Gesetze der Perspektive ein Geheimnis waren wie die Riten der Freimaurer, oder Hackett vom *Examiner*, dessen letztes Bild von unserer erlauchten Herrscherin nach Meinung der wenigen, die es gesehen hatten, an Hochverrat grenzte.

Mich an Herrn Ruskins Lehren erinnernd, reckte ich den Hals, um das Fleckchen Himmel zu betrachten, das über den Häusern zu sehen war: eine bleierne Decke Stratocumulus opacus. Ich skizzierte sie auf einem Fetzen Papier. Angetan von der Wirkung übertrug ich sie in die Zeichnung, die ich stechen sollte. Sonnenbeschienene Manöver auf der Ebene von Salisbury verwandelten sich in ein beklommenes Ringen unter dem Schatten des Todes. Der Hocker wurde mir unterm Leib weggerissen, und ich fiel rücklings zu Boden. Pratt, mein Lehrherr, stand über mir, nur fünf Fuß, sechs Zoll groß, aber schwergewichtig von Beefsteaks und Eierpudding.

»Das ist fürs Zeitvergeuden«, wetterte er, »und das hier« – wobei er mich mit dem Stiefel in die Rippen trat – »für die Verschönerungen an Herrn Lampiners Zeichnung! Hab ich dich nicht oft genug gewarnt? Hab ich dir nicht gesagt, wenn es noch einmal passiert, werf ich dich raus für immer?«

Ausgerechnet in diesem Augenblick schüttelte ich den Kopf, nur um ihn klar zu bekommen. Er verstand die Geste als Widerspruch.

»Sagst wohl noch, ich lüge, wie? Du unverschämtes, undankbares Früchtchen aus dem Arbeitshaus! Mach, daß du hier verschwindest, oder ich gravier dir den Hintern mit meinem Stichel!«

»Bei Ihrem allseits bekannten Ungeschick mit diesem Werkzeug, werter Herr, glaube ich nicht, daß unser junger Freund viel zu fürchten hätte.«

Der Sprecher war unbemerkt eingetreten, ein leichenblasser Riese in einem Pfeffer-und-Salz Rock, ein Auge unter einer Klappe, nicht unähnlich dem damaligen Präsidenten Lincoln mit seiner rotblonden Perücke und seinem Backenbart. Er stelzte durch das Atelier und griff sich die mißliebige Skizze.

»Der Himmel ist gar nicht so schlecht. Zuviel Ruskin auf leeren Magen, aber man sieht das Talent.« Dann schnauzte er Pratt an. »Und so einen wollen Sie in die Gosse treiben! Eigentlich wollte ich Ihnen einen Auftrag bringen, Meister, aber, hol's der Teufel, ich sehe, Sie sind ein Philister!«

Pratt verwünschte seinen Auftrag und seine Unverschämtheit, aber der Fremde beachtete ihn nicht mehr und zog mich zur Tür.

»Junger Mann, wenn Sie heute abend etwas zu beißen haben wollen, müssen Sie sich jetzt entscheiden. Sie können hier um Vergebung betteln, Sie können sich mir anvertrauen, oder Sie können ein Spitzbube werden. In aller Offenheit sei gesagt, daß die Spitzbüberei Sie am besten ernähren wird; wenn Sie aber mit ein paar Rippchen und einer Flasche Portwein zufrieden sind, so glaube ich, Ihnen ein Leben bieten zu können, das Ihrer Talente würdiger ist.«

Ganz verwirrt durch diesen plötzlichen Wechsel der Aussichten versicherte ich ihm, daß Rippchen im Vergleich zu der schmalen Kost bei Pratt ein Festmahl seien, und wir gingen hinaus. Pratt verfolgte uns in den Hof mit einem wirren Katalog von Bezichtigungen und einer Prozeßdrohung. Mein Begleiter wandte sich zu ihm um.

»Ihre Werkstatt verstößt in mindestens sechs Punkten gegen das Fabrikgesetz«, erklärte er. »Und ich habe einen Freund bei der Aufsichtsbehörde.«

Von Pratt hörten wir nichts mehr.

Mein Wohltäter hieß Jabetz Rimmer. Geboren an der rauhen Küste von Buchan, ehemaliger Zögling des King's College von Aberdeen und nach Süden in den Journalismus verschlagen, war er schließlich akkreditierter Kriegsberichterstatter für den alten *Globe* geworden. In dieser Eigenschaft hatte er von der Krim, nach einer überstandenen Cholera, Bittreres, als Russell je gewagt hatte, über die Greuel im Hospital von Warna geschrieben. Er war einen Schritt hinter Havelock gewesen, als die Highlander bei Cawnpore vorrückten, hatte mit Dunant das Gemetzel von Solferino inspiziert und unter den Befestigungen von Taku Mandarin gelernt. Am Vorabend des Bürgerkriegs hatte er mit Lincoln im Weißen Haus und mit seinem Gegner Jeff Davis in einer Villa bei Montgomery über Strategie gesprochen; dann hatte ihn bei Bull Run eine Yankeekugel getroffen, und mit einer leeren Augenhöhle war er nach England zurückgekehrt. Hier hatte er sofort Abonnenten auf ein illustriertes Fortsetzungswerk über das Leben der Arbeiterbevölkerung an den Ufern der Themse geworben, das er in meist verspäteten Monatslieferungen herausbrachte (in diesem Zusammenhang hatte er Pratt besucht). Hin und wieder besserte ein Beitrag für den *Punch* oder die *Londoner illustrierten Nachrichten* seine Einkünfte auf.

All dies erfuhr ich, als wir durch Soho zu Rimmers Wohnung in der Little Newport Street gingen. Dort stank es nach Tabak und alten Büchern. An diesem Abend lehnte ich mein Kopfkissen gegen Erstausgaben von Hakluyt, Camden und Raleigh, die für ein paar Pennies an den Buden in der City Road gekauft waren, und die Füße legte ich auf ein Regal mit geologischen Zeitschriften. Es hingen auch Bilder da, französische Klecksereien, die ich zu verabscheuen vorgab; woraufhin Rimmer meine ruskinianischen Flausen verwünschte und lange, bis er drei Pfeifen geraucht hatte, vom *réalisme* und von all den Flaschen sprach, die er in der Rue Lavoisier mit einem jungen Maler namens Manet geleert hatte.

So wurde ich Rimmers Gehilfe, sein Protegé oder, wenn er einmal zu Belehrungen aufgelegt war, sein Schüler. Das Leben bei ihm war nach meinem Geschmack. Wir standen spät auf, frühstückten mit Brot, Käse und Bier, und dann ging es mit dem Fährboot in die elende Gegend um die Kalkbrennereien, zu einem Stelldichein in einer schäbigen Herberge oder auf einem halbverrotteten Pier. Rimmer stellte seine Fragen, ich schrieb die Antworten mit und zeichnete auf Wunsch, was es zu sehen gab. An ein und demselben Tag zeichnete ich vielleicht einen Schlammfischer, der am Rande des Flußbetts nach brauchbaren Dingen wühlte, zwängte mich in einen Leichter, um die Geheimnisse eines Tabakschmugglers aus dem Shadwell-Becken mitzuschreiben, und brachte von der Galerie eines Tingeltangels herab einen betrunkenen Flußschiffer aufs Papier, der einen Gassenhauer sang. Erschöpft kehrten wir abends heim, stärkten uns mit Aal und Erbsensuppe an einer Bude in der Windmühlenstraße, tranken Portwein mit Rimmers Freunden vom *Punch*, mit Mark Lemon, Keene, Shirley Brooks und, wenn es einmal eine rüde Nacht werden sollte, mit Thackeray.

In Anwandlungen von Freimut bekannte sich Rimmer zu manchen Untugenden: die eine war seine Abneigung gegen Seife, eine zweite der Durst nach Portwein. Des weiteren wären noch seine Witze zu nennen und seine völlige Mißachtung Herrn Ruskins und anderer vortrefflicher Männer, die ich verehrte. Was die Witze anging, so verdiente er damit kleine Beträge, indem er sich Szenen ausdachte, die Keene für den *Punch* zeichnete. Jeden Augenblick mußte ich darauf gefaßt sein, daß er mich anstubste und brummte: »Ich weiß einen. Irischer Rekrut: ›Harr Horpmann, bidde sprache ze durfe!‹ Irischer Hauptmann: ›Stull, wann Se mit em Uffizer redde!‹« Ich glaube, meine saure Miene stachelte ihn nur um so mehr an. Und der Spott, den meine Abgötter erdulden mußten, wenn abends der Wein floß, schmerzte mich anfangs nicht wenig. Wie hätte ich, der ich mir das Geld für die *Modernen Maler* vom Munde abgespart hatte, mitanhören können, wie Lemon deklamierte:

Wie ausgewogen dies Werk von Ruskin!
Steht Seite für Seite derselbe Stuß drin –

ohne den Meister zu verteidigen? Aber schließlich gab ich es auf und litt in Schweigen, daß zuerst er, dann Carlyle und Herr Kingsley entweiht wurden. Am Ende stimmte auch ich in den Ruf nach Rimmers »Ode auf unseren Poeta laureatus« mit ein:

Lord Tennyson ward es zu enge
In seiner Bewunderer Menge.
Er reckte den Hals
Und sprach, »jedenfalls,
Dies ist ein verdammtes Gedränge.«

Bei aller Geringschätzung für Herrn Ruskin und meine anderen Idole gab sich Rimmer doch Mühe, mein Talent als Zeichner zu fördern, und er bat John Leech, ein Auge auf mich zu haben. An den Abenden, wenn Rimmer im Garrick-Klub zechte, zeichnete ich mir die Finger wund, um ein Wort der Anerkennung von diesem noblen Menschen zu erlangen, der in der Kensington Terrace langsam dahinstarb, gepeinigt von dem unaufhörlichen Straßenlärm. Eine meiner Zeichnungen gefiel Leech vor allem:

Darauf sah man das Innere einer Pension in Wapping, wo in einem fensterlosen Raum, zwischen schmutzigen, dicht mit Wanzen besetzten Wänden zwanzig indische Matrosen lagen, die Opiumpfeifen neben sich, auf Betten aus Baumwollumpen, die mit Sacktuch bezogen waren. Leech zeigte das Blatt seinem Freund Frith, der es zwar »ein fieses Stückchen« nannte, mich aber kräftig dafür lobte. Nicht lange, so sollte meine Bekanntschaft mit dem Maler des »Derby Day« mich vor einer Tracht Prügel bewahren.

Am Morgen des 1. Dezember, einem dunklen Tag mit schwach von innen erhelltem Kumulonimbus, öffnete Rimmer einen Brief, stieß einen Pfiff aus, als er ihn gelesen hatte, und warf ihn mir hin. Ein Herr Jas. Lumley, seines Zeichens stellvertretender Vorsitzender der Städtischen Werke, der eigentlichen Londoner Stadtverwaltung für alle Belange außerhalb der City, lud meinen Schirmherrn ein, an einer Sitzung im Büro seiner Behörde in Spring Gardens teilzunehmen. Das Thema, schrieb Herr Lumley, sei von größter Bedeutung; von so großer offenbar, daß er es in der Einladung nicht näher hatte bezeichnen können. Rimmer ging hin und nahm mich mit, in der Eigenschaft, wie er Lumley, an seine Augenklappe tippend, erklärte, eines unentbehrlichen Amanuensis.

Während der erste Graupelregen des Winters gegen das facettierte Glas peitschte, mit dem die Decke des Sitzungssaales umrandet war, holte Rimmer protokollwidrig seine Pfeife hervor und erklärte mir, wer die anderen Teilnehmer an der Versammlung waren: ein leitender Beamter vom Katasteramt, zwei Direktoren aus dem Innenministerium, mehrere Vertreter der Armenrechtspflege und der Gesundheitsbehörde, vier Oberinspektoren von der Städtischen Polizei, die leitenden Herren der Stadtwerke selbst, Ärzte aus den größeren Londoner Hospitälern, Pfarrer und Kirchenvorsteher aus den verschiedenen Gemeinden. Was Rimmer jedoch am meisten stutzig machte, war die Anwesenheit eines Dutzends Männer, die alle ähnlich wie er selbst in die Legenden und Geheimnisse der Stadt als eingeweiht galten; er zeigte mir Mayhew vom *Survey of London Labour*, Timbs von den *Londoner illustrierten Nachrichten*, George Augustus Sala und Knight von der *Cyclopaedia*.

Lumleys Eröffnungsrede war kurz und gab doch zu denken. In den letzten drei Monaten, erklärte er, sei eine Verbrechens- und Katastrophenwelle von unvergleichlichen Ausmaßen über London hereingebrochen. Die Vorfälle seien zwar vereinzelt und verstreut geblieben, und in der breiten Öffentlichkeit sei nicht der Eindruck entstanden, daß sie zusammenhingen; das Gesamtbild aber, wie es seine Beamten und die vom Scotland Yard zusammengestückelt hätten, zeige eine mächtige und immer noch wachsende Bedrohung, um so furchtbarer, als sie namenlos bleibe. Er enthüllte eine Karte, die mit Fähnchen besteckt war, und forderte mehrere Beamte auf, ihre Statistiken vorzutragen. Zuerst berichteten die Feuerwehrleute über eine noch nicht dagewesene Zahl unerklärlicher Brände, dann die Ingenieure der Stadtwerke über eine unerhörte Häufung der Rohrbrüche und Explosionen von Gasleitungen, und schließlich kam die Polizei zu Wort, bei der die Liste der vermißten Personen immer länger wurde: Einsame Bettler waren von den Straßen verschwunden, Säuglinge aus den Kinderwagen, Leichen aus frischen Gräbern. Mich fröstelte, nachdem ich alles mitangehört hatte, und ich bemerkte, daß Rimmer seine Pfeife nicht wieder angezündet hatte, ein sicheres Zeichen, daß auch er beunruhigt war. Lumley schloß mit der Erklärung, er habe sich zu dem ungewöhnlichen Schritt veranlaßt gesehen, einen weiten Kreis von Kennern des Londoner Alltags heranzuziehen, um von ihnen vertraulich – er betonte dies Wort – Erklärungen oder Theorien darüber zu hören, welches die Ursache so großen Unheils sein mochte.

Die Erklärungen kamen – massiv, schnell und phantastisch.

»Die Chartisten!« rief ein dicker Kirchenvorsteher aus Chelsea.

»Hatten die wohl Nekrophilie in ihrem Programm?« fragte Rimmer.

»Irische Terroristen!« behauptete der Pfarrer der Gemeinde Fulham.

»Unter den Vermißten waren auch sechs Murphys, vier Brannigans und mehrere Rileys«, gab ihm Rimmer zu bedenken.

»Straßenräuber!« meinte einer der Ärzte.

»Seit wann strangulieren sie Gasleitungen?« bemerkte Rimmer.

So machte er noch ein halbes Dutzend weiterer Theorien zuschanden, bis es Lumley zuviel wurde. »Vielleicht hat der geschätzte Kollege selbst eine Erklärung«, warf er ein.

»Möglich«, antwortete Rimmer und bat um die Erlaubnis, zwei seiner Bekannten heranzuziehen; außerdem schlug er vor, die Karte um die unerklärten Brände und Explosionen und die Vermißten aus den letzten zwei Jahren zu ergänzen. Lumley willigte ein und unterbrach die Sitzung bis fünf Uhr. Der Graupelregen hatte aufgehört, und wir gingen zum Trafalgar Square, Schafsfüßchen essen.

Als die Versammlung wieder zusammentrat, waren Rimmers Freunde gekommen. Den ersten von beiden, einen älteren Herrn in schwarzem, an den Nähten grünlich schimmerndem Anzug, führte er zu der nun dichtbesteckten Karte und fragte ihn, ob ihm an der Verteilung der Nadeln etwas auffalle. Nach eingehender Musterung bejahte der alte Herr: Sie seien am dichtesten dort, wo man die neuen Entwässerungskanäle gebaut habe, insbesondere längs des neuen oberen und mittleren Sammelkanals. Nicht gerade ein naheliegender Schluß, fügte er hinzu, aber doch klar genug für einen ehemaligen Sekretär der Entwässerungs-Kommission.

Es gab eine Pause.

»Ich glaube«, sagte Lumley, »wir werden es begrüßen, die Ansicht unseres Oberingenieurs Herrn Bazalgette zu erfahren.«

Bazalgettes Portrait hatte ich einmal gestochen, für einen Artikel mit der Überschrift »Der Retter Londons«. Als er sich nun vor uns erhob, strahlte er die Energie und Entschlossenheit aus, mit denen er einige der schwierigsten Ingenieurtaten dieses Jahrhunderts geleistet hat. In knappgestutzten, kraftvollen Sätzen führte er uns in die Zeit vor fünfzehn Jahren zurück, als die Themse ein stinkendes, brackiges Gewässer war, das zwischen fauligen Schlammbänken das zähe Spülicht aus hunderttausend Abflüssen dahinschleppte, ein Herd giftiger Gase, die Fieber und, wie manche sagten, auch Cholera verbreiteten. Er erinnerte an die lange Reihe der Parlamentsausschüsse und ihre gescheiterten Pläne, die Entwässerung Londons zu verbessern. Diese unreifen und halbherzigen Methoden verschmähend, hatte er sein eigenes Entwässerungssystem erfunden, mit großen Rohren, die im rechten Winkel die alten Kanäle durchbrachen, um deren Inhalt aufzunehmen und zu einem viele Meilen entfernten Ausfluß fortzuschwemmen. Er trat an die Karte und zog die Linie des oberen Sammelkanals nach, vom liederlichen Hampstead bis zum ehrbaren Holloway, des mittleren Kanals vom königlichen Kensington durch das verderbte Soho und das schäbige

Bethnal Green, bis zum Zusammenfluß beider auf den Niederungen von Hackney, von wo sie nach Osten in den Barkinger Bach flossen. Der unterste Sammelkanal, fügte er hinzu, werde an der Themse entlang durch die neue Kaimauer geführt, die er gegenwärtig baue, um den Fluß zu vertiefen und seine Strömung zu beschleunigen, so daß der Schlamm weggeschwemmt werde.

»Auch mir scheint es«, sagte er zum Schluß und wendete sich Rimmer zu, »daß zwischen diesen ungewöhnlichen Vorfällen und der Linienführung der neuen Kanäle ein gewisser Zusammenhang besteht, aber erklären kann ich's mir nicht. Können Sie's?«

»Ich glaube, ja«, antwortete Rimmer, und ein erwartungsvolles Gemurmel kam auf. »Ratten«, sagte er und zündete sich die Pfeife an.

Seine These war einfach, aber unglaublich. Als ich ihn später fragte, wie er zu ihr gelangt sei, grinste er verschämt.

»Nicht, wie ich leider gestehen muß, durch die induktive Methode, die man mich auf dem College gelehrt hat. Ich hatte den Vormittag über Southey gelesen, und als einer von den Polizisten einen Mann namens Bishop erwähnte, der in der Nähe des Tower verschwunden ist, da kamen mir der alte Bischof Hatto und sein Turm in den Sinn. Erinnerst du dich?

Den Weg zum Turm hinauf sie jagen,
Zu tun, was ihnen aufgetragen.
Die Zähne, die sie gewetzt am Stein,
Die schlagen sie in des Bischofs Gebein.

Das setzte eine Folge von Spekulationen in Gang, die mir dann plötzlich vollkommen vernünftig erschienen. Es fehlten nur noch ein paar Kerle, die Bescheid wußten, um sie zu stützen.«

Der Versammlung erklärte Rimmer, daß es in der Londoner Kanalisation seit unvordenklichen Zeiten von Ratten wimmelte, die unbehelligt in diesen vorgefertigten Löchern wühlten und nisteten, zwischen den verfallenden Mauern der Tunnel und Kanäle, deren manche schon über fünfhundert Jahre alt waren. Sie nährten sich von tierischen und pflanzlichen Stoffen, die durch Gullis und Abflußrohre hereingespült wurden, oder krochen nachts plündernd in die Häuser hinauf. Dann waren die Sanitätsinspektoren und die Ingenieure gekommen, hatten die alten Abflüsse zerstört und neue gebaut. Noch mehr Unruhe hatten Herrn Bazalgettes Baukolonnen gebracht, die an den verschiedensten Punkten der Hauptstadt gearbeitet hatten. Die Ratten waren aus ihren Revieren vertrieben worden und hatten nun an den Eindringlingen Vergeltung geübt. Die Hungrigsten hatten sich mit dem Fleisch ihrer Feinde die Bäuche gefüllt, und andere hatten auf der Suche nach neuen Revieren die Gasleitungen durchgenagt. Gewiß, es war eine seltsame Theorie. Doch müßten Nachforschungen der Historiker und Zoologen schnell darüber Auskunft geben, ob sie durch Ereignisse der Vergangenheit und durch das, was man über das Verhalten dieser Nagetiere wisse, gestützt werde.

»Bockmist!« rief der dicke Kirchenvorsteher aus Chelsea.

»Herrn Brownings Gedicht über den Rattenfänger rumort in manchen Köpfen«, stichelte der Pfarrer aus Fulham.

»Wir sind doch in London und nicht in Hameln«, meinte der Arzt wegwerfend.

»Ich muß sagen«, mischte Lumley sich ein, »daß ich der gemeinen Wanderratte die Fähigkeit, solchen Schaden zu stiften, schwerlich zutrauen kann.«

Statt zu antworten, winkte Rimmer den zweiten seiner Bekannten nach vorn, einen gesetzt wirkenden Mann mit einem breiten Schultergürtel, auf den die Initialen V. R. und der Umriß einer Ratte gestickt waren.

»Meister Black, Ihrer Majestät der Königin Rattenfänger! Ich bin sicher, er wird Ihnen ein Licht aufstecken.«

Und was für eines! Er erzählte uns von einer grausamen Welt, von den wimmelnden Völkerschaften ein paar Zoll unter unsern Füßen.

»Halso, Schennelmen, nehm wir nur'n Kanal unner der Milford Lane, noch'n ganzes Stück vorm Strand. Ick ab ganze Säle voll Ratten gesehn, große, offne Flächen, wo die Mauern wechefault waan, unn in alle Richtung sinn Tunnels inne Wänne gegang, unn in jeem Tunnel so annie unnert Paar Ratten, hunerört große Burschen, unn mit all ihre Jungen, ein Gequiek unn Gekabbel!« So manches Mal hatte Meister Black die Beine in die Hand nehmen müssen, denn gegen solche Scharen von Ratten war Gegenwehr aussichtslos.

Er sprach von den Kanalfischern, den »Toschern«, die bei Ebbe den Schlamm durchwühlten. Manchen waren nach einem einzigen Rattenbiß die Glieder dick wie Keulen geschwollen; manche waren unter einem drängelnden Haufen brauner Leiber begraben und zerfleischt worden.

Was nicht allgemein bekannt war, die Ratten, so versicherte er, griffen auch Kinder an. Er hatte selbst zwei Säuglinge gesehn, die in ihren Bettchen totgebissen worden waren.

Und dann kam er zu den Gasleitungen: »Ick ab gesehn, wie die sich durch Olz unn Eisen naren, wenn's ihn so paßt. Das sinn so viele, die kann nischt aufalten!«

Aber die Versammlung blieb noch immer gegen Rimmers Theorie eingenommen, solange bis ein Männlein mit einem Nußknackergesicht zum ersten Male das Wort ergriff: Professor Richard Owen, Leiter der naturgeschichtlichen Abteilung des Britischen Museums.

»Ich bin hier eingeladen als früherer Sanitätskommissar für die Hauptstadt, aber jetzt spreche ich als Wissenschaftler. Herrn Rimmers Hypothese, so seltsam sie ist, stimmt als einzige zu den vorliegenden Tatsachen. Sein Ruf als Journalist bietet eine Gewähr, daß er fähig ist, die Angelegenheit zu untersuchen. Ich stelle den Antrag, daß er Vollmacht erhält, seiner Theorie weiter nachzugehen« – hier ließ Rimmer ein lautes Hüsteln hören – »natürlich auf Kosten der Stadtwerke und unter Bewilligung jeder Hilfe, die erforderlich werden könnte; dann soll er sobald wie möglich dieser Versammlung von neuem Bericht erstatten.«

Das gab den Ausschlag; einen Richard Owen konnte man nicht leichthin abtun. Als Rimmer und ich an diesem Abend über die Mall heimwärts gingen, bedrückte uns das Wissen, daß wir zwei Wochen Zeit hatten, seine Theorie zu beweisen, eine Theorie, die auf der verdunkelten, von Schneematsch glitschigen Straße plötzlich eine unheimliche Bedrohlichkeit gewann.

Daheim in der Little Newport Street heizten wir den Kamin auf, rösteten Käsebrote und machten Pläne.

»Verbündete brauchen wir«, erklärte mir Rimmer, und aus dem weiten Bekanntenkreis, den er in seiner bewegten Laufbahn gewonnen hatte, fiel ihm der Name Wellesley Gunn ein, Antiquitätenforscher. »Ein Oxfordmensch und ein bißchen affig, aber die Londoner Chroniken kennt er auswendig. Ich habe einmal eine angevinische Urkunde für ihn aufgetrieben, und er hat mir ewige Dankbarkeit gelobt.«

Außerdem fehlte uns jemand, der über Ratten

Bescheid wußte. Es gab nur einen wirklichen Experten, sagte Rimmer, und den, gottseidank, kannte er gut: Donald McWhirrie, Professor der Naturgeschichte am King's College in Aberdeen.

»Bei einem Studentenumzug hab ich ihm einmal sein magnifizentes Haupt begossen, aber er nahm es hin wie ein Sportsmann, und zur Buße hab ich ihm vierzig Exemplare für sein Museum ausgestopft. Sowas verbindet. Aber ein echter buchanscher Dickschädel ist er. Wie er mit Gunn auskommen soll, ist mir nicht klar.«

Das Weitere war nur noch Planung. Während Rimmer Telegramme aufgeben ging, nahm ich mir das Kursbuch vor. In der Morgendämmerung – mit gezacktem Kumulus, bräunlich-grau – standen wir frierend auf dem Bahnsteig von Euston und warteten auf den Frühzug der Nordwestlinie nach Bletchley.

In Bletchley stiegen wir um auf die Zweiglinie nach Oxford, und zwei Stunden später standen wir unter dem Torbogen des Wykeham-College, wo Gunn lehrte. Zu unserem Ärger erfuhren wir vom Hausdiener, daß Gunn am Vortag abgereist war, um die Kathedrale von Lichfield zu besichtigen. Rimmer brachte uns für die Nacht bei einem Aberdeener Bekannten am Balliol-College unter, und am nächsten Morgen fuhren wir nach Rugby und von da weiter nach Lichfield durch das Tal des Trent. Ich war durchgefroren und zerschlagen, als wir spät abends die Kathedrale erreichten, und meine Laune wurde nicht besser, als wir hörten, daß Gunn irgendwo unter dem Dach stecken müsse. Wir stiegen fünfzig Fuß hinauf und fanden ihn, eine rundliche Gestalt im schwarzen Maßanzug, rittlings auf einem Balken sitzend, von dem er eingeschnitzte Initialen abzeichnete. Bei unserer unerwarteten Ankunft rutschte er von seinem Hochsitz, und der Anblick des eleganten Herrn, wie er mit einer

Krone von Spinnweben auf dem Balken darunter erschien, zerstreute meinen Mißmut.

Gunn lud uns zum Essen ins Refektorium ein, und nachdem wir uns mit kaltem Geflügel und dem erstklassigen Portwein des Kanonikus gestärkt hatten, erklärte ihm Rimmer den Grund unseres Besuchs. Die Antwort des Antiquitätenforschers war entschieden:

»Mit Vergnügen, Freunde, will ich Ihnen zur Hand gehen. Ja, ich wäre untröstlich, hätten Sie mir diese Aufgabe nicht angetragen.«

Am nächsten Morgen schon fuhr er ab nach London (»um zu sehen, ob ich für Ihre Theorie eine geschichtliche Basis eruieren kann«), und er versprach, sich in sechs Tagen wieder mit uns zu treffen. Zwei Stunden später waren wir unterwegs nach Norden.

Als wir nach Stockport dampften, gewann ich immer mehr Freude an meinem ersten Ausflug in die englische Provinz, die nun eingedunkelt unter einem blaugrauen Nimbus dalag; Rimmer dagegen hockte trübsinnig auf seinem Sitz, das Kinn tief im Mantelkragen, und rang, wie mir schien, schweigend mit seinem Rattenproblem. Doch da irrte ich, wie sich bald erwies, als unsere Lokomotive von hinten in ein Dutzend Waggons hineinfuhr und von den Gleisen sprang. Rimmer wurde munter.

»Da haben wir's!« sagte er und trat aus unserem Waggon, der in einen Graben gerutscht war, ins Freie. »Darauf hab ich gewartet. Noch nie eine Bahngesellschaft erlebt, die verstanden hätte, ihr rollendes Material auf den Schienen zu halten.«

Wir mußten eine Stunde lang frieren, ehe ein Ersatzzug uns weiterbrachte, über Manchester und Preston nach Carlisle, wo wir einen öden Sonntag lang warten mußten. Als wir tags darauf mit dem Kaledonien-

Express nach Edinburgh kamen, fanden wir im Waterloo-Hotel ein Telegramm aus Aberdeen vor. McWhirrie war auf den Orkney-Inseln. Es blieb uns nichts anderes übrig, als uns das Kursbuch des Hotels bringen zu lassen. Erleichtert stellten wir fest, daß wir bei schnellster Beendigung unseres Frühstücks immerhin noch eine Stunde Zeit hatten, bevor der *Prinzgemahl*, das wöchentliche Postschiff von Granton nach Kirkwall, unter Dampf ging. Vier Minuten vor der Abfahrt kamen wir an Bord gehetzt und ließen uns aufs Deck fallen, ungeachtet der Warnung des Zahlmeisters vor Sturm und hoher See. Schwer leidend schauten wir am nächsten Morgen auf die Kirkwallbucht hinaus.

Auf dem Inselchen Burray, das wir von Kirkwall mit einem holpernden Karren und nach einer noch unbehaglicheren Bootsfahrt erreichten, stellten wir endlich unser Opfer. Tief in einem Piktenturm hockte er, eine sehnige Gestalt in einem abgewetzten Plaid, das faltige Gesicht unter einer schmuddligen Mütze: ein Urbild von einem Pikten, tierische Exkremente auf dem gefrorenen Boden begutachtend. Professor McWhirrie grinste im Gedenken an Rimmers Studentenstreich und hörte uns an. Seine Augen leuchteten auf, als unser Geheimnis zur Sprache kam, und nachdem ihm Rimmer seine Theorie erklärt hatte, hieb er sich auf den Schenkel und kicherte.

»Mann, Römmer, Se mache dem College ja Ähre! On näbenpä, ek klorb, Se senn der Fahrhät nahe.«

»Kommen Sie mit uns?« fragte Rimmer.

»Gemach, gemach!« rief McWhirrie. »För ene Poorsche ors Puchan senn Se mer zu ongestöm.«

»Wir müssen heute abend von Kirkwall abfahren«, erklärte ich.

McWhirrie stocherte nachdenklich auf dem Boden herum. »No jäh, vläächt!« brummte er.

Dies, so sollte ich bald merken, kam bei ihm einer Bejahung am nächsten. So einsilbig und ausweichend er aber im übrigen auch war, über das Thema der Ratten sprach er unerschöpflich und mit der Autorität eines Mannes, dem schon Universitäten in Österreich, Preußen und Frankreich den Ehrendoktor verliehen hatten. Während der siebzig Stunden, die wir auf dem Schiff, im Zug und in der Kutsche mit ihm zusammen waren, wurden auch Rimmer und ich zu kleinen Fachautoritäten, und als wir wieder daheim waren, vermochte ich jede Zeile des Artikels »Mammalia: rodentia« in Rimmers *Britannica* mit Anmerkungen zu versehen.

Gunn war in Hammersmith untergekommen, bei einer unverheirateten Tante in einem Haus am Flußufer, das mit Andenken an seine kriegerischen Vorfahren, die in Sinde und Kabul gefallen waren, vollgestopft war. Dorthin fuhren wir am nächsten Tag, unter einer geballten Masse Stratokumulus, um Gunns Bericht anzuhören. Die meiste Zeit hatte er im Stadtarchiv und im Britischen Museum zugebracht, wo die Boten ihm zentnerweise alte Handschriften herbeigeschleppt hatten. Sein Quellenstudium war vielseitig gewesen: Die Annalen einer Priorei an der Themse, das Tagebuch eines Kaufmanns aus der Tudorzeit, Berichtshefte der Puritaner und die Begräbnisregister aus einem Dutzend Kirchspielen. In allen Quellen war von plündernden Ratten die Rede, und durch gewissenhafte Nachforschungen hatte er für viele dieser Vorfälle einen Zusammenhang mit der Anlage von Gräben und anderen Erdarbeiten aufweisen können. McWhirrie, der von Anfang an mit dem fülligen und feierlichen Oxforder Sticheleien gewechselt hatte, konnte vor Ungeduld kaum mehr stillsitzen, während Gunn seinen Vortrag hielt. Jetzt brach es aus ihm heraus:

»Mann, das est doch völleg onerhäblech!«

»Auf den ersten Blick wohl, wie ich gern einräume.« Gunn war betreten. »Doch habe ich noch eine gewichtigere Entdeckung gemacht, sofern Sie geruhen wollen, sie anzuhören.«

Rimmer besänftigte ihn. »Da sind wir alle sehr gespannt, Gunn. Nicht wahr, McWhirrie?«

»Hmmp«, sagte der Professor. »Vläächt.«

Gunn las von einem Blatt blauen Propatriapapiers:

> Aus den Deliberationen der Canälen Commissarii der Stadt London, den 12. Dezember 1664
> Dieweil uns in diversen Denkschriften von Bürgern vorgestellet, daß zu mehrern Malen derer Fürräte von Ratzen geplundert und derer Kinder von selbigen Tieren angegangen worden, worbei manche gar den Tod gefunden, so ergehet der Bescheid, daß Bauten und Anstalten zu neuen Canälen inskünftig nicht mehr sollen verstattet sein, als denn solche Werke die Tiere aufrühren.

Gunn machte eine Pause. »Das unmittelbar anschließende Ereignis, meine Herren, war . . .«

»Die Pest!« rief ich. »1665.«

Gunn nickte. »Dann, im Jahr darauf, das große Feuer, das vermutlich viele Ratten vernichtet hat, so daß die städtischen Kommissare die neuen Anlagen weiter ausbauen konnten.« Er pochte mit dem Finger auf das Blatt. »Hier, meine Herren, haben wir eine nicht zu leugnende Verbindung zwischen den Angriffen von Ratten und dem Bau von Entwässerungskanälen.«

Gunns Tante brachte einen Tee-Imbiß herein, und McWhirrie bekundete laut sein Entzücken über ihre selbstgebackenen Hafermehlplätzchen. Aus Freude über so viel Anerkennung lud ihn die alte Dame gleich ein, in ihrem Hause zu wohnen, und sehr zum Mißvergnügen Gunns nahm der Professor an. Wir kamen wieder auf die Ratten zurück, und McWhirrie erklärte, daß ihm Gunns Befunde wenig Eindruck machten.

»Da steckt noch mähr dahönter«, behauptete er, »en der kägenfärtegen Setuation, als daß nur en paar Veecher en paar Körn gepesse habe. On ek denk mer, necht en den Pöchern sondern en de Natur senn de Krönde ze suche.«

Es war Sonnabend, der zwölfte. Ein unbrauchbarer Sonntag und der Montag blieben uns noch, ehe wir den Stadtwerken Bericht geben sollten, und es schien unmöglich, daß McWhirrie in so kurzer Zeit der Natur ihre Gründe entlocken könnte. Aber am Montagabend kam er hereingestürmt – wir hatten uns wieder in Hammersmith versammelt –, stopfte sich einen butterbestrichenen Keks in den Mund und versicherte uns, nun wisse er Bescheid. Er hatte die Menagerie im Garten der Zoologischen Gesellschaft besucht und zufällig mitangehört, wie ein Wärter mit einem Spaziergänger über das Betragen der Tiere sprach. Ganz friedlich seien sie jetzt alle, hatte der Mann gesagt. Jetzt? hatte McWhirrie gefragt. Sei denn vorher mit ihnen etwas nicht rechtens gewesen? Nun ja, das Erdbeben, hatte der Wärter erwidert. Alle hätten sie sich doch nach dem Erdbeben wie verrückt gebärdet.

Wir schauten uns an. Warum nur hatten wir daran nicht schon eher gedacht? Am 6. Oktober war London von einem Erdbeben erschüttert worden. In London hatte man das Beben nur dreißig Sekunden lang gespürt, doch das, hatte der Wärter McWhirrie verraten, war genug gewesen, um die Tiere der Menagerie in Angst und Schrecken zu setzen. Kamele hatten ihre Ställe zertrümmert, Affen hatten Latten aus den Verschlägen gerissen, und im Aquavivarium hatten sich Alligatoren gegen die Scheiben geworfen, bis das Glas splitterte. Am sonderbarsten und dauerhaftesten jedoch war die Wirkung bei den sonst so gefügigen nestgrabenden Säugetieren gewesen: Ratten, die man hätte beobachten können, gab es in der Menagerie zwar nicht, doch Springmäuse und Chinchillas waren wild geworden und hatten nach allem und jedem geschnappt und gebissen, das ihnen zu nahe kam.

»On da habe Se de Lesung«, schloß McWhirrie. »Söcherlech hat all das Geföhle dronten en de Kanäle de Ratten onruheg gemacht on se zom Plöndern en de Stadt getrebe. Aber ärst das Ärdpäben hat se so en Panek versetzt, daß se ons an de Korgel kähn.«

Wir waren aufgefordert worden, unseren Bericht nicht den Stadtwerken, sondern dem Innenministerium zu erstatten, und am Dienstag, unter einem regengrauen Nimbushimmel, waren Rimmer und ich pünktlich in Whitehall. Bei uns trugen wir den Bericht, mit dem wir uns zu viert die Nacht hindurch abgemüht hatten. Ich hatte den Schreiber abgegeben, Rimmer den Redakteur und Friedensengel, wann immer Gunn über McWhirries Lakonismus oder McWhirrie über Gunns Wortfülle gespöttelt hatten. Man führte uns ins Zimmer eines hohen Beamten, Herrn Ashley Durstons, und unter seinem skeptischen Blick mußte Rimmer aufs neue meine Unentbehrlichkeit versichern. Lumley von den Stadtwerken kam als nächster, zusammen mit Bazalgette und Richard Owen. Er berichtete, daß die anderen Theorien, die auf unserer letzten Sitzung erörtert worden waren, betreffend die Chartisten, Iren und Straßenräuber, ohne Bestätigung geblieben waren, und er hoffte nur, daß der geschätzte Kollege und sein äh – (womit er mich meinte) bessere Erfolge zu vermelden hätten. Da die Angelegenheit, fügte er hinzu, nun der Zuständigkeit des Innenministeriums unterstellt worden sei, wolle er mit Vergnügen den Vorsitz an Herrn Durston abtreten; und so geschah es.

Durston wirkte jugendlich, mit einem Anflug von Blasiertheit. Später fand Rimmer heraus, daß er schon sechsunddreißig war und Bakkalaureus der Mathematik mit höchsten Auszeichnungen aus Cambridge. Er war tadellos nach der Mode gekleidet – ich hatte oft genug Reklamebilder für Ausgeh- und Abendanzüge gestochen, um das Werk eines erstklassigen Schneiders würdigen zu können –, und denselben gepflegten Geschmack bewies auch die Ausschmückung seines Büros. Sir George Grey, den Innenminister, werde der Schlag rühren, bemerkte Rimmer nachher, sollte er je den Rossetti und den Holman Hunt erblicken, die bei seinem Untergebenen über dem Kamin hingen. Von den Bildern selbst hielt Rimmer zwar nichts, aber er bewunderte die Geste, sie hier aufzuhängen.

Rimmer las seinen Bericht vor. Bazalgette und Owen nickten zustimmend, als unsere These dargelegt wurde, Lumley runzelte die Stirn zum Zeichen des Unverständnisses, und Durstons Blicke schweiften zu dem Rossetti hin. Daß er dennoch aufmerksam zugehört hatte, bewies seine Zusammenfassung.

»Sie behaupten also, daß die Kanalratten, die auch in der Vergangenheit gegen Eindringlinge in ihre Lebenssphäre gewöhnlich schon Angriffslust zeigten, sich in den letzten drei Monaten infolge des jüngsten Erdbebens besonders wild gebärdet haben, bis hin zu Angriffen auf hilflose Personen und zur Beschädigung unterirdischer Anlagen.«

Richard Owen stellte eine Frage: »Wenn die Säugetiere im Garten der Zoologischen Gesellschaft zu ihrem normalen Verhalten zurückgefunden haben, warum dann nicht auch die Kanalratten? Die Zahl der Zwischenfälle läßt kein Anzeichen für einen Rückgang erkennen.«

»Nicht im mindesten«, sekundierte ihm Durston. »Unser Amt erhält jetzt Meldung von jedem dieser Vorfälle, und ihre Zahl ist sogar noch gestiegen.«

»Mein Kollege McWhirrie«, erklärte Rimmer, »glaubt, daß die Panik unter einigen wenigen Tieren in Gefangenschaft und bei regelmäßiger Versorgung mit Futter rascher abklingt als in einer großen, frei lebenden Population. Er sagt außerdem . . .«

Ein Bote klopfte an, mit einem Zettel für Durston, der einen Blick darauf warf und sich erhob.

»Zu den bisherigen Indizien, meine Herren, erhalten wir nun vielleicht den schlüssigen Beweis. Ein neuer Vorfall wird mir gemeldet. Diesmal aber ist jemand da, der bezeugen kann, was geschehen ist.«

Erkundungsgänge

Der Regen war in Schneeregen übergegangen, während unsere Droschken durch Westminster zur Drury Lane fuhren. Ein Konstabler erwartete uns dort und führte uns durch ein Labyrinth von Gäßchen zum Perseverance Place . . .

»Wo's gewe'n is, Schennelmen. Üble Geend ier, ha mit mir sinn Se sicher. Mich kennse ier.«

Er bewies handgreiflich, wessen er sich rühmte, indem er uns einen Weg durch die auf dem schäbigen Platz versammelte Menge bahnte, die spöttelnd und murrend vor ihm beiseite wich. Ein tiefer Spalt hatte sich im Boden aufgetan, und das letzte Gebäude einer kurzen Häuserreihe war vornüber hineingesunken. In den Armenvierteln, erklärte uns Bazalgette, wo man die Häuser ohne ausreichende Fundamente über vergessenen Senkgruben, Gräbern oder Kellern erbaut hatte, kam dergleichen nach strengem Frost manchmal vor. Die Frontseite des Hauses war schon eingestürzt und hatte die Bewohner und alles, was darin war, mit hinabgerissen; das Hinterhaus, eine Seitenwand und das abgesackte erste Stockwerk hingen noch über der Grube.

»So'ßes seit ner Stunne«, sagte unser Konstabler gerade, als er uns plötzlich zurückschubste. Knackend und knirschend fiel der Rest des Hauses zusammen. Trümmer füllten das Loch und kollerten bis über den Rand. Durston betrachtete mißbilligend den Mörtelstaub, der sich auf seinen Schuhen abgesetzt hatte.

»Braucht man nich mehr ausgram, die da unnen«, bemerkte ein Straßenhändler.

»Arme Deiwel!« kam es aus der Menge.

»Zwei Fraun mit Kinnern«, nahm ein Arbeiter die Litanei auf.

»Arme Deiwel!« antwortete der Chor.

Der Konstabler winkte uns. »Da amer ne Zeugin«, sagte er, »unn die meint, se sinn ingemacht worn. Da drüm, Schennelmen!«

Die Zeugin war eine alte Irin, die an einer Mauer saß, das Haar in grauen, verfilzten Strähnen um das welke Gesicht. Der Konstabler zerrte sie auf die Füße.

»Sarn Se ihn, wasse gesehn am!« befahl er.

»Nuscht!« wimmerte die Frau. »Latte's mi luss!«

Eine junge Frau kam ihr zuhilfe und blitzte uns an.

»Schicken Sie diesen Flegel fort!« verlangte sie. »Er macht ihr ja Angst.«

Durston entließ den Polizisten, und die junge Frau beruhigte die Zeugin. »Schon gut, Mrs. Lynch. Sie haben gar nichts zu befürchten. Erzählen Sie einfach, was Sie gesehn haben!«

Mrs. Lynch blickte nicht auf. »Hunne«, murmelte sie. »Paar Hunne unn paar Junge!«

Die junge Frau erklärte uns, als der Boden eingebrochen sei, hätten alle Leute gerade einer Schlägerei zwei Straßen weiter zugeschaut, nur Mrs. Lynch nicht, die auf dem Hof Wäsche aufhängte, und die Bewohner des Hauses, eine Frau im Kindbett, deren Freundin und der beiden Frauen Kinder. Nach dem Einsturz hatte Mrs. Lynch über den Rand in das Loch geblickt und die zerquetschten und verrenkten Leiber gesehen. Sie hatte gerufen, aber sie hatten sich nicht gerührt. Dann hatte sie Tiere gesehn, die auf dem Grunde des Lochs herumliefen.

»Hunne!« Es war wieder die Irin, die nun sprach. Wie Terrier hätten sie ausgesehn. Die großen hatten sich über die Leichen hergemacht, Arme und Beine abgerissen und in Stücke gebissen, und die kleinen hatten die Stücke weggeschleppt. So hatte Mrs. Lynch es gesehen.

Sie verfiel in unverständliches Gemurmel, und die junge Frau führte sie in eines der Häuser.

Lumley brach das Schweigen. »Hunde, Herr Rimmer? Sind die Zwischenfälle also letztlich von streunenden Hunden verursacht?«

Der Schneeregen wurde zu Schnee, und wir suchten unter einem Torbogen Schutz.

»Nun, Rimmer«, sagte Bazalgette finster, »Hunde oder Ratten?«

»Ich bleibe dabei, es sind Ratten. McWhirrie glaubt, daß wir es vielleicht nicht nur mit einer großen Menge dieser Tiere zu tun haben, sondern auch mit einer Abart von außergewöhnlicher Stärke, die sehr wohl von der Größe eines kleinen Hundes sein könnte.«

Lumley sah ungläubig drein, aber Owen kam uns zuhilfe. »Ich habe mal etwas über eine *Mus giganteus* aus Indien, ich glaube Malabar, gelesen, die über drei Fuß lang wird und mehrere Pfund wiegt. Nagetiere sind offenbar solchen Größenwachstums fähig.«

Bazalgette war ungeduldig. »Dann rotten wir sie doch aus, je eher, je besser!« schnob er.

Durston nickte, bat uns um achtundvierzig Stunden Geduld, bis er seine Vorgesetzten zu Rate gezogen habe, und ging. Lumley und Bazalgette folgten ihm. Schließlich blieben Rimmer und ich allein zurück, und besahen uns den Perseverance Place.

Eine Frau kam hinter uns her und sprach uns an. »Bitte, sagen Sie mir, was hier vorgeht!«

Es war Frau Lynchs Beschützerin, eine majestätische Person, Fräulein Emilie Tiptree, wie wir erfuhren. Im Zorn jedoch erinnerte mich ihre Erscheinung so sehr an das Bild einer entrüsteten Schönen, das ich für den guten Lampiner einmal gestochen hatte, daß ich sie nach dessen Titel »Edelmut und Trutz« kurz »Edeltrutz«

nannte. Sie hatte offenbar den letzten Teil unseres Gesprächs mitangehört und verlangte nun zu wissen, was es zu bedeuten habe. Wir gaben ausweichende Antworten.

Sie lächelte. »Mein Onkel schreibt Leitartikel für die *Times*. Vielleicht sollte ich ihn von der Sache unterrichten.«

Wir versuchten sie davon abzubringen, aber sie machte Anstalten, zu gehen. Wir kapitulierten. Daraufhin führte sie uns zu einer Missionsstelle, die sich der religiösen und medizinischen Betreuung der Nachbarschaft widmete und der Fräulein Tiptree als Krankenschwester angehörte. Wir erfuhren, daß sie aus der Schwesternschule des Fräulein Nigthingale hervorgegangen war, und der Gründerin *Rathgeber zur Krankenpflege* galt ihr ebensoviel wie die Bibel.

»Und was soll nun geschehen?« fragte Edeltrutz, als Rimmer mit seinem Bericht fertig war.

»Das erfahren wir in zwei Tagen«, antwortete er. »Doch was wir auch beschließen werden, es muß streng geheim bleiben.«

»Meinen Sie nicht, daß die Armen hier ein Recht haben, zu erfahren, was vorgeht?« verlangte sie zu wissen.

»Fräulein Tiptree!« Rimmer betonte jedes Wort einzeln. »Wenn das Gerücht von diesen Ratten sich herumspricht, so gibt es eine Panik in ganz London. Und am meisten darunter zu leiden haben werden ihre ›Armen‹.«

»Ich versteh nicht . . .«

Rimmer unterbrach sie. »Ich war einmal in einem chinesischen Hafen, als die Pest ausbrach. Die Mandarine ließen sich in ihren Sänften forttragen. Den Armen blieb nichts weiter übrig, als sich mit bloßen Händen einen Weg durch den Sperrgürtel der Soldaten um ein abfahrendes Schiff zu bahnen; wenn sie aber an Bord zu klettern versuchten, beugten sich die Matrosen vom Deck herab und hieben ihnen auf die Finger, mit denen sie nach der Reling grabschten. Die Menschen sind gemein, Fräulein Tiptree, und am gemeinsten dann, wenn sie Angst haben.«

»Unsinn!« antwortete Edeltrutz. »Ich bin sicher, Schwester Nightingale wäre nie hilfreicher gewesen als in einer solchen Lage.«

Rimmer schüttelte verzweifelt den Kopf. Edeltrutz setzte schon wieder ihr herausforderndes Lächeln auf.

»Nun gut, Herr Rimmer, ich werde den Mund halten. Doch unter einer Bedingung: daß Sie mir gestatten, Sie zu begleiten . . .«

»Was könnten Sie denn . . .«, setzte Rimmer an, doch diesmal wurde er seinerseits unterbrochen.

»Zumindest kann ich dafür sorgen, daß die Armen von St. Giles und Umgebung eine Fürsprecherin haben, wenn Sie Ihre Pläne machen. Ihr Wort, mein Herr, oder ich gehe zu meinem Onkel!«

»Mein Wort drauf«, versicherte ihr Rimmer. Auf dem Rückweg zur Drury Lane aber rief er aus: »Mein Wort! Was für eine entsetzliche junge Frau! Ich muß Durston warnen. Warten wir nur ab, bis er sie kennenlernt!«

Wir sprachen bis tief in die Nacht mit Gunn und McWhirrie, und am nächsten Morgen saßen wir noch schweren Kopfes beim Frühstück, als Durston eintrat. Er hatte Schnee auf dem Mantelkragen, und nach dem schiefergrauen Kumulus am Himmel zu urteilen, stand uns noch mehr Schnee bevor. Er zog uns sogleich mit sich fort, nach Westminster, erklärte er uns, wo es Unrast unter den Arbeitern beim Bau des neuen Themsekais und des unteren Sammelkanals gebe.

»Unrast«, wenn man es übersetzte, bedeutete einen

Streik, aus dem leicht ein Aufruhr werden konnte. Angefangen hatte dies alles vor einer Woche, als die Zigeunerin Selena Smith, deren Weissagungen in der Stadt große Verbreitung genossen, unter den Arbeitern aufgetreten war. Binnen achtundvierzig Stunden hatte sie die Leute in Angst und Schrecken gesetzt. Nachts, als um das Lager die Fackeln loderten und die Gruben sich mit unheimlichen Schatten füllten, hatten die irischen Arbeiter furchtsam dreinblickend zugehört, wie sie ihnen von dem geheimnisvollen Wesen der Themse erzählte, diesem uralten Fluß, der keine Eindämmung seines Laufes dulden werde. An dem Tage, wo die Ufer von Stein umschlossen sein würden, werde der Fluß sich erheben und Ratten ausspeien, und die Ratten würden seine Schänder überfallen und sich an ihrem Fleische mästen. Hatte die Rache nicht schon begonnen? Geschahen nicht jetzt schon seltsame Dinge in der Stadt? Wurden nicht Leute vermißt, waren nicht auch schon Leichen verschwunden?

Ob dies ein zufälliges Zusammentreffen war? fragte sich Durston. Oder hatte einer aus unserem Kreis leichtfertig etwas verraten? Der alte Gemeindepfarrer? Meister Black, der Rattenfänger? Rimmer glaubte nicht daran. Der Alte würde seine Pension nicht aufs Spiel setzen wollen, und was Black anging – nun, wenn Ihre Majestät ihm vertraute, warum sollten wir es nicht?

»Aber an einen Zufall glaube ich auch nicht«, brummte er, »ebensowenig wie an Kristallkugeln. Diese alte Zigeunerin kann die Zeitungen lesen. Sie hat etwas von der Wahrheit erraten. Und die Wirkung erprobt sie an denen, die am ehesten zuhören, den Straßenschippern und Kanalarbeitern.«

Und weiß Gott, zugehört hatten sie ihr, versicherte Durston. Als Selena verstummt war und sie statt ihrer

Stimme nur noch das düstere Glucksen der Strömung am Ufer hörten, da hatten sie ihr geglaubt. Zu Hunderten hatten sie Schlange gestanden, um die mit Selenas Kraft geweihten Amulette zu kaufen, den einzig sicheren Schutz gegen Rattenbisse. Ihre Furcht hatte die Morgendämmerung überdauert, nicht jedoch ihr Glaube an Selenas Amulette. Vielmehr schickten sie eine Abordnung zu dem Bauunternehmer Furness, der mit der Ausführung der Arbeiten beauftragt war. Sie verlangten, er solle zum Schutz des Bauplatzes Gift und Fallen auslegen. Er hatte abgelehnt. Die Männer traten in Streik. Er hatte sich gewehrt. Sie hatten angedroht, seine Gerätschaften in Brand zu stecken. Er hatte die Nerven verloren, und Bazalgette als der aufsichtführende Ingenieur war gebeten worden, zu vermitteln.

»Und Herr Bazalgette«, erklärte Durston, »war ganz zu Recht der Ansicht, daß er gegen die Ratten nichts unternehmen kann, solange über unsere Pläne noch nicht entschieden ist. Er ist jetzt bei den Leuten und versucht sie zu beruhigen.«

Als wir an der Westminster-Brücke aus den Droschken stiegen, machte ein wütendes Geschrei uns deutlich, daß Bazalgettes Bemühen vergeblich war. Er stand auf dem Bauplatz am Ufer, von rund dreihundert Männern umgeben, die unter den Schneeschauern zitterten; andere drängten sich unter Ladebäumen, hinter Haufen von Holz und Ballast, und wieder andere im Windschatten der großen eisernen Caissons, die nah an den Stellen, wo sie zur Abdämmung des Wassers vor der neuen Mauer versenkt werden sollten, über den Platz aufragten. Manche Männer trugen Pickel und Hacken, andere lasen Steine auf, und viele forderten einen Marsch zum Büro der Stadtwerke. Eine Reihe Konstabler schnallten sich die Helme fest und tasteten nach ihren Knüppeln.

Durston sah es, und seine Lässigkeit schwand. Er beeilte sich, Bazalgette zuhilfe zu kommen, und gab Rimmer einen Wink, ihm zu folgen.

»Ich habe gehört, daß Sie ein wenig Humor haben«, sagte er zu ihm. »Versuchen wir's damit! Wenn wir den Zusammenstoß hier verhindern wollen, hilft nur noch Gelächter.«

Ehe sie in dem Haufen verschwanden, rief mir Rimmer noch zu: »Aufs Blatt damit, mein Junge, und wenn sie uns in Stücke reißen! *Vive le réalisme, hein?«* In heroischer Stimmung sprach er immer französisch.

Ich stieg auf einen Haufen Balken und begann zu zeichnen. Ich war so eifrig bei der Sache, daß ich nicht merkte, wie sich ein Kreis von Männern um mich schloß.

»Spitzel!« sagte einer.

»Uns konnerfehn!« rief ein zweiter.

»Auten hum!« brüllte ein dritter und stieß nach meinen Beinen.

Ich taumelte zurück und sprang von meinem Ausguck. Die Balken waren meinen Angreifern im Weg und gaben mir einen Vorsprung. Ich hatte ihn nötig. Die langen Nächte mit Rimmer, sein Portwein und sein Tabak hatten meine Lungen nicht eben gekräftigt. Als ich nach Whitehall einbog, waren die Verfolger mir dicht auf den Fersen, und als ich mit einem weitgebauschten Überrock zusammenstieß und zurückprallte, fiel ich ihnen genau in die Hände. Sie bogen mir die Arme auf den Rücken, hielten mir die Beine fest, mit denen ich um mich stieß, und griffen nach meinem Skizzenblock. Der Überrock mischte sich ein:

»Laßt ihn los, Pierce! Der hier ist ein braver Kerl.«

Meine Arme wurden losgelassen, und mein ärgster Gegner errötete unter dem freundlichen Blick Friths, des Malers.

»Ihr Frühsport geht mich zwar nichts an«, sagte er, »aber morgen wollten Sie mir Modell stehn, und der Teufel soll Sie holen, wenn Sie dann von seinem Stiefel ein blaues Auge haben!«

»Spioniert atter«, brummte Pierce, »wollte uns konnerfehn!«

»Unsinn!« rief Frith. »Ich kenne den Jungen. Er ist ein Künstler wie ich. Ich will wetten, er hat wieder eine von seinen fiesen Skizzen gemacht. Da!« Er warf Pierce ein Geldstück zu. »Geht euren Durst löschen! Und daß Sie mir morgen pünktlich da sind!«

Die Männer machten Bücklinge. Frith brachte mich zurück ans Ufer. Ehe er sich von mir trennte, bemerkte er noch, daß Skizzen nach dem Leben, wenn man sich dabei in der Wahl des Orts und Augenblicks irre, für das Leben des Zeichners unerwünschte Abkürzungen hervorrufen könnten.

Der Bauplatz war immer noch voller Menschen, aber, wie ich gleich spürte, war die Stimmung umgeschlagen. Rimmer und Durston tauchten aus der Menge auf, begleitet von stürmischem Gelächter und gutartigen Späßen. Sie schienen mit sich selbst nicht unzufrieden zu sein.

»Hol's der Teufel«, rief Rimmer, »aber Mathews hätte nicht besser sein können!« Und auch Durston bestätigte ihm, ein Komiker sei an ihm verloren gegangen. Sie waren, erzählten sie mir, an Bazalgettes Seite gelangt, als die Menge eben gegen ihn losbranden wollte, und hatten sich nur durch den Zuruf Aufmerksamkeit verschaffen können, daß die Forderungen der Leute erfüllt werden sollten. In dem kurzen Stillschweigen, das daraufhin eintrat, hatte Durston hinzugesetzt: »Denn wir richten uns immer nach Mrs. Smiths Weissagungen. Um dies zu beweisen, hatte er noch an einige andere Prophezeiungen der Zigeunerin erinnert.

»Die hat doch letzten Juni den Derbysieger vorhergesagt, nicht?« hatte Rimmer mit Unschuldsmiene gefragt.

»Freilich«, erwiderte Durston respektvoll. »Der Schatzkanzler hat auch drauf gewettet und will mit den Gewinnen alle Steuern halbieren.«

»Und warum hat er's noch nicht getan?«

»Nur Geduld! Wenn der Gaul erst am Ziel ist, dann . . .«

Es gab die ersten Lacher. Darauf hatten sie der Zigeunerin noch ein paar neue Weissagungen zugeschrieben, die eine immer skandalöser als die andere. Die Leute amüsierten sich, trugen selbst einiges bei und verlangten Zugaben. Hier nun hatte Bazalgette wieder das Wort ergriffen, um ihnen zu erklären, wie nahe sie daran gewesen waren, sich zum Narren machen zu lassen. Dann hatte er die Wortführer zu einer Aussprache beiseite genommen.

»Nur eine Konzession habe ich machen müssen«, sagte Bazalgette, als er wieder zu uns kam, in Begleitung eines krummbeinigen Gnomen. »Hab ihnen versichert, wir würden alle Fälle untersuchen, wo Leute verschwunden sind, und mußte zusagen, daß ein Mann ihrer Wahl an unseren Beratungen teilnehmen darf, um ihre Interessen zu vertreten. Hier ist er, Mister Tom Scud. Er ist nicht nur ein gerissener Unterhändler, sondern, wie ich höre, obendrein auch ein ehemaliger Kanalfischer, ein Toscher. Jedenfalls, er kennt sich unter der Erde so gut aus wie –«

»Wie im Borch vunner Buddel«, fuhr der Gnom fort. »Freut mich, die Harren!«

Durston seufzte. »Gestern schon Fräulein Tiptree, heute Herr Scud. Bitte, meine Herren, widerstehen Sie der Versuchung, unseren Kreis noch vor der morgigen

Versammlung weiter auszudehnen! Stühle sind im Innenministerium äußerst rar.«

Bazalgette und Durston gingen. Rimmer führte Scud und mich zu einer Bude, von der er schwur, daß sie die besten Yarmouth-Garnelen von ganz London habe. Beim Essen unterhielt uns Scud mit seiner Lebensgeschichte. Als Junge hatte er in einer Torfhütte in Irland von Schweinskartoffeln gelebt, bis er sich zu Schiff nach Liverpool davongemacht hatte. Dann hatte er bald für die eine Firma Sand geschippt, für die andere Nieten eingezogen und für die dritten Baugerüste aufgestellt. Jetzt, nach zwei Jahren Schatzsuche in der Kanalisation, grub er Schächte für Bazalgette. Seine Erinnerungen waren gespickt mit Zitaten, die mir nichts bedeuteten, die aber, wie mich Rimmer belehrte, von Malthus, Mill und Bentham stammten. Scud, so sagte er mir später, sei belesener und habe mehr Verstand als die meisten aufgeblasenen Volksredner seiner Klasse.

Als Scud seine Erzählung beendet hatte, unterrichtete Rimmer ihn kurz über die jüngsten Ereignisse. Statt zu antworten, fragte Scud, ob wir schon drunten in den Kanälen gewesen seien, und es schien ihn zu wundern, daß wir verneinten. Rimmer versicherte ihm, an dem Willen, die Kanäle zu erkunden, mangle es uns nicht, wohl aber an guten Karten; und einem Führer, der unser Geheimnis hätte verraten können, mochten wir uns nicht anvertrauen. Sofort bot Scud an, uns zu führen.

»Wann?« fragte Rimmer.

»Jadscht!« sagte Scud.

Und wir gingen.

Zur Probe empfahl Scud einen Gang durch den Kanal von Covent Garden, in den man von der neuen Unterführung in der King Street gelangte. Bei einem Trödler verschafften wir uns Schürzen aus Sackleinen, Lederhüte mit Nackenschutz, hohe Stiefel, Handschuhe und für jeden eine Blendlaterne. Dann gingen wir zu der Unterführung, einem großen gewölbten Schacht unter der neuerbauten Straße, durch den die Hauptrohre aller Gas- und Wasserleitungen für die Nachbarschaft liefen. Dort gab es ein Einstiegsloch in den Kanal. Durch eine Seitentür ließ man uns ein, nachdem Rimmer Bazalgettes Namen genannt und sich von einer Münze getrennt hatte. Wir stiegen etwa sieben Fuß tief eine Leiter hinab und gelangten zuerst in einen Tunnel von kaum mehr als fünf Fuß Höhe. Gebückt gingen wir weiter und kamen in den Leitungsschacht, wo wir wieder aufrecht stehen konnten – bis auf Rimmer, der sich den Kopf an der Decke stieß und fluchte. Von hier aus stiegen wir durch das Loch in den eigentlichen Kanal hinab. Es herrschte keine undurchdringliche Finsternis, wie ich erwartet hatte, sondern der trübe Schummer einer unbeleuchteten Kirche an einem Winternachmittag. Der Kanal war vier Fuß hoch und nicht ganz drei Fuß breit. Scud und ich konnten ohne allzuviel Mühe gebückt gehen, für Rimmer aber war es zum Kriechen zu hoch und zum Gehen zu niedrig. Auch noch als der Gang nach einem Weilchen einen Fuß höher wurde, nahmen seine Flüche kein Ende.

Scud riet uns, genau auf die Wände zu achten: »Marke Se sich nur jedit Daddalch! T'kann hulfe, wann Se sich verlorfe.«

»Was geschieht denn, wenn einer sich verläuft?« fragte ich.

»Weiß nicht. Nie ein' gekannt, der wieder orfgedorcht ist.«

Seine Antwort verschärfte meine Achtsamkeit nicht wenig, und ich begann mir die Merkmale jedes Wegstückes einzuprägen: Eisenträger, am Scharnier gesprungen; fischförmige Ziegel; eine Nische; von Geröll verstopfte Rinne; Bruch im Deckenbogen, fehlen zwei Steine; Einstiegsloch Nr. 9 . . . und so fort. Die Anstrengung des Gedächtnisses verbannte nicht nur jede Furcht, mich zu verlaufen, sie machte mich auch unempfindlicher gegen den Gestank. Beim ersten Einstieg in den Kanal noch erträglich, hatte dieser sich, als wir unseren Weg fortsetzten, verdichtet; jetzt hüllte er uns ein, so daß wir ihn atmeten, schmeckten, ihn von der Flut des Schmutzwassers aufwallen sahen und spürten, wie er sich auf der Haut festsetzte. Nur Scud blieb unbeeindruckt. Er schwur, daß die Toscher in dieser Luft prächtig gediehen und daß alle seine Kameraden bei guter Gesundheit und von frischer Gesichtsfarbe seien. Während wir durch das Rinnsal wateten, fiel der Schein meiner Laterne auf die seltsamen Anschwemmsel: Töpfe, Ketten, Messer und Löffel, Zweige, die sich wie Ärmchen aus dem Schlamm hochreckten, und Münzen – die letzteren in solcher Menge, daß ich zu Scud bemerkte, die Toscher müßten ein leichtes Leben haben. Scud schüttelte den Kopf. Die Gefahr, zu stürzen, von der Flut oder einer unvorhergesehenen Spülung ertränkt zu werden, machte aus der Kanalfischerei ein riskantes Gewerbe. Von den Ratten gar nicht zu sprechen!

In der Tat hatten wir nicht mehr von den Ratten gesprochen, seit wir im Kanal waren, aus dem einfachen Grund, weil wir keine gesehen hatten. Die Schächte und Abflußrohre schienen unbewohnt. Das sagte ich zu Scud, der mich auslachte. Aber sicher seien die Ratten da. Wir sollten es nur wie er machen und horchen.

Wir gingen zwanzig Schritt weiter. Dann erstarrte Scud mitten in der Bewegung. Als wir es ihm nachmachten, hörten wir sie hinter dem Mauerwerk: nicht das feine Getrappel flüchtiger Pfoten, sondern den stetigen Takt geschmeidiger Raubtiere, die ihre Beute jagen. Scud sah die Angst in meinen Augen.

»Nur midder Ruhe, Jungche!« lächelte er. »Die greife unsch nicht an, wann wir nuch fursch unn munner sinn. Abber müde Männer, narvöse Männer, da genn se drorf!«

Nach einer Viertelmeile hielt Scud uns abermals an. Bis jetzt, sagte er, seien wir durch einen Hauptkanal gegangen; nun wolle er uns einen Nebenarm zeigen. Er duckte sich unter ein Gewölbe, und die Decke kam wieder tiefer herab, so daß wir fast auf den Knien kriechen mußten. Ich versuchte wieder, mir die Beschaffenheit der Wände zu merken, doch das Mauerwerk war überall alt und bröcklig, grün und schwarz mit wucherndem Dreck bewachsen. Die Dunkelheit wurde tiefer, der Schlamm zäher, der Gestank übler, und nur aus ein paar Zoll Entfernung, so schien mir, spürte ich den Laufschritt der Ratten, die uns verfolgten. Dann strauchelte Rimmer, taumelte gegen die Wand, und die Steine gaben nach. Er verschwand in einem gähnenden Loch. Wir hörten ein Rieseln und Gleiten, gefolgt von einem dumpfen Aufprall. Scud zwängte sich in die Öffnung und kam gleich wieder heraus.

»Verdammt tief nunner geht's da! Er ist sankrecht afgesackt. Wir müsse zu ihm, vurr de Ratte kumme.«

Wir leuchteten durch die Öffnung und sahen, daß Rimmer durch einen ausgemauerten Schacht gefallen war, der in einen darunter gelegenen Tunnel führte. Das Mauerwerk hatte Risse und Sprünge genug, an denen wir hinabklettern konnten. So kamen wir etwa fünfzehn Fuß tiefer, und unsern letzten Fall bremste Rimmers verkrümmter Körper, der sich unter unsern Stiefeln streckte, als sein Besitzer sich in einer weltumspannenden Verwünschung Luft machte. Er war voller Kratzer und Beulen und hatte seine Augenklappe verloren, kam aber schnell wieder zu sich und fragte, wo zum Teufel wir seien. Scud wußte es auch nicht und hielt es für ratsam, es zu erkunden.

Vor uns lag ein noch engerer Tunnel als der, den wir eben verlassen hatten. Scud schlängelte sich hinein und kam gleich wieder zurück. Der Tunnel sei schon lange außer Gebrauch, mit morschen, einsturzbereiten Mauern. Rimmer, der noch am Boden ausruhte, untersuchte die Ziegel mit seiner Laterne. Unter der schwarzen Kruste waren die unteren Steine deutlich verschieden von den oberen. Sie waren kleiner, glatter und von einem dunkleren Farbton. Auf einem fand Rimmer ein paar Kratzer, die er als MDCXXII entzifferte. Er stellte gleich eine Theorie auf.

»Vielleicht der offene Abwassergraben eines Adelshauses, von den Enkeln des Erbauers mit einer Deckmauer geschlossen? Gunn sagt, unter der Stadt liegen Hunderte von Meilen nicht mehr benutzter Abflüsse, die vergessen und auf keiner Karte zu finden sind.«

»Gucke's da!« Es war Scud, voll Erregung. Er leuchtete mit seiner Laterne in den Schacht über uns. Für einen Augenblick im Lichtkegel gefangen stand eine große, spitze Schnauze mit gefletschten Schneidezähnen, dahinter die massig gewölbten Schultern. Zum ersten Mal hatten wir den Feind vor Augen. Eine Schlangenkopfratte, stark wie ein Eber! Daß sie groß sein könnten, davon hatte McWhirrie gesprochen; dies aber war ein Riese.

Wir dämpften die Lichter, warfen uns zu Boden und krochen in den engen Tunnel hinein.

»Huffe wir, daß er wuhinführt!« brummte Scud, der vorauskroch.

»Egal wohin, nur fort aus der Nachbarschaft dieses Burschen!« flehte Rimmer, der als nächster kam.

Ich sagte nichts; fürchtete jeden Augenblick, daß das Biest seine Klauen in meine Waden schlug. Dreißig Meter weit kamen wir, dann blieb Rimmer stecken. Der Anblick seines stattlichen Rumpfes, wie er sich der eignen Ungelenkigkeit zum Trotz wand und krümmte, hätte mich ein wenig aufheitern können, doch der Humor war mir bei unsrer letzten Begegnung vergangen. Jetzt war mir nur noch die steigende Temperatur im Tunnel bewußt, der Schweiß, der mir in die Augen lief, und der stechende Geruch meiner Angst. Mit einem heftigen Ruck machte Rimmer sich los, doch kaum hatte er die Fersen nachgezogen, als Wände und Decke sich nach innen wölbten und einstürzten. Ich wischte mir den Staub und Sand aus dem Gesicht und sah mich durch einen Haufen Mörtel und Steine von meinen Gefährten getrennt. Ich zerrte und grub, bis mir die Handschuhe in Fetzen gingen und die Finger bluteten, doch nicht einen einzigen Ziegel brachte ich von der Stelle. Ich dachte an die Tonnen von Erde, Pflaster und Mauerwerk über meinem Kopf und malte mir aus, wie sie über mir zusammenstürzten. Dann fiel ich in Ohnmacht.

Als ich wieder zu mir kam, hatte ich die Nase, Augen, Ohren und Mund voller Dreck. Ich erbrach mich und blieb liegen, schlapp und zitternd. Dann begriff ich, daß ich durch den Tunnel zum Schacht zurück und mich dem stellen mußte, der dort Wache hielt, solange ich noch bei Kräften war. Der Rückweg schien kein Ende zu nehmen, und in einem fort hallten mir Scuds Worte in den Ohren: »Müde Männer, narvöse Männer . . .« Endlich spürte ich einen kühleren Luftzug und warf mich hinaus auf den Boden des Schachts.

Ich stand auf, jeder Muskel verkrampft und schmerzend, und richtete die Laterne nach oben. Zu meiner Erleichterung war die Ratte nicht zu sehen. Doch als ich mich bückte, um den Dreck von meinen Hosenbeinen zu kratzen, spürte ich ein Gewicht auf dem Rücken, und Krallen harkten über meinen ledernen Nackenschutz. Ich bog die Schultern zurück und warf mich gegen die Mauer. Der Angreifer fiel von mir ab, eine Ratte von nur wenig mehr als der normalen Größe. Als sie quiekend unter meinem Stiefeltritt davonrollte, spürte ich einen neuen Aufprall auf den Schultern, und ein rascher Blick in den Schacht zeigte mir ein Dutzend andere, die auf mich herabgesprungen kamen. Mein Gesicht war ungeschützt, ebenso meine Hände, wo ich mir die Handschuhe zerrissen hatte. Heftig hin- und herspringend, um die Tiere abzuschütteln, riß ich mir das Halstuch herunter und vermummte mich bis zu den Augen; dann, mit geballten Fäusten und kreisenden Armen, zog ich mich wieder zurück und rieb mich an der Mauer, um die Biester von meinen Schultern zu quetschen. Als ich merkte, daß ich sie los war, sprang ich vor, tretend und stoßend, während sie zurückwichen und sich in einem Halbkreis vor mir aufbauten. Ihre schuppigen Schwänze peitschten mit einer hypnotischen Gleichmäßigkeit hin und her, der ich nur schwer widerstehen konnte. Ich riß den Blick von ihnen los und sah noch einmal hinauf, wo die große Schnauze jetzt wieder über den Rand ragte. Sie stieß einen heiseren Schrei aus, und ich merkte, daß der Takt der Schwanzschläge schneller geworden war. Als ich wieder zu den Ratten vor mir blickte, wiegten sich ihre Leiber in einem verzückten Gleichtakt. Rimmer hatte mir von Wilden erzählt, die sich tanzend in Raserei versetzten, ehe sie angriffen; dasselbe, glaubte ich, taten diese Tiere. Ich suchte verzweifelt nach einem Mittel, mich zu wehren, und dabei spürte ich ein leichtes

Nachgeben in dem Mauerwerk hinter mir. Tastend fand ich, daß der Mörtel zwischen zwei Verblendplatten herausgefallen war, von denen die eine sich losbrechen ließ. Munition! Ich wußte nun, daß ich meine Haut wenigstens teuer verkaufen würde.

Behutsam zog ich die Platte hinter meinem Rücken vor, jeden Augenblick erwartend, daß die rhythmischen Bewegungen aufhörten und die Tiere sich auf mich stürzten. Schließlich hielt ich die Platte vor mich hin, bereit, sie auf die Ratten hinabzuschmettern. Noch einmal hörte ich über mir den kehligen Schrei, und die Tiere hielten in ihrem Takt inne; doch als ich schon angespannt darauf wartete, daß sie mich ansprangen, ertönte ein Pfiff vom Tunnel her. Es war Scud; er winkte mir. Ohne zu zögern, warf ich die Platte nach den Tieren. Sie zerbarst an der Wand gegenüber, und die Splitter hagelten vernichtend auf die Ratten. Ich warf mich in die Öffnung des Tunnels, und Scud zog mich hinein; dann kniete er sich hin und schleuderte unentwegt einen Hagel von Steinen auf die Ratten, die meinem Geschoß entgangen waren. Die Steine zerschmetterten ihnen die Schädelknochen mit solcher Gewalt, daß sie ohne einen Mucks zu Boden stürzten. Als Scud sich umdrehte, um zu mir in den Tunnel zu kriechen, leuchtete ich ein letztes Mal in den Schacht hinauf. Entgeistert über das, was ich da sah, machte ich Scud ein Zeichen. Der Wächter blickte immer noch auf uns herab; doch in seinen Augen stand nicht mehr die dumpfe Wut eines Raubtiers, dem seine Beute entgangen ist, vielmehr Bosheit, Heimtücke und ein Haß, der nicht tierisch, sondern menschlich war.

Wir starrten noch hinauf, da spürte ich einen Stich im Arm. Eine betäubte Ratte war zu sich gekommen und klammerte sich fest, schlug die Zähne durch den Ärmel tief ins Fleisch. Scud brach ihr das Genick. Er schürzte besorgt die Lippen.

»Die Wunne muß surfurt behannelt warde.« Er führte mich den Tunnel entlang, an dessen Ende ein bequemer Ausstieg kommen sollte.

Auf dem Weg erklärte er mir, daß Rimmer die Verschüttung aufgerissen hatte, während er selbst den Tunnel untersuchte und feststellte, daß er in den Kanal von Long Acre einmündete, den er gut kannte. Doch als wir bei Rimmer angelangt waren und uns weiter voranzwängten, war mir schon nicht mehr danach zumute, von ihren Abenteuern zu hören. Ein brennender Schmerz pochte durch meinen Arm, der an mir hing wie ein Riegel aus glühendem Metall. Ich wurde ohnmächtig und kam erst wieder zu mir, als Rimmer meinen Kopf hart gegen den Rand des Einstiegslochs stoßen ließ, durch das wir ins schwindende Tageslicht hinaufkletterten.

Scud bestand darauf, mich sofort in seine Wohnung nach Shoreditch zu bringen; seine Frau habe Übung genug in der Behandlung von Rattenbissen. Das Schwanken und Holpern der Droschke stieß Wellen des Schmerzes durch meinen Arm. Ich spürte, daß Rimmer die Arme um mich gelegt hatte, und hörte eine tröstende Stimme; dann fiel ich wieder in Ohnmacht.

Als ich erwachte, war mein Arm gebadet, mit Kräutern eingerieben und verbunden worden; ich fühlte mich frisch und klar. Ich bedankte mich bei Frau Scud, einer dunklen, sehnigen Frau, zwischen deren Rockschößen dunkle, sehnige Kinder hervorlugten, und schaute mich um. Das Zimmer war klein aber luftig, der Holzfußboden weiß, als sei er frisch abgezogen. Auf einer Anrichte blankes Geschirr, an den Wänden Bilder von Scuds Idolen, ausgeschnitten aus den illustrierten Wochenblättern. (Ich erkannte zwei meiner eigenen Arbeiten.)

Auf Rimmers Nachricht hin waren Gunn und McWhirrie gekommen. Anfangs etwas pikiert, weil wir sie zu unserm Ausflug nicht mitgenommen hatten, fragten sie mich, wie es mir gehe und, ohne auf die erste Frage eine Antwort abzuwarten, was ich gesehen habe. Zitternd und bebend erzählte ich ihnen von meinem Kampf. Gunn ließ sich über den nicht mehr benutzten Tunnel aus: In solchen Gemäuern, so glaubte er, lebten und nisteten die großen Ratten, und dies erklärte auch, weshalb man in den Hauptkanälen bislang nichts von ihnen bemerkt hatte. McWhirrie hingegen interessierte sich nur für das Verhalten der Ratten, die mich angegriffen hatten, und ließ mich mehrmals die genaue Abfolge zwischen ihren Handlungen und denen der Riesenratte wiederholen.

»Mäne Mänung est«, erklärte er schließlich, den Mund voll mit Frau Scuds Sodabrot und ihrem starken Tee, »daß Se enen Kreegstropp met senem Föhrer gesähn habe.« Dasselbe habe vielleicht auch die alte Irin in St. Giles gesehn. McWhirrie hatte die soziale Organisation der Ratten erforscht, und er bezweifelte nicht, daß die großen die Kriegsfürsten waren, während die anderen nur Befehle ausführten, das Fleisch fortschleppten und Kriegszüge unternahmen. »Sage Se mal, Poorsch« – er schluckte hinunter, was er im Munde hatte – »habe se veel Lärm gemacht?«

»Überhaupt keinen«, antwortete ich, und dabei fiel mir ein, was der Rattenfänger Black gesagt hatte: »hundert Paar Ratten, ein Gequieck und Gekabbel!«

McWhirrie nickte mir zu, als er sah, wie mein Gesicht sich veränderte. »Ha, natörlech! Kän Pfäfen, nur der ene Schrä vom Föhrer. Mann, verstähn Se, se messe stöll pläbe, damet se säne Kommandos heere! Se habe

Döszeplen gelernt. Fer habe es her necht met Teere en frär Natur ze tun, sondern met ener Armä.«

Zuhause erwartete uns eine Nachricht von Durston, daß unsere Zusammenkunft am nächsten Tag im Hauptquartier des Königlichen Gardeschützenregiments in Kensington stattfinde.

Rimmer zog die Nase kraus. »Ich hätt's mir denken können! Kaum steht das Innenministerium einmal vor einem neuen Problem, schon schiebt man es an das Heer ab.«

Sein Ärger wuchs noch, als wir zur Kaserne kamen, deren Dach hübsch mit frischem Schnee verputzt war, unter einem trüben Stratokumulus. Wir wurden von einem betreßten und belitzten Halbgott zum nächsten weitergeschickt, und schließlich ließ man uns eine ganze Weile vor einer Wand mit Feld- und Siegeszeichen stehen.

Rimmer blieb unbeeindruckt. »Kein Regiment, von dem ich viel halte«, sagte er.

Ob er denn schon einmal damit zu tun gehabt habe, fragte ich ihn.

»Auf der Krim, als Kriegsberichterstatter. Ging mit einem ihrer Sergeanten fouragieren, und dabei liefen wir einem Trupp Russen in die Arme, die es sich angeblich hinter den Mauern von Sebastopol wohlsein ließen. Wir mußten sechs Stunden unter einem Felsen in Deckung gehen.«

Seine Augen verengten sich, als ihm das Erlebnis wieder durch den Sinn ging. Die Russen hatten sich Zeit gelassen; sie wußten, daß sie ihren Opfern den Garaus machen konnten, wenn es dunkel wurde. Unterdessen hatte der Sergeant, in der Überzeugung, daß es mit ihm zu Ende gehe, zu Rimmer in aller Offenheit über sein Regiment und dessen Bräuche gesprochen – Gepflogenheiten von solcher Brutalität, daß Rimmer blaß wurde, so wenig zartbesaitet er selbst war. Ein arabischer Sklavenhändler, meinte er, sei ein gnädiger Engel gegen die jungen Herren, welche dieses Schützenregiment befehligten. Dann hatte ein Trupp Dragoner die Russen von hinten angegriffen, und Rimmer und der Sergeant waren über die gespaltenen Schädel der Feinde hinweg ins Freie gestiegen.

»Aber«, seufzte Rimmer, »was für ein junger Esel ich damals war! Ich setzte einem Offizier des Regiments mit den Geschichten zu, die ich gehört hatte. Ich sagte nicht, von wem ich sie gehört hatte, aber dieser Offizier – ein Hauptmann Augustus Crashaw, verrecken soll er! – fand es heraus und ließ dem armen Kerl jede Behandlung angedeihen, welche die Dienstvorschriften Ihrer Majestät irgend erlaubten, und auch einiges, was sie nicht erlaubten. Als ich den Sergeanten wiedersah, war er nur noch ein Gemeiner, an Leib und Seele gebrochen, der mir ins Gesicht spuckte und darüber weinte, daß er unter dem Felsen nicht umgekommen war.« Rimmer atmete tief ein. »Nein, dies ist kein Regiment, von dem ich viel halte.«

Auf Fragen mußte ich verzichten, denn Durston erschien und führte uns in ein Besprechungszimmer. Owen und Bazalgette, Scud und Edeltrutz – Fräulein Tiptree – saßen um einen ovalen Eichenholztisch. Am Kopfende saßen zwei Herren. Der erste, eine reife Pflaume mit weißem Backenbart, erhob sich bei unserm Eintreten. Ich hatte oft genug Porträts und Karikaturen von ihm gestochen (die ersteren glichen den letzteren aufs Haar), so daß es seiner Vorstellung durch Durston gar nicht bedurfte: »Lord Yelverton, Unterstaatssekretär im Innenministerium.« Der zweite war in Uniform, die Gesichtszüge vor dem Fenster, durch das eine wässrige Sonne schien, nicht zu erkennen. Aber als nun auch er sich erhob, merkte ich, wie Rimmer sich versteifte. Durston fuhr in seiner Vorstellung fort.

»Milord, darf ich Ihnen Herrn Rimmer vorstellen und seinen – äh . . .«

»Amanuensis, unentbehrlichen Amanuensis«, half Rimmer ihm weiter.

»Seinen Amanuensis. Herr Rimmer, darf ich Sie mit dem Befehlshaber des Königlichen Schützenregiments, Oberst Crashaw, bekanntmachen!«

»Ich kenne den Herrn.« Rimmers scharfe Betonung ließ an seinen Gefühlen keinen Zweifel. Crashaw preßte säuerlich die Lippen zusammen und strich sich über die farblosen Barthaare, die über die Mundwinkel herabhingen. Durston, der die ihm unverständliche Feindschaft bemerkte, beeilte sich, uns die Tagesordnung auszuhändigen.

Rimmer wurde aufgefordert, von unseren unterirdischen Erlebnissen zu berichten: Er hob Scuds Verdienste so nachdrücklich hervor, daß dieser puterrot anlief, und faßte dann die Theorien von Gunn und McWhirrie zusammen. Als er geendigt hatte, blickte Edeltrutz mißbilligend auf meinen verbundenen Arm, aber ich bedeutete ihr durch ein wegwerfendes Grinsen, daß er schon heilen werde. Frau Scuds Kräuterkunde mochte zwar nicht aus dem *Rathgeber zur Krankenpflege* stammen, doch hatte ich nicht vor, mich von Fräulein Tiptree mit Schwämmchen und Desinfektionsmitteln traktieren zu lassen. Owen und Bazalgette befragten uns eingehend und gaben zu, daß Gunn und McWhirrie die richtigen Schlüsse gezogen hatten.

Lord Yelverton hörte mit Ungeduld zu. Schließlich unterbrach er uns:

»Alles recht akademisch! Ich bin heute vormittag nur

hierher gekommen, um Sie zu unterrichten, daß die Sache nun unter militärischem Kommando steht. Da fähige Scharfschützen erforderlich scheinen, wurde Oberst Crashaw beauftragt. Er hat mir bereits einen Plan unterbreitet, in den ich volles Vertrauen setze. Weitere Nachforschungen«, spöttelte er, »ob nun wissenschaftlicher oder journalistischer Art, werden nicht nötig sein.«

Schweigen. Dann sprach Edeltrutz. »Der Plan des Herrn Obersten wird doch, so hoffe ich, die arbeitende Bevölkerung keiner Gefahr aussetzen?« Sie schoß ihr trotziges Lächeln auf Lord Yelverton ab. »Das Heer steht nicht in dem Ruf, im Umgang mit dem einfachen Volk sonderlich rücksichtsvoll zu sein.« Die gute alte Edeltrutz!

Crashaw entwaffnete sie: »Der jungen Dame, obwohl mir nicht bekannt war, daß ihre Anwesenheit hier einem anderen als dem ornamentalen Zweck dient, kann ich versichern, daß mein Plan ganz einfach und für alle Bewohner der Hauptstadt, gleich welchen Standes, ungefährlich ist.«

»Was schlagen Sie vor?« fragte Owen.

»Eine Jagdpartie«, antwortete Crashaw. »Wir geben die Ratten zum Abschuß frei, treiben sie durch die Kanäle und knallen sie ab, wenn sie flüchten.«

»Sie wollen Schützen in die Kanäle schicken?« Bazalgette konnte es nicht glauben.

»Mein lieber Mann«, winkte Crashaw lässig ab, »nein keine Schützen! Nicht nötig. Es gibt vorzügliche Freiwilligenklubs in London. Schrein nur so nach Übungsmöglichkeiten. Die werde ich schicken. Einen ersten Versuch gedenke ich morgen abend durchzuführen.«

Eine Jagdpartie

Luft!« sagte Rimmer. »Frische Luft!« Also stapften wir durch den Matsch zum Park von Kensington. »Wäre ich noch länger da drinnen geblieben, ich hätte Crashaw den Kolben eines seiner Gardeschützengewehre über den Kopf ziehen müssen. Dieser aufgeblasene, starrsinnige Trottel!«

Ich bemerkte, daß ihm Yelverton in dieser Hinsicht nichts nachstehe. Drei Stunden hatten wir mit den beiden gestritten: Rimmer hitzig, Owen energisch, Bazalgette lakonisch und Edeltrutz so hartnäckig, daß Yelverton seine guten Manieren vergessen und Fräulein Nightingale mit ihrer ganzen Sippschaft zum Teufel gewünscht hatte. Aber erreicht hatten wir nichts. Nur Scud, der höflich, aufgrund seiner genauen Kenntnis der Kanalisation, die Voraussetzungen von Crashaws Plan in Frage stellte, hatte den Oberst unsicher gemacht; doch an diesem Punkt hatte sich Yelverton beeilt, die Diskussion zu beenden, mit der Anweisung, Scud, Rimmer und ich sollten uns bereithalten, Crashaw weitere Auskunft und Hilfe zu leisten, sofern er deren bedürfe.

Wir aßen Bratfisch an einer Bude, und Scud kam uns atemlos nach. »Himmel, habbe Sie en Schritt! Ich dacht, ich hull Sie nimmer ein.« Ein Stück geräucherten Schellfisch lehnte er ab. »Mann, Sie müssen diesen Suldadden darvun afbringe.« Für die Freiwilligen, sagte er, sei unten in den Kanälen das Schlimmste zu befürchten.

Rimmer warf seinen Fischschwanz den Vögeln hin. »Wir haben's nicht mehr in der Hand, Scud. Haben Sie nicht gehört, was Seine Lordschaft gesagt hat?«

Scud verwünschte Seine Lordschaft. »Wann ich den Matt hier orch su einfarch drunne hätt liege lasse, wie

Sie sich jadscht de Hänn wasche, was hädde Sie da ze mir gesarcht?«

Rimmer gab keine Antwort, aber ich mischte mich ein. »Sie müssen etwas tun!« rief ich und wünschte mir die Überredungskunst eines Gladstone. »Oder Sie werden sich später Vorwürfe machen.«

Sechs Fuß hoch ragte ein wütender Rimmer über uns auf, gekrönt mit der grimmigen Augenklappe. »Verfluchte Unverschämtheit! Mir zu sagen, was ich tun muß und was ich mir vorzuwerfen habe! Geht denn das in deinen Hohlschädel nicht hinein, daß ich – daß wir – machtlos sind? Wenn man gegen die Yelvertons und Crashaws dieser Welt ankämpfen will, merkt man, daß sie unbezwinglich sind.«

»Aber Sie kämpfen eben nicht«, beharrte ich. »Sie drücken sich ja vor dem Kampf.«

Rimmer tobte. »Wenn ich so einen dickschädeligen Bengel höre wie dich«, fauchte er, »verneige ich mich vor der überlegenen Weisheit des alten Herodes.« Dann grinste er, und es war, wie wenn die Sonne durch einen Turnerschen Himmel bricht. »Aber hol's der Teufel, ihr habt ja beide recht! Also schön, gehn wir heim; McWhirrie und Gunn werden dasein. Halten wir Kriegsrat!«

Auch Edeltrutz war da, die von Durston unsere Adresse erbettelt hatte. Unaufgefordert legte sie die Wäschestücke zusammen, mit denen der Raum übersät war. Über dem säuberlich aufgestapelten Leinen kratzte Rimmer seine Pfeife aus und spielte McWhirrie und Gunn die Höhepunkte der Sitzung vor, von der wir kamen. Ein weiterer Besucher klopfte. Es war Durston.

»Ich komme nicht in – ähm – amtlicher Eigenschaft«, erklärte er mit einem bei ihm ungewohnten Stocken. »Nur um anzuregen, auf Wunsch der Herren Owen und

Bazalgette, daß eine neuerliche Vorstellung beim Obersten Crashaw, wenn sie unter günstigeren Umständen erfolgte, vielleicht doch fruchten würde.« Er wandte sich an Rimmer: »Wir haben den Eindruck, daß die Mißstimmung zwischen Ihnen und dem Obersten einen bei ihm ohnehin vorhandenen Hang zur Unnachgiebigkeit noch gestärkt hat. Wenn Sie einen neuen Versuch machen würden, ihn zu überzeugen, nachdem Sie zuerst die Abstellung alles dessen versprochen hätten, was ihn gegen Sie einnehmen mag, so könnte es sein, daß er sich erweichen ließe, unseren Einwänden nachzugeben. Wenn erst einmal Crashaw Rat angenommen hat, wird auch Yelverton sich nicht mehr lange sperren.«

Durston, wenn in Verlegenheit, redete wie eine Parlamentsakte. Rimmer, wenn in Wut, redete anders. »Verflucht noch mal, helfen will ich, hab ich gesagt. Aber vor Crashaw auf dem Bauch liegen – nein! Dieser Herr ist ein Idiot, ein Menschenschinder und ein Heuchler.«

»Lieber Herr Rimmer!« Es sprachen Edelmut und Trutz. »Ich bin hierhergekommen, um Sie zu bitten, daß Sie dem Obersten Ihre Einwände von neuem vortragen. Ich sehe nun, daß ich Sie um noch mehr bitten muß. Ich muß Sie bitten, Ihre Ehre hintanzustellen, und das ist viel verlangt von einem Mann. Ich würde Sie nicht darum bitten, spräche ich nicht im Namen all der Armen, die unter unsern heute gefaßten Beschlüssen zu leiden haben werden.« Sie verdarb sich nicht die Wirkung durch ein Schlucken oder Augenwischen, sondern saß aufrecht da und blickte ihn an. Es gab Augenblicke, wo man die gute Edeltrutz einfach bewundern mußte.

Wir erwarteten, daß McWhirrie in den Chor einstimmte; statt dessen stand er auf und wickelte sich in seinen Mantel. »Ek käh häm ens Pett«, sagte er. Doch an der Tür hielt er inne, was bewies, daß auch ihm der

Sinn für Dramatik nicht fehlte. »Ek pen en alter Mann on denk necht an Ähre on derklächen, aber ens fäß ek: Peshär habe fer von den Ratten nur als von Pestien gesproche – ener Armä, gefeß, aber doch Pestien. On dennoch, fesse Se noch, fas der Poorsch« – er zeigte auf mich – » neulech von dem Plöck en den Orgen deser kroßen Ratte gesagt hat? Necht fe von enem Teer, sondern mönschlech! No jäh, ek klorb, so messe fer's sähn. Dese Ratten haben sät Jahrhonderten met dem Mönsche geläbt; se habe en von eren klänen Fönkeln ors beobachtet, on se habe sene Keer, sene Krorsamkät on sene Poshät gesähn. Se habe alles von em gelernt. Ek pen öberzeugt, daß en deser Abart der kroßen Ratten, der Kreegsförsten, Öntellegenz an de Stelle des Enstönktes geträten est. Ene Öntellegenz, krorsam on berechnend fe de onsere. On orf erem ägenen Terrain, en de Kanäle, senn se so kut fe onöberfendlech. Dese Pörschche, de das Här da henonter schöcke föll, habe käne Orssecht. So, ek hab män Täl gesagt. Ek käh.«

Rimmer rieb sich mit dem Pfeifenkopf die Nase. »Lauter Predigten, wie in einem Missionszelt! Zum Teufel, ich bin ja bekehrt! Durston, was muß ich tun?«

Am nächsten Morgen überquerte ich mit Rimmer die Pfarrwiesen von Fulham, unter einem mit schneebeladenen Kumuluswolken tiefverhangenen Himmel. Crashaw inspizierte dort die Manöver des Westlondoner Freiwilligenvereins, und Durston hatte uns gesagt, dies sei die günstigste Zeit, um bei dem Obersten vorstellig zu werden. Offenbar hatte er sein Vergnügen an dem Anblick der dicken Gärtner und Buchhalter aus den Vororten Fulham und Hammersmith, wie sie in ihrem alten Drilichzeug bibberten und mit klammen Fingern an veralteten Waffen fummelten. Als er die Parade zu den Feldküchen hatte wegtreten lassen, baten wir, ihn sprechen zu dürfen. Er hielt gerade den Hauptleuten der Freiwilligen einen Vortrag über den kriegerischen Glanz ihrer Truppen, wobei ihm zwei Adjudanten von den Gardeschützen sekundierten, die auf den Gipfelpunkten seiner Sarkasmen in ein einstimmiges Wiehern ausbrachen.

»Für meine Schützen wird es sehr tröstlich sein, meine Herren, zu wissen, daß die Anstrengungen Ihrer wackeren Männer, sollten sie einmal Seite an Seite mit den Schützen ins Gefecht gehen, den Feind schnellstens in Hilflosigkeit versetzen werden – natürlich vor Lachen.«

Als er uns bemerkte, ließ er das geknickte Häuflein wegtreten und fragte mit gezwungener Höflichkeit nach unserer Meinung über seine Schäflein. »Bald können Böcke draus werden, meinen Sie nicht?«

»Geschlachtet werden sie bald«, war Rimmers Antwort.

Crashaw lief rot an. »Ich hoffe, Sie wollen nicht meine knappe Zeit mit weiteren belanglosen Einwänden gegen meinen Plan vergeuden. Ich habe mich bereits der mir begeistert angetragenen Hilfe dieser braven Leute versichert. In ihren Gärtnereien und am Flußufer schießen sie jeden Tag ein Dutzend Ratten ab.«

»Aber haben sie schon Ratten unter der Erde gejagt?« fragte Rimmer. »Und haben Sie ihnen von der riesenwüchsigen Rasse erzählt?«

»Riesenwüchsige Rasse!« spöttelte Crashaw. Er deutete auf mich. »Eine Rasse, die wohl von der streunenden Phantasie Ihres mondgesichtigen Amanuensis gezeugt oder von Ihrem irischen Aufrührer gezüchtet wurde. Ich möchte davon nichts mehr hören. Jetzt gehen Sie Ihrer Wege und melden Sie sich heute abend um neun in der Übungshalle von Hammersmith zum Dienst als Führer für meine Rattenjäger.«

»Also, versucht haben wir's«, sagte Rimmer und schritt voraus über die Wiesen.

Die Übungshalle von Hammersmith war von der Größe einer neueren Kathedrale und ebenso kalt. Sie war leer, als Rimmer und ich in übler Laune dort ankamen, nachdem wir den Nachmittag mit Versuchen zugebracht hatten, Durston zu einem letzten Appell an den Unterstaatssekretär zu bewegen; nur mit dem Erfolg, daß seine Lordschaft sein Allerheiligstes mit einem dreifachen Kordon von Sekretären umgab, deren jeder Anweisung hatte, Durston den Zutritt zu verweigern. Die Kirchentüren fielen zu, und durch das dämmrige Licht kam Scud auf uns zu, um unsre Ausrüstung zu überprüfen. Seinen Vorschlag, Schutzkleidung für die Freiwilligen zu beschaffen, hatte Crashaw bespöttelt: »Brustpanzer und Helme auch, Mr. Scud?« – uns aber hatte der ehemalige Kanalfischer beschworen, keinesfalls ohne die nötige Ausrüstung zu erscheinen: lange, die Ärmel bedeckende Handschuhe, bis über die Knie hinaufreichende Stiefel, bis zum Hals zugeknöpfte Lederwämser und Kappen mit Nackenschutz. Die Türen gingen wieder auf, und Crashaw stapfte mit seinen Adjutanten in die Halle, ein paar Flöckchen Schnee von sich abklopfend. Ihnen folgte ein Trupp von einhundert Westlondonern, die sich in Reih und Glied aufstellten und in Gruppen zu je fünf abgezählt wurden. Rimmer starrte ungläubig auf die Gewehre.

»Enfield-Vorderlader! Was glaubt denn dieser Crashaw, wo er die Leute hinschickt, zum Üben auf die Ebene von Salisbury? Was sollten sie auf engem Raum damit anfangen?«

Statt einer Antwort zeigte Scud auf die Gürtel. An jedem hing ein Schlagstock. Das Kriegsministerium, das gewohnt war, den Freiwilligen nur dic lächerlichsten Waffen anzuvertrauen, hatte nicht einmal hundert Pistolen übrig gehabt.

Als letztes kam ein Wagen, dem eine ganze Bande Rabauken entstieg, alle so klein wie Scud und alle ebenso zweckmäßig gekleidet. Neben ihnen sahen die Freiwilligen mit ihren dicken, grünbehosten Beinen übergewichtig und leichtverwundbar aus. Die Neuankömmlinge waren Toscher, erklärte uns Scud, wie wir selbst als Führer ausgewählt.

Crashaw stieg auf ein Podest, um eine Ansprache zu halten und den Männern das Ziel bekanntzugeben, das er, wie wir errieten, zur Zeit ihrer Anwerbung nur vage angedeutet hatte. Sie sollten, sagte er, einen bestimmten Abwässerkanal von Nagetieren säubern, den Covent Garden-Kanal. Wenn die Übung erfolgreich verliefe, und er war sicher, das würde sie, so käme die gleiche Methode auch in den anderen Hauptkanälen der Metropole zur Anwendung, mit dem Ziel, eine ärgerliche, aber nicht gefährliche Störung zu beheben. Die Westlondoner stünden also im Begriff, durch ein bahnbrechendes Unternehmen ihrem schon jetzt nicht unbeträchtlichen Ruhm neuen Glanz zu verleihen.

»Hol's der Teufel«, stöhnte Rimmer, »und das glauben sie ihm! Seht nur ihre Gesichter, wie sie strahlen!«

Jeder Trupp, fuhr Crashaw fort, würde einen bestimmten Abschnitt des Kanals übernehmen, in dessen Zuflußrohren und Seitenkanälen die Ratten aufzustöbern und zu vernichten seien. Nach vollbrachter Tat würden die Männer den Kanal an einem vorherbestimmten Ausstieg verlassen und sich im Hauptquartier an der St. Pauls-Kirche in Covent Garden zurückmelden. Er hielt inne und hüstelte, und ich wartete darauf, daß er etwas von den Riesenratten sagte, den Kriegsfürsten, wie Rimmer und ich sie inzwischen nannten, aber er murmelte nur etwas wie »viel Glück« oder »guten Fang«, grüßte und stieg vom Podest herab. Von den

Freiwilligen hatte er offenbar eine so geringe Meinung, daß es ihm weder nötig noch ratsam erschien, sie über die Art ihrer Gegner aufzuklären.

Die Schar stellte sich in Reih und Glied auf und marschierte durch das Schneetreiben zu einem Landesteg an der Hängebrücke, wo ein Schiff unter Dampf lag; wir folgten im Wagen, zusammen mit den Toschern. Wie die Kampftüchtigkeit der Truppe einzuschätzen war, zeigte sich daran, daß sie allein für die Einschiffung dreißig Minuten brauchte. Als endlich auf ein letztes Kommando Crashaws die Radschaufeln zu wühlen begannen, suchte sich der Dampfer vorsichtig seinen Weg durch das Gestöber, aus dem nun ein Schneesturm geworden war.

Wie gewöhnlich hatte Rimmer darauf bestanden, daß ich soviel wie möglich von unseren Abenteuern mit dem Stift festhielt, und ich fing an, meine Gruppe zu zeichnen, wie sie an der Reling stand und die voraussichtliche Jagdbeute dieser Nacht erörterte. Da war Korporal Bunce, dem der Leib aus den Hosen quoll; er nahm die Wetten auf das höchste Abschußergebnis an. Auf bestem Fuß mit ihm standen der faltige Schütze Winser und der blasse Schütze Sweetlove; neben ihnen Schütze Gilshinan, der eine Stummelpfeife rauchte und mit lässiger Eleganz in den Fluß zu spucken verstand; und über seiner Schulter sah man den Schützen Gotto mit den traurigen Augen, der unablässig seine langen, knochigen Finger knacken ließ. Als die Gruppe plötzlich aufgeregt auseinanderlief, blickte ich auf und sah, daß wir schon in Westminster waren und auf einen behelfsmäßigen Landesteg nahe bei den Caissons für den neuen Kai zuhielten. Chelsea, Battersea und Vauxhall waren unter ihrer Schneedecke unbemerkt vorübergeglitten. Die Freiwilligen formierten sich wieder und bewerkstelligten, sich selbst übertreffend, die Ausschiffung in zwanzig Minuten. Wir brachen auf nach Covent Garden.

Wir sahen nicht viele Menschen, als wir an diesem Abend durch London zogen. Der Schneesturm trieb die meisten in ihre dämpfigen Küchen und ungelüfteten Zimmer, und selbst die Obdachlosen hatten sich beeilt, von den Straßen fortzukommen, und drängten sich in unbeleuchteten Durchgängen um glimmende Abfallhäufchen. Wir folgten dem Verlauf des Kanals und hielten von Zeit zu Zeit an, während ein Trupp ausscherte, den Deckel von einem Einstiegsloch abhob und in den ihm zugewiesenen Abschnitt hinabstieg. Mein Trupp hielt am Eingang zur Unterführung in der King Street, und ich führte die Männer durch den nun schon vertrauten Gang mit jenem Vorgefühl eines drohenden Verhängnisses, das den Helden eines Gruselromänchens im vorletzten Kapitel zu befallen pflegt. Wie gern hätte ich darauf verzichtet!

Unseren Abstieg in den Kanal brachte Korporal Bunce zum Halten, der wie ein Korken im Einstiegsloch steckenblieb; schließlich bekamen wir ihn hindurch, und mit barschen Befehlen an die Männer, in jedes Rohr und jede Rinne hineinzustochern, stellte er seine Autorität wieder her. Fünfzehn Minuten, dreißig und mehr vergingen, ohne daß sie etwas fanden. Von Zeit zu Zeit ließ ich anhalten und horchte. Die Ratten waren da, ganz gewiß, wohlverborgen hinter dem Mauerwerk; manchmal hörte ich das Scharren von Pfoten oder Schwänzen. Dann, als wir den halben Weg zurückgelegt hatten, kam ein heiserer Schrei, und ich spürte, wie sich mir der Magen zusammenzog. Irgendwo hatte ein Fürst ein Kommando gegeben, und die Ratten gingen zum Angriff über. Sofort kamen sie in Sicht und spähten, knapp außer Schußweite, aus den Mündungen der Nebenkanäle hervor.

»Prima, Jungs!« freute sich Bunce und schickte Winser und Sweetlove im Laufschritt zu der nächsten von den Ratten besetzten Einmündung. Wir hörten Schüsse und freudiges Gebrüll, und Winser kam zurück und ließ ein Bündel brauner Leiber unter seiner Faust tanzen.

»Sweetlove at unnert Stück innen Rohr getriem, wo se nich mehr raus könn«, berichtete er. »Ich geh un ilf se totmachen.«

»Nicht nötig, wenn's so leicht ist«, sagte Bunce, und er ordnete an, daß jeder einen der Seitenkanäle übernehmen solle. »Du«, sagte er zu mir, »bleibst ier stehn un zählst mit. Ich geh mal weiter bis zur nächsten Biegung un alt Hausschau.«

Die Männer liefen nach rechts und links davon, und ich blieb allein zurück. Hin und wieder beruhigte mich der Knall ihrer Schüsse, aber bald kamen keine mehr, und nur noch das Rieseln des Schmutzwassers war zu hören. Die Handflächen wurden mir feucht. Zumindest Sweetlove hätte jetzt mit seiner Rinne fertig sein und zurückkommen müssen. Ich ging zu seiner Abzweigung und leuchtete mit der Laterne in die Mündung, sah aber nichts. Ich rief nach ihm. Keine Antwort. Ich duckte mich, ging hinein, stolperte zwanzig Schritte weit und sah mich um. Im Wasser blinkte etwas: der Lauf eines Enfieldgewehrs. Ich ging um die nächste Ecke und sah den Besitzer. Sweetlove lag hingestreckt im Schlamm, bedeckt von einem gefräßigen braunen Gewimmel.

Ich machte, daß ich in den Hauptkanal zurückkam, und rannte hinter Bunce her. Aufatmend blieb ich stehen, als ich ihn vor mir sah, in die Wasserrinne gekauert und den Knüppel in der Hand. Doch als ich näherkam, entfiel ihm der Knüppel, und er stürzte vornüber in den Schlamm. Schatten lösten sich von seinem Kragen und schwammen an den Rand. Um seinen Hals wölkte sich das Wasser in roten Kringeln. Ich beugte mich über ihn und sah, daß sein Kehlkopf herausgerissen war.

Als ich mich aufrichtete, mit einem Würgen im Hals, schlug eine Kugel Splitter aus der Wand hinter mir. Winser torkelte mir entgegen, das Gewehr locker in der einen Hand, Gilshinans Pfeife fest umklammert in der anderen. Ich brüllte, er solle aufhören, aber er lud und feuerte noch einmal, und die Kugel streifte mein Wams. Ich rief ihn an, als er auf gleicher Höhe war, aber er stolperte an mir vorüber. Seine Augen rollten, das Kinn hing schlaff herab, und durch den Speichel um seine Lippen kamen jaulende Protestlaute. Was er auch von Gilshinans Ende mitangesehen haben mochte, es hatte ihm den Verstand geraubt. Abermals lud er durch, lief weiter und verschwand nach dreißig Schritten um eine Biegung. Ich sah ihn nicht wieder.

Ich hörte einen langen, anhaltenden Schrei, und es dauerte etliche Sekunden, ehe ich begriff, daß die Stimme meine eigene war. Ich irrte den Kanal entlang, wechselte an einer Kreuzung die Richtung und setzte mich endlich, als ich nicht mehr wußte, wo ich war, hilflos zu Boden. Da hockte ich und hielt mir den dröhnenden Kopf, bis ein Geplätscher im Wasser mich hochfahren ließ. Pfeilspitze Köpfe schwammen auf mich zu, und ich spürte Bewegungen längs der Wände. Ich machte keine Anstalten, mich zu verteidigen. In dem Wissen, daß es mit aller Aufregung zu Ende ging und daß es kein Entkommen gab, blieb ich sonderbar ruhig. Als Rimmer, Scud und ein Trupp Soldaten aus einem Seitenkanal zu meiner Rechten krochen und meine Angreifer mit einer wohlgezielten Salve zerstreuten, nahm ich die Störung fast übel. Dann überfiel mich ein Zittern, und ich weiß von nichts mehr, bis ich unter

Rimmers Whiskyfläschchen, das er mir an den Mund drückte, wieder zu mir kam.

Ein Greuel stand mir noch bevor. Denn während Rimmer einen fragmentarischen Bericht über das Schicksal meines Trupps aus mir herausholte, sah ich, daß einer der Soldaten eine Leiche in den Armen trug. Der Kopf baumelte herab, und ich drängte mich an Rimmer vorbei, um ihn näher anzusehen. Der habe in einer Rinne am Ausgang eines Seitenkanals gelegen, sagte mir Scud. Ob er zu unserem Trupp gehört habe?

Ich nickte. Es war Schütze Gotto. Aber wo seine traurigen Augen gewesen waren, da waren nun blutige Höhlen, und seine langen, knochigen Finger waren abgenagte Stümpfe.

»Zuerst haben wir die Ratten durch die Kanäle gejagt, dann sie uns«, sagte Rimmer, »und dabei haben wir uns verirrt. Aber Scud meint, hier irgendwo in der Nähe muß ein Einstiegsloch sein.«

Wir legten noch eine Meile zurück, ehe wir eines fanden. Alle fünfzig Schritt machten die Freiwilligen kehrt und schossen, um die Verfolger von uns abzuhalten. Unterwegs erzählte mir Rimmer, daß es Scuds Trupp und seinem eigenen ebenso ergangen war wie dem meinen: Sie hatten sich sicher gefühlt und hatten sich getrennt; auch sie hatten den Schrei eines Fürsten gehört. Nachdem der Hergang der Ereignisse einmal klar war, begann Rimmer gleich wieder Theorien aufzustellen:

»Sobald die Ratten erkannt hatten, worauf wir ausgingen, müssen sie eine Gegenstrategie entwickelt haben. Unsere gemeinsame Feuerkraft war zuviel für sie, also haben sie uns einzeln vorgenommen. Teile und herrsche! Genau wie McWhirrie sagt: Sie haben uns studiert und die Lehren gut begriffen.«

Wir hielten unter dem Einstiegsloch, und Rimmer, dessen Führung die Freiwilligen sich stillschweigend unterordneten, schickte Scud als den Behendesten die Eisensprossen hinauf, um den Deckel abzuheben. In fünfzig Schritt Abstand hielten auch unsere Verfolger und beobachteten uns; doch als ich, durch ein Geplätscher beunruhigt, umherleuchtete, sah ich eine Reihe der Ratten auf Mauervorsprüngen über uns hinwegziehen. Hinter uns sprangen sie zu Boden, und wir waren eingeschlossen. Im Rücken des größeren Haufens war der nun wohlbekannte heisere Schrei zu vernehmen. Die Ratten begannen mit den Schwänzen zu peitschen und sich im Gleichtakt zu wiegen – zur Einstimmung auf den Angriff. Eine Anzahl dröhnender Schläge, unterbrochen von irischen Temperamentsausbrüchen, verriet uns, daß der Deckel des Einstiegslochs in seiner Fassung festgerostet war. Dann rief Scud:

»Gottseidank, d'gifft narch!«

Wir hörten Metall klirren, und dann sprang Scud zu Boden, eingehüllt in eine Wolke von Dreck und begleitet von einem eisigen Luftzug.

»D'is orf!« sagte er.

Wie dies auf die Feinde wirkte, sahen wir augenblicklich. Alle Bewegungen hörten auf, und die Rücken spannten sich.

»Seht nur!« rief ich.

Zwischen ihnen nach vorn drängten sich die massigen Schultern und die gebleckte Schnauze eines Fürsten. Ich hörte seinen Schrei, und die braune Masse wogte auf uns zu.

»Feuer!« befahl Rimmer, und die Enfields der Freiwilligen rissen ein Loch in die Front der Angreifer.

Einer der Schützen schwur, er habe den Fürsten getroffen – doch das Tier schien nicht verwundet zu sein.

Während die Ratten für einen Augenblick unschlüssig stehen blieben, stellte mich Rimmer auf die unterste Sprosse des Schachts und befahl zwei Freiwilligen, mir nach oben zu folgen.

»Keine Widerrede!« fuhr er mich an, als ich Einwände machte. »Noch nie einen Mann getroffen, der sich ohne Getue hätte retten lassen.«

Meine schlammverkrusteten Stiefel glitten auf dem Metall aus, doch als ich anhielt, um sicheren Halt zu gewinnen, hörte ich unter mir eine zweite Salve, und Rimmer brüllte: »Beeilt euch, verdammt noch mal!«

Ich kletterte weiter und warf mich oben über den Rand, mit dem Gesicht voran in den tiefen Schnee. Ich drehte mich auf den Rücken und fuhr zusammen unter dem Blick eines schwarzen Schädels. Als die Freiwilligen herauskamen und mich beiseite schoben, sah ich, daß wir uns am Rande eines Friedhofs befanden und daß der Schädel, aus verwittertem Stein, das Grab des Herrn Caleb Webster, *obiit* 1820, schmückte. Ich sah mich um und erblickte eine Kirche von unverwechselbarem Aussehen; da begriff ich, daß wir auf unseren Irrwegen aus der Gemeinde St. Paul in Covent Garden bis in die Kanäle der Gemeinde St. Pankraz gelangt waren.

Aus dem Einstiegsloch kam ein dumpfer Knall. Noch zwei Freiwillige stiegen heraus und berichteten, daß die Ratten zum letzten Ansturm bereit waren.

»Dann werden wir das Zeug dort gebrauchen können«, rief ich und rannte zur Kirchenmauer, wo ich Baugerüste, Leitern und Seile entdeckt hatte. Fast war es zu spät. Als wir zurückkamen, warfen sich die letzten der Freiwilligen über den Rand des Loches, mit üblen Bißwunden an den Beinen. Rimmer und Scud, sagten sie, seien schwer in Bedrängnis, und nur ihre feste Kleidung bewahre sie vor tödlichen Wunden. Die Leitern hinabzulassen, war keine Zeit. Die Männer warfen das eine Ende des dicksten Seils in den Schacht und banden das andere um einen Baum, während ich leere Säcke über den Rand legte, damit das Seil nicht über die Eisenkante lief. Aus dem Loch stieg plötzlich ein Feuerschein, es knallte in rascher Folge, und das Seil straffte sich mit einem Ruck. Die Männer zogen aus Leibeskräften. Dann tauchten Rimmer und Scud auf, aneinandergeklammert wie Bergleute, wenn sie aus der Grube aufsteigen, mit glimmenden Kleidern und versengten Bärten.

Während die Freiwilligen den Deckel wieder auflegten, streckten Rimmer und Scud sich keuchend in den Schnee. Schließlich konnten sie berichten. Als die Ratten über sie herfielen, hatte Rimmer sich so gut er konnte mit einem Schlagstock gewehrt, während Scud, auf den untersten Sprossen stehend, ein Knäuel geteertes Garn und Zündhölzer aus der Tasche gezogen hatte. Grad in dem Augenblick kam unser Seil herabgeschwebt, und Scud, während er Rimmer zurief, seine Gespielen abzuschütteln und sich daran zu hängen, hatte sein Garnknäuel entzündet und es nach dem Fürsten geworfen. Dem hatte es die Schnauze verbrannt, noch bevor er zur Wasserrinne kam, um sie zu kühlen.

»Und das soll sie verscheucht haben?« fragte ich.

Das und die dreißig Kugeln in dem Garn, grinste Scud. Die Ratten konnten nicht wissen, wo der nächste Knall herkam. »Toschers letztes Gebet« nannte man diesen Trick, fügte er hinzu. Man machte davon nur Gebrauch, wenn man sich die Nase lieber versengen als abfressen lassen wollte.

Der Schneesturm hatte aufgehört, aber nach dem Aufenthalt in den Kanälen schien uns die Kälte unerbittlich. Die Freiwilligen hüpften auf der Stelle und schlugen sich die Arme um den Leib, so heftig aufstampfend, daß der Grabstein neben ihnen zu wackeln schien. Dann hörten sie auf, doch der Stein wackelte immer noch. Die anderen sahen den Schrecken in meinem Gesicht und blickten meinem zitternden Finger nach. Langsam hob sich der Stein, emporgestemmt von massigen, versengten und zerschundenen Schultern, und ein Strom brauner Leiber quoll durch die erweiterte Öffnung in den Schnee hinaus. Wir stierten ringsum: Aus einem Dutzend Gräbern kamen Ratten hervor und schlossen um uns einen Kreis.

Mit Gewehrkolben und Stöcken schlugen wir uns durch, rannten zu dem Gerüst an der Kirchenmauer und kletterten von dort auf den Portikus der angrenzenden Sakristei. Als wir oben in Sicherheit waren, zeigte Scud, was er als Gerüstbauer beim Kristallpalast gelernt hatte. Er brachte die Verstrebungen und Bretter auf einmal zum Einsturz. Hinter den Karyatiden und Terrakotta-Jungfrauen knieend, die den schweren Portikus auf den Köpfen trugen, nahmen die Freiwilligen die Ratten unter Feuer, die über den Schnee ausschwärmten, hochsprangen und an dem glatten Portlandstein der Sakristeimauer unter uns Halt suchten. Dic Gemeinde St. Pankraz schlief bei all dem in Frieden, denn der Wind war wieder aufgekommen und wirbelte das Knallen unserer Gewehre mit sich davon, hoch über die Schornsteine von Bloomsbury. Anfangs verwünschten wir ihn, dann aber, als er die ersten Flocken eines neuen Schneegestöbers herantrug, ließen wir's sein. Denn gerade als die Freiwilligen Rimmer meldeten, daß ihnen die Kugeln ausgingen, hörten wir einen Schrei des Fürsten – diesmal einen tiefkehligen Schrei, nicht so sehr anfeuernd als beschwichtigend –, und als wir hinter den Röcken der Karyatiden hervorspähten, sahen wir die Front der Ratten zurückweichen, bis der Schnee sie unsern Blicken entzog.

Eine halbe Stunde später meldeten wir uns bei Crashaw, der über ein Schreibpult gebeugt in der Sakristei der St. Pauls-Kirche saß, grau um die Lippen, die Augen verdunkelt vor Anspannung. Unsere Meldung war die letzte und die schlimmste. Zwanzig Mann, gab er zu, hatte er verloren, und zehn weitere würden wahrscheinlich an den Bissen sterben.

»Unn was wulle Sie den Frauen unn Kinnern sarche?« Scud schlug auf den Tisch vor Wut. »Dasse die Männer darhin geschickt habbe, wo kein Suldadde was zu surche hadde? Dasse sich kein Orgenblick um alles gekümmert habbe, was man Ihne gesarcht hat?«

Crashaw stand auf und ging zum Fenster. Er blickte in den Schnee hinaus, der in dem bunten Glas purpurn schimmerte.

»Nächste Angehörige werden unterrichtet, daß die Männer bei der Explosion einer Munitionskiste während einer unterirdischen Übung ums Leben gekommen sind; Leichen konnten nicht geborgen werden. Ein Kondolenzbrief ist schon entworfen, und besitzt die uneingeschränkte Zustimmung Lord Yelvertons. Ich will Sie nicht länger aufhalten. Gute Nacht, die Herren!«

Wir rührten uns nicht. Er kam auf uns zu, die Lippen fest gespannt.

»Sie waren nur Gärtner, die Soldat spielen wollten. Unter dem militärischen Gesichtspunkt, dem einzigen, der hier zählt, sind sie entbehrlich.«

»Was gedenken Sie zu tun, wenn die siebzig Überlebenden und die Führer ihre eigene Version über diese Angelegenheit bekanntgeben?« fragte Rimmer.

Crashaw lächelte überlegen. »Ich denke, Sie werden sehen, daß die Entschädigung, die wir den Leuten für ihre Mühen auszahlen, großzügig genug ist, um zu gewährleisten, daß ihre Geschichten mit der unsrigen übereinstimmen. Und die Führer, von denen jeder etlicher Straftaten verdächtig ist, werden aus Furcht vor dem Gefängnis den Mund halten.«

Rimmer versuchte ein Letztes: »Und angenommen, wir gehen mit unserer Geschichte zu den Zeitungen?«

»Die drucken nur, was wir ihnen sagen. Außerdem hat Lord Yelverton gerade ein paar interessante, inoffizielle Einzelheiten zu den neuen Steueranträgen der Regierung bekanntgegeben. Damit wird die Aufmerksamkeit der Redakteure mehr als zur Genüge in Anspruch genommen sein.«

Rimmer winkte ratlos ab und ging hinaus, gefolgt von Scud und von mir. Draußen war der Schneesturm schlimmer geworden, und wir stapften durch scharfe Böen zur Little Newport Street. Scud nahmen wir mit, denn nach Shoreditch waren die Straßen zugeschneit.

»Se ferde zoröckschlage. De Ratten ferde sech räche, on fo, das fäß Kott!« McWhirrie schlurfte durchs Zimmer. Er und Gunn hatten uns zuhause erwartet und uns mit Grog und Bratkartoffeln gestärkt. Jetzt saßen wir verdrossen am Kamin und hörten ihm zu. Alle diese Zwischenfälle, meinte er, seien nichts anderes als Vergeltungsmaßnahmen der Ratten gegen die von Menschen ausgehenden Störungen im Kanalsystem. Angesichts der Intelligenz dieser Ratten wage er kaum auszudenken, was sie als nächstes tun würden.

»Wo sie auch hingehen«, sagte Gunn und stemmte die Spitzen seiner dicken Finger zusammen, »sie werden Nahrung suchen.«

Er hatte recht. In den Spätausgaben der *Times* stand am nächsten Tag ein Bericht über eigenartige Störungen in einem großen Lagerhaus am Rande von Blackfriars, in dem Tiere untergebracht waren: nicht Haushunde, Katzen oder Schildkröten, sondern große, wilde Tiere für die Zirkusse und Menagerien. Es war frühmorgens geschehen. Die Tiere, die hier in nächster Zeit von ihren Käufern abgeholt werden sollten, waren in Panik geraten. Warum, wußte niemand. Sie hatten die Wärter angegriffen, die sie beruhigen wollten. Einer war auf der Stelle von der messerscharfen Hufkante eines ausschlagenden Zebras getötet worden; ein anderer, von der Pranke eines Bären getroffen, war auf die Gitterstäbe gespießt worden, die der Rüssel eines frisch importierten Elefanten aus ihren Halterungen gerissen und zu einem Bündel Lanzen verbogen hatte; Körperteile eines dritten hatte man etwas später in einem Transporttank gefunden, der ein Flußpferd enthielt. Andere waren von Eidechsen und Schlangen gebissen worden. Ein angesehener Zoologe, zur Beratung herbeigerufen, büßte drei Finger im Maul eines Kamels ein, das wegen seiner Zahmheit der Liebling aller Matrosen auf dem Transportschiff gewesen war. Viele Futtersäcke in einem benachbarten Lagerschuppen, hieß es weiter in dem Artikel, waren durch unbekannte Einwirkung beschädigt oder geleert worden.

Wir kannten diese Einwirkung. Bald darauf wurden wir, wie erwartet, zu einer Krisensitzung des »Yelverton-Komitees« gerufen, wie wir die Runde neuerdings nannten. Die Sitzung war auf sechs Uhr anberaumt. In der Zwischenzeit schickte mich Rimmer zum Einkaufen (wir hatten in den letzten Tagen die Speisekammer nicht aufgefüllt) in den Graupelregen hinaus, der auf die Schneestürme gefolgt war. Er habe, so erklärte er, auf Hammel-Curry Appetit, und schickte mich zu einem Hindu, der einen Gewürzstand auf dem Neuen Fleischmarkt in Lambeth hatte.

»Kenne ihn von der Meuterei der Sepoys her. Kapitaler Bursche! Wollte mir die Kehle durchschneiden, mußt ich ihm den Kiefer zerschlagen. Jetzt verkauft er mir erstklassige Gewürze zu einem Freundschaftspreis.«

Ich hatte bei Rimmers Freund gerade ein Dutzend Tütchen mit orientalischen Pulvern gekauft und befand mich auf dem Rückweg durch das Gedränge, da sah ich inmitten der Hausfrauen in ihren breiten Schals und der schäbig gekleideten Arbeiter, die unter der Glut der Gas- und Öllampen und der tropfenden Kerzen schwitzten, plötzlich ein bekanntes Gesicht. Es war Durston. Im Schutz einer rissigen Zeltplane, die einen Verkaufstisch voller schmieriger Fischschwänze überdachte, sprach er mit einem Mann, dessen Gesicht mir ebenfalls bekannt vorkam, ohne daß ich wußte, woher. Ich staunte. Natürlich mußte auch ein Beamter manchmal selber Lebensmittel einkaufen gehn, auch einer von Durstons Rang, wenn der Diener krank oder die Haushälterin fort war; aber sein eleganter Mantel und die feinen Schuhe paßten doch besser in die Jermyn Street als auf den Neuen Fleischmarkt, und seinen Gaumen, dachte ich mir, müßten delikate Seezungenfilets eher befriedigen als traniger Schellfisch. In solche Gedanken versunken, stieß ich mit einem Kupferstichhändler zusammen, dessen Blätter in einem umgestülpten Regenschirm lagen und nun von mir über das Pflaster verstreut wurden. Bis wir sie aus dem Matsch gerettet hatten, waren Durston und sein Gesprächspartner verschwunden.

Um sechs Uhr wurden Rimmer und ich, nun zum zweiten Mal, ins Besprechungszimmer der Schützenkaserne geleitet. Yelverton führte den Vorsitz, rechts von ihm Crashaw, die Lippen etwas schmaler als gewöhnlich, ansonsten aber offenbar unbeeindruckt von dem

Fiasko der letzten Nacht. Auch alle anderen waren da; nur Edeltrutz fehlte, unerklärlicherweise.

Yelverton ließ keine Zeit für Vorwürfe. »Infolge unseres jüngsten Versuchs«, verkündete er, »hat Oberst Crashaw Gelegenheit gehabt, seinen Plan zur Säuberung der Kanalisation neu zu fassen.« Und dann erteilte er dem Oberst das Wort.

»Es ist einfach genug«, sagte Crashaw. »Ich hätte die Aufgabe nicht diesen elenden Zivilisten in Uniform anvertrauen sollen. Ein unfähiger Haufen! Wir brauchen härteres Holz. Meine guten Gardeschützen aber kann ich nicht aufs Spiel setzen. Sträflinge, die werden wir nehmen. Versprechen ihnen Straferlaß für erwiesene Dienste.«

»Ihre Majestät Kommissare für die Haftanstalten wurden schon auf inoffiziellem Wege angesprochen«, ergänzte Yelverton, »und sie unterstützen unsere Maßnahme von ganzem Herzen.«

Etwas knackte. Rimmers Finger hatten sich um das Pfeifenrohr gekrampft, bis es brach. »Ist Ihnen denn das Leben der dreißig armen Kerle aus Hammersmith noch nicht genug? Sie können, Sie dürfen keine unerfahrenen Leute bei dieser Aufgabe einsetzen!«

»Ich sehe keinen Grund, diese Diskussion fortzusetzen.« Yelverton schob seinen Stuhl zurück und stand auf.

Scud, sich vor Rimmer lehnend, ignorierte den Vorsitzenden. »In Gottes Nammen, Harr Ubberscht, wann Se sich die Idee schonn nicht orschredde lasse, dann gebbe Sie doch wennigsdensch den armen Deiweln ne achte Chansch!«

»Was schlagen Sie vor?« Crashaw war zurückhaltend interessiert. Scud war der einzige von uns, auf dessen Urteil er etwas gab.

»Arscht mal die Kanäle mit Wasser flute, Harr Ubberscht! So habbe wir die Ratte orch früher schon getötet. Warum sull das jadscht nicht genn?«

Yelverton gab die Frage an Bazalgette weiter. Der Ingenieur runzelte die Stirn.

»Simultanspülung des Gesamtsystems ist nicht durchführbar. Wir haben nicht genug Leute. Lokal begrenzte Maßnahmen allerdings, zum Beispiel im Bezirk Covent Garden, wären immerhin möglich. Bisher haben wir den Gedanken nicht in Betracht gezogen, wegen der Gefahr für die Kanalreiniger. Aber wenn Sie wollen, versuchen wir's.«

»Wir wären Ihnen sehr dankbar«, sagte Rimmer, und auch Owen äußerte knurrend seine Zustimmung.

»Ich habe keine Einwände«, fügte Crashaw hinzu, »vorausgesetzt, daß dies keine Verschiebung meines Unternehmens erfordert. Ich habe es für morgen abend vorgesehen.«

Bazalgette sagte, er würde sich mit seiner Abteilung sofort ans Werk machen. Die Sitzung löste sich eben in einer nahezu freundlichen Atmosphäre auf, als ein Schütze eintrat und eine Meldung für Crashaw brachte, der sie Yelverton und Durston zeigte. Der Unterstaatssekretär hüstelte:

»Unser Feind greift wieder an. Und wie es scheint in der Nachbarschaft von Fräulein Tiptrees Krankenmission. Diese Nachricht stammt von ihr. Sie wäre froh über Ihren Beistand, Herr Rimmer.«

Ein hartes Herz, das sich verschlossen hätte, wenn Edelmut und Trutz um Hilfe riefen! Droschken wurden herbeigeholt. Yelverton und Crashaw fuhren zu weiteren Gesprächen mit den Gefängniskommissaren, Owen und Bazalgette eilten in die Technische Abteilung der Stadtwerke, Rimmer und Scud bestiegen eine Kutsche nach St. Giles, und ich folgte in einer zweiten, zusammen mit Durston.

Wenn man von einem lässigen Begrüßungsnicken absah, hatte Durston meine Anwesenheit bei allen Zusammenkünften nicht im mindesten beachtet. Jetzt saß er, auf Abstand bedacht, in der einen Ecke, während ich die andere einnahm und über die Eröffnungsworte zu einer ungezwungenen Konversation nachdachte.

»Gehn Sie oft auf den Fleischmarkt?« war das Beste, was mir einfiel. »Rimmer sagt, es ist der schönste Markt in ganz London.«

Eine hochgewölbte Braue bezeigte mir Unverständnis.

»Der Fleischmarkt! Sie wissen doch, in Lambeth. Ich hab Sie heute nachmittag dort gesehn.«

»Dann«, bemerkte mein Begleiter, »müssen Sie das Opfer einer Halluzination geworden sein.«

»Aber ich hab Sie doch gesehn!« beharrte ich. »Sie sprachen mit einem Herrn.«

»Halluzination«, kam die Antwort. »Vermeintliche Wahrnehmung nicht vorhandener Gegenstände.«

Ich war noch jung und mit Intelligenz nicht im Übermaß gesegnet, aber ich hatte gute Augen und traute ihnen. Ich lehnte mich in meine Ecke zurück und grübelte, warum wohl Herr Durston log.

Gegenangriff

Die Droschken setzten uns vor Edeltrutz' Krankenmission ab, einem schäbigen, einstökkigen Gebäude aus braunem Backstein, vor dessen Tür ein Dutzend alter Frauen mit Bibeln standen. Ihren religiösen und medizinischen Doppelzweck erfüllte die Mission, indem sie zur Bedingung machte, daß alle, die um medizinische Hilfe nachsuchten, zuerst zu einer Bibelstunde gingen. Wir fanden Edeltrutz in der Hausapotheke, wo sie damit beschäftigt war, Verbandszeug aufzurollen und zusammen mit Salben und Desinfektionsmitteln in einen Beutel zu packen. Wo denn die Ratten seien, fragten wir. Sie hatte eine Nadel zwischen den Zähnen und zeigte nur durch das Gitterfenster. Wir sahen hinaus. Hundert Schritt weiter auf der Straße war eine Ansammlung von Lichtern. Edeltrutz, die mit ihren Vorbereitungen fertig war, führte uns durch die Hinterpforte hinaus. Als wir näherkamen, erkannte ich, daß die Lichter zu einer Schar von etwa zweihundert Leuten gehörten, die sich unter den Augen eines nervösen Konstablers am Straßenrand drängten. Ich hatte noch nie eine so stille Menschenmenge gesehen und fragte Edeltrutz nach dem Grund.

»Sie werden's gleich sehen«, war die bittere Antwort, und einen Augenblick später sah ich's.

Die Menge starrte in eine fast fünfzig Fuß tiefe Grube hinunter, deren Wände mit Bohlen abgestützt und von Gerüsten eingesäumt waren. Ein Schild erklärte, hier werde im Auftrag der Stadtwerke ein Nebeneingang zum mittleren Kanalsystem angelegt. Ein Zaun umgab den Bauplatz, doch an einer Stelle war er niedergebrochen. Unten lag das Wrack eines Omnibusses, daneben zwei tote Pferde. Männer mit Laternen gruben zwischen den zersplitterten Brettern des Gefährts und wechselten leise Zurufe. Ein Wort hörte ich wieder und wieder: »tot«.

»Dreißig Kinder haben in dem Omnibus gesessen«, sagte Edeltrutz, »aus armen Familien. Die Mission hatte für sie eine Weihnachtsbescherung vorbereitet. Eben als sie abfuhren, warf ein Lausbub einen Schneeball, und die Pferde scheuten. Sie gingen durch, glitten auf einer Eisscholle aus, und der Bus brach in voller Fahrt durch den Zaun und stürzte in die Baugrube.«

»Und die Ratten?« fragte Rimmer.

»Die Kinder waren auf ihren Bänken eingeklemmt; sie hatten einen Schreck bekommen, aber keines war schlimm verletzt. Die Männer haben die Pferde erschossen – sie hatten sich die Beine gebrochen – und den Kindern gesagt, sie sollten ruhig sitzenbleiben, bis sie Seile und Leitern herbeigeholt hätten. Zuerst hörten wir die Kinder lachen und singen, dann kamen Schreie. Wir konnten nicht sehen, was geschah, aber eine Stimme rief voller Angst: ›Ratten, Mama, Ratten!‹«

»Und dann, Frullein?« fragte Scud nach einer Pause.

Edeltrutz schluckte. »Als die Männer zurückkamen, entdeckten sie, daß die Kinder, die der Wagentür zunächst gesessen hatten, totgebissen worden waren. Da habe ich nach Ihnen geschickt. Zum Vorderteil des Wagens haben sich die Männer erst jetzt einen Weg durch das Holz gebrochen. Meinen Beutel hab ich mitgebracht für den Fall, daß noch Kinder am Leben sind, aber . . .«

»Die Ratten sind durchgeschlüpft, wo Menschen nicht durchkamen«, beendete Rimmer den Satz.

Edeltrutz nickte.

»Waren die Leichen verstümmelt?« fragte Durston. Er war bleich; seine Lässigkeit war dahin.

Die Antwort gab der erste der Männer, der gerade aus der Grube heraufgestiegen kam. An den Kleidern hatte er Spuren von Erbrochenem, und Tränen liefen über seine schmutzigen Wangen.

»Kei' Jesichter mehr«, flüsterte er. »Nischt mehr da vonne Jesichter!« Er ging über die Straße und in eine schmuddelige Butike, wo wir ihn nach Schnaps brüllen hörten.

In der Menge wiederholte man sich, was er berichtet hatte, und bald hörte ich Mütter, meist Irinnen, um ihre Toten klagen. Auch die anderen Männer kamen nun aus der Grube herauf und gingen geradewegs in die Kneipe. Edeltrutz, die bei den Frauen gestanden hatte, um ihnen Trost und Mut zuzusprechen, wandte sich an Rimmer:

»Lassen Sie nicht zu, daß sie sich betrinken! Niemand weiß, was sie dann tun werden in ihrer Wut.«

»Kommt!« sagte Rimmer und ging voran in die Kneipe. Wir kamen zu spät. Der Mann, der zuerst heraufgestiegen war, hatte schon einige getrunken und hielt von der Theke her eine Ansprache an seine Genossen.

»T'wan Ratten ausse Kanäle, die't jeween sinn; ihr abt it do jeört, wasses harme Erzchen jeschrien at. Mein Rosiechen's auch bei. Wißter, was noch vonner übrig is? Knochen unn Autfetzen! T'rohe Fleisch, wie uffem Haken beim Schlächter! Diese verfluchten Ratten! Räubern in unsre Kammern unn machen ein Dreck int Aus! Nu fressen se au no unsre Kinner.«

»Die Haffen vonne Stadtwerke wern uns nich elfe«, fuhr ein anderer fort, »unn darum sa' hick, elfe müsse wer uns selber. Jehn wer den Biestern na unn mache se kaputt!«

Seine Worte fanden brüllende Zustimmung. Die Männer drängten sich an uns vorbei und riefen nach Lichtern.

»Bei Kimber, inner Kerzenfabrik!« rief eine Stimme, und die Menge rannte auf ein hell erleuchtetes Gebäude zu, ein Stück weiter die Straße hinauf. Rimmer, Scud und ich folgten, während Durston, der weitere Unruhen voraussah, mit dem Konstabler fortging, um Verstärkung zu holen.

Kimbers Kerzenfabrik war die größte in London. Ihre Erzeugnisse beleuchteten die ganze Hauptstadt, und auch in allen anderen Großstädten wurden bei ihrem Schein Messen gelesen, Bücher geschrieben und Mahlzeiten verzehrt. Die Nachtschicht hatte gerade begonnen. Den protestierenden Werksleiter und die verdutzten Arbeiter beiseiteschiebend, strömte die Menge in die Gießereihalle und verteilte sich um das laufende Band mit Gußformen, in die aus einem automatischen Verteiler der Talg einlief.

»Ier her!« rief jemand, und die Männer folgten dem Band durch die Halle bis zum Auffangtisch, wo Luftdruckgebläse die abgekühlten Kerzen aus ihren Formen stießen; dort griffen sie in die Reihe der glänzenden Stäbe, die darunter aufgestapelt lagen. Mit den dicksten, die sie fanden, versehen – »sicher für einen papistischen Altar«, brummte Rimmer, ohne Rücksicht auf Scuds religiöses Empfinden –, drängten die Leute wieder hinaus, am Werksleiter vorbei, der sich vom ersten Schrekken über ihr Eindringen noch kaum erholt hatte, und strömten zur Baugrube zurück. Nachdem sie sich an den Seilen und Leitern hinuntergelassen hatten, wüteten die Männer, warfen Karren und Bretterstapel um und hackten und stocherten mit Pickeln und Äxten nach einem Eingang zum Kanal. Wir schauten hilflos vom Rande her zu. Schließlich kam ein Gebrüll von einem, dem es gelungen war, eine Scharnierplatte aufzustoßen; wir sahen, wie er winkte und auf die Öffnung zeigte. Binnen

Sekunden hatten die Leute ihre Kerzen angezündet und zwängten sich hinein. Durston kam mit einem Trupp Konstabler.

»Wir haben nichts erreicht«, sagte Rimmer. »Weiß Gott, was sie anrichten werden!«

»Nuscht merr zu mache!« murmelte Scud. »Unn wann mein Jettche dot mit da drunne läg, ich dät nuscht annersch.«

Durston sprach mit dem Sergeanten, der die Konstabler befehligte, und der schickte die Männer hinunter. Als der erste von ihnen unten ankam, gab es eine Explosion, der Boden bebte unter unsern Füßen, und eine Stichflamme schoß aus der Öffnung, in der die Leute verschwunden waren. Sie leckte kurz an den Bohlen und Gerüsten in der Grube, dann fing das Holz Feuer, und bald stieg eine mächtige Brandsäule empor, umwölkt von dicken Rauchschwaden und einem unverkennbaren Geruch.

»Mein Gott!« stöhnte Scud. »Eine Gasleitung!«

Wie es geschehen war, erfuhren wir nie. War jemand mit der Kerze an eine undichte Verschraubung gekommen? Hatte ein Pickel bei einem Schlag in verrottetes Mauerwerk das Metall einer Röhre durchbohrt? Niemand überlebte, der es uns hätte sagen können. Die Männer im Kanal kamen bei der Explosion um, und die Polizisten auf den Leitern wurden binnen Sekunden von den Flammen erfaßt und verbrannten.

Die Zuschauer liefen ziellos durcheinander, bis wir das Kommando übernahmen. Rimmer stellte eine Kette von Frauen auf, die Eimer mit Wasser von den nächsten Pumpen heranreichten; Scud schickte kleine Trupps von Männern aus, um den gefrorenen Boden aufzubrechen und kleinere Nebenbrände mit Erde und Schnee einzuschaufeln; Durston und der Polizeisergeant, nachdem sie eine Meldung an die Gasgesellschaft geschickt und die Feuerwehr herbeordert hatten, begannen die Krankenmission und die nächstliegenden Häuser zu evakuieren. Unterdessen nahm Edeltrutz mich als Hilfssanitäter in Dienst, und wir richteten eine Erste-Hilfe-Stelle ein, wo wir die Verbrennungen behandelten, die die Umstehenden durch die herabregnenden brennenden Trümmer erlitten hatten.

Das Feuer erfaßte die Butike. Sie war als eines der ersten Häuser geräumt worden, doch der Wirt, dessen Einnahmen der Zuspruch der Menge an diesem Tage verdreifacht hatte, war nicht geneigt, sein Geld zurückgelassen, und er schlich sich noch einmal hinein. Als seine Vorräte Feuer fingen, muß er sich gerade die Taschen vollgestopft haben, denn als sein Laden zu einer glühenden Blume aufwuchs, erschien er in der Tür mit wehendem Mantel und rudernden Armen, nur um von dem Sog zurückgerissen zu werden. Er kam nicht als einziger dort um: Als der Laden nur noch aus schwelenden Balken bestand, wurde im Hinterzimmer noch eine Leiche gefunden, vielleicht ein Plünderer oder ein Vagabund, der es auf die Reste aus den leeren Flaschen abgesehn hatte; ob Mann oder Frau vermochte niemand zu sagen, denn der Körper war zur Größe eines Säuglings geschrumpft und zerfiel in Asche und verkohlte Knochenreste, als man ihn berührte.

Sobald die Butike in Flammen stand, war auch Kimbers Kerzenfabrik in Gefahr. Durston ging hin, um dem Werksleiter die Evakuierung anzuraten, aber dieser Narr lehnte ab. Er verschmähte es sogar, seinen Schreibtisch in der Gießereihalle zu verlassen oder Durston hereinzubitten. Er habe volles Vertrauen in die Gemeindefeuerwehr; sie werde bald kommen und des Feuers Herr werden. Durston machte ihm Vorhaltungen und mußte seine Stimme nicht wenig anstrengen, um den Lärm von draußen zu übertönen. Dies sei kein gewöhnliches Feuer, erklärte er, sondern werde an Kraft noch zunehmen, solange es von dem Gas gespeist werde. Daher sei es dringend geboten, die Nachtschicht zu entlassen. Der Werksleiter plusterte sich auf: Eine ganze Nachtproduktion opfern? Kam nicht in Frage! Noch nie, gab Durston später zu, nicht einmal gegen Lord Yelverton, war er dem Delikt einer tätlichen Beleidigung so nahe gewesen. Aber bei der Diskussion waren wichtige Minuten verloren gegangen. Ein Arbeiter zeigte auf die Talgfässer. Ihr Inhalt kochte in der steigenden Hitze wie ein Alchimistengebräu, während die schon gegossenen Kerzen sich auf dem Boden der Halle zu verflüssigen begannen. Der Werksleiter brüllte noch etwas, aber seine Worte gingen unter, denn ein Beben ging durch das Gebäude, und zwischen den Bodendielen sprangen Flammen empor. Ohne weitere Zeit zu verlieren, rief Durston den Arbeitern zu, sie sollten das Gebäude schnellstens räumen. Ihr Verdienst war ihnen zu wichtig gewesen, als daß sie gegen den Befehl des Leiters ihre Werkbänke verlassen hätten; jetzt aber sahen sie, daß ihr nacktes Leben auf dem Spiel stand. Sie machten, daß sie zur Tür kamen. Der Werksleiter, der ihnen den Weg versperren wollte, wurde beiseite gestoßen. Er fiel gegen das Triebwerk des Fließbandes, und seine Rockschöße verwickelten sich in die Zahnräder. Als er sich losmachen wollte, kam er mit den Händen zwischen die Walzen. Erbärmlich wimmernd blieb er gefangen, während ringsum die Flammen sich begierig an dem Öl und Fett stärkten.

Die Arbeiter wußten inzwischen, was es für ein Wahnsinn gewesen war, zu zögern. Schon als sie zur Tür rannten, fanden sie den Boden bedeckt mit siedendem

Talg, der ihnen die Haut von den Füßen sengte. Die hinteren, als sie die Qualen ihrer Kameraden sahen, die sich in Sicherheit schleppten, rannten nach dem Zwischengeschoß, das die Gießereihalle in halber Höhe umschloß. Sie schlugen sich um den Platz auf der schmiedeeisernen Treppe, der einzigen, die hinaufführte, und mehrere stürzten über die Balustrade und blieben zappelnd im Talg liegen. Diejenigen, die oben ankamen, hämmerten gegen die vergitterten Fenster, um das Eisen zu lockern, das in den steinernen Fassungen festgerostet war. Vergebens! Die Flammen erreichten nun auch das Zwischengeschoß, griffen zwischen den Eisenträgern durch, die es trugen, und leckten über das hölzerne Mobiliar. Die Männer fanden eine unvergitterte Dachluke und kletterten über einen Stapel zusammengerückter Möbel aufs Dach hinaus.

Durston konnte nichts mehr für sie tun und rannte zurück. Er merkte, daß er selbst in Gefahr war. Eine Flut von Talg, die geschmolzenen Reste Hunderttausender von Kerzen, spülte über die Schwelle der Fabriktür und schäumte auf ihn zu. Nicht nur er, auch diejenigen waren in Gefahr, die den brennenden Fußboden überquert hatten und nun vor ihm dahinhumpelten. Brüllend wie ein Irrer rannte Durston zwischen sie und stieß sie aus dem Weg. Er brachte sie alle aus der Gefahrenzone bis auf einen, dessen Füße so zerschunden waren, daß er sie nicht mehr heben konnte, als der Talgstrom näherkam. Durston packte den Krüppel, mit mehr Kraft, als ich ihm zugetraut hatte, warf ihn sich über die Schulter und rannte auf uns zu. Die Talgflut kam näher, einzelne Rinnsale überholten ihn, auf denen er ausglitt, sich zu halten versuchte und endlich in einem Knäuel von Gliedmaßen stürzte. Doch bevor die geschmolzene Masse ihn umschlossen hatte, kamen Frauen aus der

Wasserkette und stoppten sie mit mehrfachen Güssen. Durston erhob sich, setzte seine gelassene Miene wieder auf und beklopfte zärtlich seine Stirn.

»Fast wäre ich die erste nach der Natur gearbeitete Wachsfigur eines Ministerialbeamten geworden«, sagte er und drehte sich um. Zusammen beobachteten wir das Feuer.

Das Dach der Fabrik brannte nun lichterloh, und die Männer sprangen, einer nach dem andern, durch die Flammen herab und blieben wie durch ein Wunder unverletzt, bis auf die beiden letzten, die im Fallen einen Feuerschweif von den Haaren bis zu den Hüften hinter sich herzogen.

»Die armen Teufel!« sagte Durston und wandte sich ab.

»Sie haben Ihr Bestes getan«, tröstete ihn Rimmer.

»Es war nicht genug.« Durston war wütend.

Schon zum zweiten Mal an diesem Abend sah ich ihn innerlich bewegt, und ich hatte begriffen, daß er bei all seiner Arroganz und Blasiertheit doch ein mutiger und empfindsamer Mann war. Ja, es fehlte nicht viel, und ich hätte ihn ebenso bewundert wie Rimmer. Konnte es denn sein, daß er ein Lügner war? Hatte ich mich nicht zutiefst lächerlich gemacht? Gab es für die ganze verteufelte Geschichte vielleicht eine vollkommen vernünftige Erklärung?

Die Löschwagen von St. Giles trafen ein, zwei uralte Feuerspritzen mit Handpumpen auf wackligen, wurmstichigen Holzkarren. Ihre Befehlshaber, deren einer der Totengräber der Gemeinde war, der andere ein ehemaliger Bootsmann, versicherten, daß sie um Hilfe aus den Nachbargemeinden und von der Städtischen Feuerwehr geschickt hätten. Wenn man Glück habe, fügten sie hinzu, werde Holborn seine Neuerwerbung schicken, eine dampfgetriebene Spritze von Merryweather seit ihrem Ankauf sprachen die Holborner Feuerwehrmänner von nichts anderem mehr, und die von St. Giles wollten das Wunderwerk sehen – ja, seine Leistung zu beurteilen, schien ihnen vordringlicher zu sein als die Bekämpfung eines Brandes, der so offensichtlich ihre Kräfte überforderte. Sie brauchten nicht lange zu warten. Eine scheppernde Glocke und ein schmetterndes Horn erklangen hoch über dem Tosen der Flammen, und auf der Szene erschien das Holborner *Ungewitter*, gefährlich schwankend hinter vier Pferden und randvoll beladen mit sechs Mann zu seiner Bedienung. Der bauchige Stahlkessel und die Kupferrohre spiegelten den rotglühenden Himmel wider, und Rauch stieg aus dem blanken Schornstein. Der Kapitän sprang von dem eisernen Fahrgestell und trieb seine Mannschaft an. Die Schläuche wurden entrollt und das Dampfventil aufgedreht; mit einem Schlag trat die Pumpe in hektische Bewegung, und ein dicker Wasserstrahl schoß hundert Fuß hoch in die Luft, bis man die Einstellung korrigierte und ihn abwärts in die Kanalbaustelle leitete. Weitere Löschgeräte erschienen auf dem Plan: ein klappriges Monstrum aus Islington, zwei flotte neue Apparate aus St. Pankraz und ein französisches Modell aus Soho. Zuletzt kam auch die Städtische Feuerwehr, und binnen vier Stunden waren alle Brände unter Kontrolle.

Was noch zu tun blieb, war die Bergung der Leichen. Durston besprach sich mit den Feuerwehrkapitänen; dann führte er uns beiseite.

»Ich habe mir zunutze gemacht, daß es ihnen offensichtlich widerstrebt, Männer in den Kanal zu schicken. Ich habe vorgeschlagen, diesen Teil der Untersuchung würden wir selbst vornehmen. Wir wissen nicht, was uns dort unten erwartet, und je weniger Leute etwas von dem Geheimnis erfahren, desto besser. Wer möchte als erster hinunter?«

Scud ging. Nachdem er wasserdichte Stiefel übergezogen hatte, stieg er hinab. Er stocherte behutsam eine Weile in der Baugrube herum, dann pfiff er, und wir stiegen ihm nach. Wände und Boden der Verschalung qualmten noch, aber wir paßten auf, wo wir hintraten, und kamen bald zu der Öffnung, durch welche die Betrunkenen in den Kanal gelangt waren. Ein Gestank, daß mir übel wurde, von verbranntem Fleisch quoll heraus. Scud kroch ein kurzes Stück weit hinein, dann kam er zurück. Viele Schritte weit, sagte er, sei der Boden knöcheltief bedeckt mit verbrannten Menschen und Ratten.

Ob ein Fürst dabei sei, fragte Rimmer, ein feuchtes Tuch vor dem Mund.

»Wulle Sie wirklich, daß ich ein·orschsuch?« grinste Scud.

»Doch!« Rimmer war es ernst. Sollte einer darunter sein, der vielleicht nur erstickt und nicht allzu sehr verbrannt war, so wäre McWhirrie gewiß begierig, dieses Exemplar sezieren zu können. Alles, was wir über die Physiologie und Anatomie dieser Tiere in Erfahrung brächten, könne von Nutzen sein.

Scud nickte, schnitt ein Gesicht und verschwand abermals im Tunnel. Nach einer Viertelstunde tauchte er wieder auf und berichtete, vierzig Schritt entfernt stecke ein Fürst, eingezwängt in ein Zuflußrohr und in verhältnismäßig gutem Zustand.

Rimmer lächelte erfreut. »Dann ist es nur noch ein einfaches logistisches Problem, ihn in aller Stille herauszuholen und in ein Laboratorium zu schaffen. Durston«, wandte er sich an den Beamten, der vermutlich seine

Gedanken von dem Inhalt des Kanals fernzuhalten versuchte, indem er sie auf den unrettbaren Zustand seines Überziehers konzentrierte, »Durston, Sie sind der Organisator. Können Sie es veranlassen?«

Durston meinte, es werde zu machen sein, und versenkte sich wieder in die düstere Kontemplation des gewachsten Manteltuchs.

Wir stiegen zur Straße hinauf. Es war lange nach Mitternacht, und wir gedachten heimzugehen. Unterwegs besuchten wir Edeltrutz in ihrem Missionshaus, das mit ein paar angekohlten Stellcn an den Mauern davongekommen war. Wir fanden sie, in emsiger Ausübung ihres barmherzigen Berufs, vor einem ganzen Saal voller wehrlos in ihre Hand gegebener Invaliden. Sie hielt kurz inne beim Abtupfen eines versengten Arms und spendete uns für unsre Taten in dieser Nacht ihren Segen. Rimmer antwortete verdrossen, eine Tasse Tee mit einem Schuß Rum oder Whisky wäre für den Augenblick von handgreiflicherem Nutzen gewesen. Wir gingen, ehe sie noch zu einer Erwiderung ansetzen konnte, und riefen uns eine Droschke.

Deren gab es mehr als genug. In Kolonnen waren sie während der letzten beiden Stunden herbeigerollt, beladen mit Schaulustigen. Eine hielt soeben dicht vor mir, um ihren Passagier abzusetzen. Ich erkannte den Mann sofort an seiner gewichtigen Figur. Es war derselbe, den ich an diesem Nachmittag – konnte es sein, daß es erst zehn Stunden her war? Mir kam es wie eine Woche vor – auf dem Fleischmarkt hatte mit Durston sprechen sehn. Als ich ihn jetzt genauer betrachtete, fiel mir ein, woher ich das Gesicht kannte: Ich hatte es einmal gestochen, bei einem eiligen Auftrag, mit dem die *Londoner illustrierten Nachrichten* die Werkstatt meines Lehrherrn betraut hatten. War es Juli gewesen? Nein, Juni. Sobald wir zuhause waren, und während Rimmer für Gunn und McWhirrie einen Bericht über unsre Abenteuer zum besten gab und Scud das Kamineisen erhitzte, um den Wein damit zu wärmen, kramte ich in Rimmers Bücherregalen und bekam einen ganzen Stapel der *Nachrichten* zusammen. Da war er: 10. Juni, Viertelsprofil und nicht übel geschnitten, obwohl mir da kein Urteil zustand. Herr Anthony Norris. Ich wärmte mir die Hände an dem Glas gewürzten Rotweins, das Scud mir reichte, und las den Text, der das Bild umgab:

> Herr Anthony Norris, der sich in den letzten Jahren als Bauherr einiger der größten Arbeitersiedlungen in den nördlichen und östlichen Bezirken der Hauptstadt verdient gemacht hat, sprach heute vor der Gesellschaft zur Erstellung von Handwerkerwohnungen. Seine Rede wurde beifällig aufgenommen von einem Publikum, in dem wir auch den Herrn Oberbürgermeister von London und die Herzogin von Ashton bemerkten.

Offenbar einer, der etwas darstellte, bemerkte Rimmer, als ich ihm erzählte, was ich gesehen hatte, und ihm den Artikel zeigte. Warum sollte Durston leugnen, mit ihm gesprochen zu haben? Die Frage ließ mich nicht los, als ich über McWhirrie, Gunn und Scud hinweg, die es sich auf dem Boden bequem machten, in mein Bett stieg.

Am nächsten Tag standen wir spät auf; am Himmel Kumulus mit neuem Schneefall. Zum Frühstück gab es Wildpastete und Käse. Wir fragten uns, was die Ratten als Vergeltung gegen die Menschen unternehmen würden, die in ihr Gebiet eingedrungen waren, sie verbrannt und erstickt hatten. Gunn blieb bei seiner Theorie, daß es ihnen an Nahrung mangeln würde; er meinte, nach dem Großtierlager würde ein Krankenhaus ein bequemes Angriffsziel bieten. Rimmer hielt einen Angriff auf einen Getreidespeicher am Fluß für wahrscheinlicher. Doch beide wußten nicht, wie man dies verhindern oder davor warnen könnte, ohne die ganze Hauptstadt aufzuschrecken. McWhirrie hörte zu, wie sie ihre Theorien entfalteten, ein Körbchen mit Keksen von Gunns Tante vor sich auf den Knien. Als die Diskussion zum Erliegen kam, wischte er sich die Krümel aus dem Bart und stopfte sich aus Rimmers Tabaksbüchse die Pfeife.

»Vläächt habe Se recht. Ek för män Täl, ek trau den Ratten mähr Fätpleck zu. Se denke, es senn Teere. En kroßes Här zwar, aber doch Teere. Verstähn Se mech, ek stell se mer fe Mönsche vor, fe ene mönschleche Armä em Kampf kägen ene Önfasion. On ek frage mech, fas est das Föchtegste för ene Armä, de ene fremde Önfasion zoröckschlage föll? Römmer, Se senn der Möletärexperte; ohne Zwäfel fesse Se de Antwort?«

Rimmer – als Militärexperte angesprochen zu werden, schmeichelte ihm – dachte nach. »Die Beweglichkeit, scheint mir. Eine Armee im eigenen Land hat gegen den Feind den Vorteil der kürzeren Verbindungswege. Doch diese müssen geschützt und instandgehalten werden, damit die Truppen schnell überall dort ins Feld geführt werden können, wo man sie braucht.«

McWhirrie brummte zustimmend. »Nun, dese ontelrördesche Armä verfögt schon över vortreffleche Verpöndongsfäge, nämlech de Kanäle. Aber da est noch en anderes Söstäm, on dessen messe se sech versöchern, äh es der Fänd tut. Verstähn Se, fas ek mäne?«

Rimmer sah ratlos drein, und Gunn hatte sich hinter der *Times* verschanzt, wie immer, wenn McWhirrie mehr als zwei Sätze hintereinander von sich gab. Aber mir kam ein Einfall.

»Ich weiß es, Professor!« rief ich. »Die Untergrund-Tunnels der Eisenbahn!«

McWhirrie brummte eine ganze Weile und bot mir vor Freude seinen letzten Keks an.

»Genau! De Tonnels der Äsenpahn, on der föchtegste von dene, fe häßt der doch?«

»Natürlich, die Stadtbahn!« Rimmer schlug sich an die Stirn. »Und Sie glauben, die Ratten werden die Untergrundlinien der Stadtbahn besetzen?«

»Fröher oder später«, behauptete McWhirrie.

Der Professor gehörte auf die Kriegsakademie, sagte Rimmer. Im Generalstab herrschte an seinen Talenten kein Überfluß. Es war nun Montag; der Sonntag war still hingegangen. Die Ratten hatten bei Tageslicht nichts unternommen, und uns hatte der dichte Schnee den Ausgang verleidet. Doch in der Nacht hatte der Feind seine Stellungen bezogen, und am Montagfrüh hatte er angegriffen. Gegen elf Uhr kam Durston zu uns, mit einem dicken Ordner voller Berichte. Zu Gunns lebhaftem Verdruß hatte McWhirrie das Angriffsziel der Ratten präzise vorausgesagt.

Durstons Nachrichten waren bruchstückhaft, doch allmählich gewannen wir ein Bild vom Zeitverlauf der Geschehnisse. Der erste Hinweis auf die Offensive der Ratten kam vom Bahnhof King's Cross, wo Züge sowohl der Stadtbahn als auch der Nordbahn verkehrten. Ein Streckenwärter, der den Zustand der Gleise überprüfte und ein paar Schritt weit in den Westtunnel hineingegangen war, wo er einen losen Bolzen entdeckt hatte, griff in eine Nische der Tunnelwand, um Werkzeuge hervorzuholen; Zähne schlugen sich in seine Hand, und als er sie zurückzog, hing eine Ratte dran. Er schüttelte sie ab, doch im gleichen Moment spürte er Klauen im Rücken und auf den Schultern, und der Atem der Tiere stank ihm ins Gesicht. Er rannte zum Bahnsteig zurück, wo ein Kollege ihm half, den Tieren den Hals zu brechen. Aber während sie noch dort standen und beschlossen, sich beim Bahnhofsvorsteher zu beschweren, wenn er das nächste Mal käme, hörten sie einen heiseren Schrei, und eine braune Flut brach aus dem Tunnel hervor und überschwemmte die Bahnsteige. Die zwei Wärter flohen treppauf und verbarrikadierten sich in einer Fahrscheinkabine. Als dann die Mechaniker der Frühschicht zum Bahnhof kamen, sahen sie, über einem wimmelnden braunen Teppich, zwei angstverzerrte Gesichter aus dem Kabinenfenster lugen. Der Vormann der Schicht besaß die Geistesgegenwart, einen Feuerwehrschlauch loszumachen und sich mit ihm einen Weg durch das Gewimmel zu bahnen. Nur Sekunden, bevor die Kabine unter den Schlägen der Tausende von Schwänzen zusammengebrochen wäre, holte er die beiden Wärter heraus. Nachdem die Außentüren des Bahnhofs verrammt und verriegelt waren, riefen die Mechaniker die Polizei, und die, wie man sie angewiesen hatte, benachrichtigte Durstons Amt und wartete auf weitere Verfügungen. Den Mechanikern wurde verboten, den Bahnhof noch einmal zu betreten, und Schilder wurden angeschlagen, die besagten, wegen einer Entgleisung im Tunnel sei der Bahnhof vorübergehend geschlossen. Die ganze Schicht hatte unter Androhung der Entlassung Stillschweigen versprechen müssen, und die Leute waren heimgegangen. Von den Büroangestellten aus der Innenstadt, die zwei Stunden später den Bahnhof geschlossen fanden und murrten, konnte keiner ahnen, daß wenige Zoll entfernt ein Rudel Schlangenkopfratten umherstreifte.

Um die ebenso plötzliche Schließung des Endbahnhofs in Paddington zu erklären, mußte eine Entgleisung nicht erst erfunden werden: Binnen fünf Minuten entgleisten tatsächlich zwei Züge. Zum ersten Mal hatten sich die Ratten bemerkbar gemacht, als der Fahrer des Frühzugs, während er langsam aus dem Depot in den Bahnsteig fuhr, plötzlich Zähne in seinem Ohr spürte. Starr vor Schmerz beschleunigte er die Fahrt, brauste an einem Signal vorbei und merkte noch, wie die Wagen sich über den Bahnsteig hinausschoben, ehe seine Beine zermalmt wurden. Inzwischen war eine zweite Lokomotive in der Nähe des Bahnhofs an den Dampfkessel angeschlossen worden, um sie für die kurze Strecke durch die Stadt mit Dampf aufzuladen. Der diensthabende Maschinist ließ gerade die Hand auf dem Sicherheitsventil des Kessels ruhen, da sprangen ihm zwei Ratten auf die Schultern. Als sie seine Wangen durchbissen, preßte er die Finger zusammen, das Ventil schloß sich, und der Druck stieg über das Maß dessen, was der Kessel aushielt. Bei der Explosion wurde ein Stück vom Kessel gegen die Tunnelwände geschleudert, und Brokken von Mauerwerk fielen auf die Gleise; Fahrgestell und Triebwerk der Lokomotive verkeilten sich mit den Gleisen; Außenteile des Kessels, Füllröhren und Handräder flogen umher und lichteten die Reihen der Männer, die auf den plötzlichen Lärm herbeigerannt kamen. Der Ingenieur selbst wurde dreißig Fuß weit fortgeschleudert. Er überlebte die Explosion, doch nur um bald darauf an den Bißwunden zu sterben.

Das schlimmste Unglück aber hatte sich im Bahnhof Baker Street abgespielt. Dort war ein Trupp Schienenleger tief in den Tunnel hineingeschickt worden, um einen Gleisabschnitt in Richtung Portland Street zu reparieren. Die Männer waren gerade fertig, hatten die Lampen gelöscht und die Werkzeuge eingepackt, als der Vorarbeiter in den Tunnelwänden stecknadelkopfgroße

Lichter bemerkte. Er streckte nach einem die Hand aus und berührte eine gefletschte Schnauze. Die Lichter – Augen zwischen starren Lidern – färbten sich rot, und die Ratten griffen an. Inzwischen war im Bahnhof das Telegraphensignal eingegangen, der erste Zug von der Portland Street nach Westen sei abgefahren. In der Annahme, der Trupp sei mit dem Gleis fertig und habe den Tunnel verlassen, hatte der Kontrolleur in der Baker Street die Meldung bestätigt und damit zwanzig Tonnen Holz und Eisen über die Männer heraufbeschworen, die auf dem Gleis mit den erdrückenden Angriffswellen der Ratten kämpften. Als erster hörte der Vorarbeiter den herannahenden Zug. Breitbeinig auf dem Metall stehend und mit dem Spaten auf fünfzig krumme Leiber losschlagend, wandte er den Kopf, gerade als die dicke, glockenförmige Maschine aus der Schwärze auftauchte. Er hörte die Triebräder quietschen, als der Maschinist sie in den Rückwärtsgang warf, aber sie blockierten und glitten das Gleis entlang; dem Vorarbeiter wurden die Füße und dem Mann neben ihm der Kopf abgetrennt. Der Zug sprang aus dem Gleis und fuhr in die Tunnelwand; Wände und Decke stürzten auf die Männer herab. Mit vor Schmerz glasigen Augen beobachtete der Vorarbeiter noch, wie zwei Steinplatten über seinem Kopf zusammenstießen und sich verkeilten, so daß er vor den herabstürzenden Trümmern geschützt blieb; deshalb konnte er seinen Rettern noch einen Bericht zuflüstern, ehe er an dem Schock und dem Blutverlust starb.

Durston kam zu den letzten Meldungen. Alle Bahnhöfe der unterirdischen Stadtbahnstrecke waren inzwischen geschlossen. Die Direktoren hatten einen verharmlosenden, aber gleichwohl vertraulichen Bericht über die Rattengefahr erhalten, und sie hatten sich bereitgefunden, für die Öffentlichkeit eine Erklärung abzugeben, in der die Schließung der Linie mit Überflutung durch den Fleet River begründet wurde. Dieser lief in einer eisernen Rinne ein Stück weit parallel zur Strecke und hatte schon einmal, als er durchgebrochen war, vorübergehend den Zugverkehr zum Erliegen gebracht. Zum Glück, schloß Durston, hatten sich die Ratten auf die unterirdischen Anlagen beschränkt, waren nicht in die großen Endbahnhöfe eingedrungen und hatten die Züge auf den Hauptlinien nicht gestört.

»Dennoch«, sagte Rimmer, »haben sie uns nun den einzigen Weg abgeschnitten, abgesehen von den Kanälen, auf dem wir gegen sie hätten vorgehen können.«

Ich bemerkte, wie Gunn bei diesen Worten nachdenklich aufsah, aber er sagte nichts. Warum, fand ich erst später heraus.

Durston ging, und uns wurde finster zumute, als wir seine Nachrichten im einzelnen durchdachten. Ohne alle Begeisterung sahen wir dem entgegen, was Crashaw mit seinen Sträflingen vorhatte.

Endlich legte McWhirrie seine Pfeife beiseite, murrte über die dicke Luft im Raum und schlug eine Fahrt nach Hammersmith vor, wo wir einmal sehen sollten, was Gunn und er bisher getan hatten.

Während der Tage und Nächte, die Rimmer, Scud und ich mit unterirdischen Abenteuern zugebracht hatten, waren Gunn und McWhirrie an der Erdoberfläche nicht untätig gewesen. Obwohl sie regelmäßig zu uns in die Little Newport Street gekommen waren, um von den Sitzungen und von unseren sonstigen Taten zu hören, und uns mit Speise und Trank zu stärken, wenn wir erschöpft heimkehrten, waren diese Besuche doch das Nachspiel einer peniblen Plackerei gewesen, Gunns in den Bibliotheken und Archiven der Metropole,

McWhirries in den Laboratorien Richard Owens und im Lesesaal der Zoologischen Gesellschaft. Ein Bericht über ihre Ergebnisse war längst fällig, und die Aussicht auf eine Fahrt in die ländlichen Westbezirke, über die schneeverkrusteten Straßen, durch den klirrenden Frost und unter den Zirrusstreifen, lockte uns augenblicklich.

Gunns Tante begrüßte uns zum Tee mit einem wohlgedeckten Tisch. Erst nachdem wir ausgiebig ihrem selbstgebackenen Brot, ihren Keksen und Kuchen, ihren Gelees und Konfitüren gehuldigt hatten, konnten wir uns in den einen der beiden Räume zurückziehen, die ihre Gäste in Studierzimmer umgewandelt hatten. Das eine Zimmer, das makellos sauber war, bewohnte Gunn: Papiere, geordnet, gestapelt und mit Gewichten beschwert; griffbereite Bücher in Reih und Glied; Kartenrollen mit Aufschriften. Den Boden bedeckte eine Karte von London, so daß nur ein neun Zoll breiter Streifen am Rand frei blieb, auf dem man um sie herumsteuern konnte. Darauf steckten Nadeln mit farbigen Köpfen, jede zur Bezeichnung eines Vorfalls mit Ratten, auf den Gunn bei seinen Nachforschungen gestoßen war. Deutlicher als auf der Karte der Stadtwerke sahen wir jetzt, wie sich die Vorfälle längs jener Linien verdichteten, wo das mittlere und das obere Kanalsystem verliefen. Doch Gunn erwartete mit Ungeduld, daß wir etwas anderes bemerkten: einen Fleck in der Mitte der Karte, wo sich rote Nadeln (17. Jahrhundert), blaue Nadeln (18. Jahrhundert) und schwarze Nadeln (unser Jahrhundert) so dicht drängten, daß die Straßennamen nicht mehr zu lesen waren.

»Es ist dies eine kleine Zone«, antwortete Gunn auf eine Frage Rimmers, »von der Form eines Rechtecks, beginnend am Flußufer bei Charing Cross, wo früher der Hungerford-Markt war, der vor ein paar Jahren abgerissen wurde, um für den Bahnhof und das Hotel Platz zu schaffen, und dann sich nach Norden, bis nach Covent Garden hin erstreckend. Die Bewohner hatten in den letzten 250 Jahren von den Plünderungen der Ratten mehr zu erdulden als die in allen anderen Teilen von London, die verkommensten Hinterhöfe im Osten nicht ausgenommen. Gleichgültig, in welchem Jahrhundert, in der Gegend um Hungerford hat man immer Verdruß mit den Ratten gehabt.«

Er zog einen Stoß dichtbeschriebener Folioblätter aus blauem Propatriapapier hervor und forderte Rimmer auf, ein beliebiges herauszugreifen. Befriedigt von dem Ergebnis, das seine Behauptung bekräftigte, schob er sich die Brille auf die Nase und las vor:

> Petition der Standkrämer auf dem Hungerford-Markt an den Herrn Bürgermeister und die Ratsherren von Westminster, den 7. Mai 1778. Nachdem die Standkrämer am Markte von Hungerford viel Schadens durch die Angriffe von Ratten auf ihre Waren und Personen gelitten (derhalben eine Herzählung besagter Verluste und Verletzungen hier beigesellet), und nachdem selbige Standkrämer, um besagter Verluste und Verletzungen Abhülfe zu erwirken, einen Verein zur Hatz und Vertilgung besagter Schädlinge begründet, contestieret diese Petition, daß besagte Standkrämer den Bürgermeister und die Rathsherren bitten und ersuchen, sie mit Gerätschaften und andern Artikeln, so zu besagtem Zweck erforderlich, zu versehen, als denn solches der Stadt zum gemeinen Wohle gereicht.

Gunn lugte über seine Brillengläser. »Dies war nur einer von mehreren Versuchen der Markthändler, gegen die Tiere vorzugehen. Der Stadtrat konnte ihnen helfen, aber« – er suchte nach einem anderen Blatt – »hören Sie die Fortsetzung! Sie findet sich in einem Bänkellied, das ich guten Grund habe, auf das folgende Jahr zu datieren.« Und zu meiner Überraschung und McWhirries unverhohlenem Abscheu sang Gunn mit seiner volltönenden Baritonstimme:

Herbei, ihr Marktleut,
Hört, was ich erzähl
Von Thomas Tremain
Und seinem Faß Ale.

Er verzapft's auf dem Markte
Und dann füllt er's aufs neu,
Hielt all die Gevattern
In Hungerford frei.

Sie kamen und leerten
So manchen Krug,
Als ein Ratz herbeispringt,
Sagt: »Mir auch ein Schluck!«

Sie kamen und leerten
Das ganze Faß,
Als ein ander Ratz kömmt,
Sagt: »Mir auch etwas!«

Da kamen die Ratzen,
Ein durstigs Heer,
Und schleppten Tom fort,
Denn er hatte nichts mehr.

»Ek föll nur hoffe«, grollte McWhirrie, während Rimmer und ich zu Gunns sichtlicher Genugtuung applaudierten, »daß Er Repertoire damet erschöpft est. Ek för

män Täl, ek pen necht zo enem Leederkränzche her!«
»Eine Quelle«, erwiderte Gunn, »eine Primärquelle, lieber Kollege! So unglaubhaft solch ein Bänkellied auch klingen mag, es gründet unvermeidlich in einem Kern geschichtlicher Tatsachen. Meiner Ansicht nach haben wir hier einen Hinweis auf eine Art Vergeltungsangriffe der Ratten, im Anschluß an die Maßnahmen, die die Vereinigung der Standpächter beschlossen hatte.«

Rimmer nickte zustimmend und fragte Gunn, was er über Hungerford und den dortigen Markt wisse. Gunn durchblätterte seine Notizhefte. Den Platz, erklärte er uns, hätten seit mittelalterlicher Zeit Stadthäuser des Adels eingenommen, und im 17. Jahrhundert habe das Herrenhaus der Familie Hungerford dort gestanden. 1669 – er entnahm dem Bücherregal ein Exemplar von Pepys' Tagebuch, um uns den Vermerk für den 26. April vorzulesen – war das Haus niedergebrannt. Später hatte ein Sir Edward Hungerford eine königliche Genehmigung erwirkt, an dieser Stelle einen Markt abzuhalten. In der Geschichte dieser Gegend fand sich nichts, was die Häufigkeit der Zwischenfälle, die mit Ratten zu tun hatten, erklären konnte; dennoch gedachte Gunn über dieses Viertel noch eingehender nachzuforschen.

Nun geleitete uns McWhirrie in sein Zimmer. Anders als das seines Kollegen befand es sich in wüster Unordnung, ein Zustand, der uns nicht überraschte, denn wenn man sah, in welchem Aufputz McWhirrie in die Stadt ging – in Hosen aus grobem Tweed, schäbigem schwarzen Rock, Tartan-Plaid und wollener Mütze –, konnte man auf das Schlimmste gefaßt sein. Alle ebenen Flächen waren übersät mit beschrifteten Knochensplittern, angebissenen Keksen, bekritzelten Zetteln, Sektions-Instrumenten, Grobskizzen und fertigen Zeichnungen, aufgeschlagenen oder eckverknickten Büchern.

Den Fußboden allerdings hatte er freigelassen; dort stand nur ein Glaskasten mit einem ausgestopften Exemplar.

»Ek habe en paar kute Nachrechte för Se«, versprach der Professor, »orch fenn se sech zom musekaleschen Vortrag necht ägnen.« Hier widmete er Gunn einen polemischen Blick, der gerade angewidert das halbaufgeschnittene Rattenbein betrachtete, das er von seinem Stuhl hatte entfernen müssen.

Durston hatte den Kadaver des Rattenfürsten von der Baustelle in St. Giles ins Laboratorium schaffen lassen, und McWhirrie und Owen hatten einen ganzen Tag damit zugebracht, ihn zu sezieren. Es war bei weitem die größte Ratte, die sie je gesehen hatten, und die beiden Forscher hatten nicht wenig gestaunt. »Gefonde habe fer zwänerlä: *Premo*, das Gehörn far kut entföckelt, heher als pä jäder gefehnlechen Ratte. *Secondo*, de Moskolatur far stärker orsgepöldet als pä jädem anderen Nageteer. Dann hat Owen an Shaws Beröcht öber de Malabaratte gedacht. Fer habe ons öber de Pöcher gesetzt, on da far de Antwort. An Kreeße, Kraft, Föld-hät on Öntellegenz senn onsere Försten ganz ähnlech deser Art von der öndeschen Köste. Jädefalls, fe fer so räde, kommt da en alter Knabe vorpä, der sech en den Sammlonge des Musäums kut orskennt, on der hat ons zo enem Spächer gepracht, fo de beschädegten Exemplare orfbewahrt ferde, on da hat er ons deses her gezägt.« McWhirrie deutete auf die massige, pelzige Kreatur in dem Glaskasten auf dem Boden. »Deser Döcke est ene Malabaratte, en Vorfahr, fe Owen on ek klorben, der Försten, met denen fer heute zo kämpfe habe.«

Gunns Tante kopfte an die Tür. Hinter ihr stand ein Gardeschütze.

»Oberst Crashaw läßt grüßen, meine Herren. Er bittet Sie, zu ihm ins Millbank-Gefängnis zu kommen. Die Sträflinge sind marschbereit.«

Der Kampf ging weiter. Doch nun, dank McWhirrie und Owen, kannten wir den Feind etwas besser.

Die zweite Schlappe

Es war dunkel geworden; neuer Schnee fiel, und auf der Rückfahrt nach London kamen wir nur langsam voran. Schließlich hielten unsere Droschken unter gewaltigen Mauern, dem Millbank-Gefängnis. An der eisenbeschlagenen Pforte kamen uns Wächter entgegen und verlangten, daß wir uns auswiesen; weitere Posten blickten hoch oben von den Türmen auf uns herab. Ich kam mir ein wenig wie ein kleinwüchsiger Sarazene vor, der ratlos zu einer Kreuzfahrerburg aufschaut. Auch Rimmer war eingeschüchtert. Als die Wächter, mit seinen Auskünften zufrieden – noch immer war ich der unentbehrliche Amanuensis –, das Tor aufstießen, murmelte er: »Hol's der Teufel, wenn man bloß diese Angeln knarren hört, fühlt man sich als Verbrecher.« Wir wurden durch einen Torweg in einen Hof und dann durch einen engen Gang zwischen hohen Mauern mit Gitterfenstern bis ins Zentrum des achteckigen Komplexes geleitet. Vor uns stand ein kreisrundes Haus, der Wohnsitz des Direktors, erklärten uns die Wachen, wo sich die anderen Mitbeteiligten versammelt hatten.

Crashaw und zwei seiner Offiziere von den Gardeschützen standen im Arbeitszimmer des Direktors und sprachen mit einem gravitätischen Männlein, dem Direktor selbst, wie wir erfuhren, und einem säuerlichen Pfarrer, der sich später als Vertreter der Gefängniskommission vorstellte. Auf einer Bank am Kamin saß Durston, neben ihm Scud, dem dieser Versammlungsort Unbehagen bereitete. Crashaw nickte uns kurz zu, ohne sein Gespräch zu unterbrechen, doch Durston winkte uns heran und gab uns eine Akte zu lesen. Rimmer überflog sie und schürzte die Lippen. Die Ratten, so ging daraus hervor, hatten ihrer Offensive eine neue Richtung gegeben. Bisher hatten sich ihre Vorstöße auf das Nordufer der Themse beschränkt. Jetzt aber wurden Zwischenfälle auch vom Südufer gemeldet. Zwar nicht in einem Maßstab, wie wir ihn nun schon gewohnt waren, aber doch in solchem Ausmaß, daß von Bermondsey bis Lambeth die Redakteure der Lokalzeitungen die Federn spitzten und sarkastische Leitartikel über die »Wachsamkeit der wackern Polizisten« und das »redliche Bemühen« der Ortsbehörden verfaßten.

Auf dem Markt von Bermondsey, dem Hauptumschlagplatz für Felle, hatte es das erste Spektakel gegeben. Ein Käufer, der einen Stapel neuer Felle prüfte, hatte gespürt, wie sie sich von selbst unter seinen Händen bewegten, und als er eines beiseite zog, kamen darunter ein Dutzend Ratten zum Vorschein, die sich wiegten und mit den Schwänzen peitschten. Wenig später war bei Barclay & Perkins, der größten Londoner Brauerei mit dreizehn Morgen besten Landes in Southwark, ein Mälzer in eine der Darren hinaufgeklettert und hatte gesehen, wie sich die Malzhaufen aufwarfen und wieder zusammenfielen, als sich ein Rudel Ratten hineinwühlte. Dasselbe war in den dreiundzwanzig anderen Darren der Brauerei geschehen, und in zweien waren Arbeiter unter herabstürzenden Kornhaufen begraben und erstickt worden. An der Eisenbahnrampe eines Bestattungsinstituts in Lambeth hatte ein Träger, der Särge für den Transport verlud, ein Kratzen und Scharren gehört und einen Sargdeckel geöffnet. Was er gesehen hatte, außer daß es Ratten gewesen waren, darüber war er nachher keines zusammenhängenden Berichts mehr fähig. In allen Fällen waren dies nur kurze Vorstöße gewesen. Die Ratten hatten schnell angegriffen und sich wieder zurückgezogen. Wir konnten uns denken, daß dies nur Stoßtrupps waren. Irgendwo hinter ihnen stand das Hauptheer.

Crashaw beendete sein Gespräch mit dem Gefängnisdirektor und machte durch ein Hüsteln auf sich aufmerksam.

»Wir haben noch eine lange Nacht vor uns, meine Herren«, sagte er mit untrüglichem Sinn für die passenden Worte. »Sollen wir anfangen?«

Der Direktor führte uns auf einen kopfsteingepflasterten Hof hinter dem Haus, wo dreißig Mann unter der Aufsicht von sechs Bewaffneten im Kreis angetreten waren. Sie zitterten in ihrer Gefängniskleidung, die schon jetzt, vom Schnee durchnäßt, an ihren steifen Gliedern klebte. Alles ausgesuchte Leute, bemerkte der Direktor, tüchtig, begeisterungsfähig und vor allem zuverlässig. Crashaw zog skeptisch die eine Braue hoch und begann die Männer zu inspizieren. Er schien sich daran zu weiden, wie ihre gehässigen Blicke zuerst für einen Augenblick seinen Kragen umspielten, bevor sie zu seinen Schuhen absanken. Als die Musterung vorüber war, hielt er eine Ansprache. Während ich zuhörte, dachte ich an seine Rede vor den Freiwilligen. Ich war gespannt, ob er sich wieder zu dem gleichen Maß an Freimut aufschwingen werde. Er übertraf sich.

»Eine ungewöhnliche und abwechslungsreiche Tätigkeit steht Ihnen bevor«, begann er und verzog die Mundwinkel zu einem Lächeln, »eine Tätigkeit, bei der Sie einmal der Gemeinschaft, die Sie bisher geschädigt haben, einen Dienst erweisen können, und eine Tätigkeit, die Ihnen allen bei pflichtbewußter Ausführung bis zu zwölf Monate Straferlaß einbringen kann. Ist das richtig?« wandte er sich an den Gefängnisdirektor, der bestätigend nickte. »Da sehn Sie's! Der Herr Direktor gibt Ihnen sein Wort darauf.« Er machte eine Pause, als erwarte er Beifall, aber es kam keiner. »Und was sollen Sie dafür leisten?« fuhr er fort und schürzte die Lippen. »Bloß ein paar Ratten in der Kanalisation von Covent Garden sollen Sie fangen, nichts weiter! Wenn Sie Ihre Sache gut machen, werden viele Ihrer« – er zögerte und suchte nach dem rechten Wort – »Ihrer Kameraden zu der gleichen Aufgabe herangezogen werden. Es liegt nun bei Ihnen, dafür zu sorgen, daß ein so menschenfreundliches Unternehmen mit einer erstklassigen Leistung in Schwung gebracht wird. Viel Glück!«

Das war alles; kein Wort von den Rattenfürsten. Bei den Freiwilligen mochte Crashaw an ihrer Kampfmoral gezweifelt haben; an deren Fehlen bei den Sträflingen zweifelte er nicht.

Seine Offiziere übernahmen das Kommando. Sie teilten die Männer in Gruppen zu je zehn ein und gaben jeder einen Kanalführer und zwei Aufseher bei. Dann stiegen sie und Crashaw zu Pferde und ritten voraus, während wir in Wagen hinterdrein holperten. Die Männer in meinem Wagen besahen neidisch meinen Hut und meinen Paletot, worauf ich nur verlegen grinsen und meinen Skizzenblock hervorholen konnte.

Besonders eine Skizze ist mir geblieben, die von Dicky Pitts, einem hängeschultrigen Bürschlein von siebzehn Jahren mit dem abgebrühten Gesicht eines Vierzigjährigen; wir plauderten, und dabei fegte er mir die Taschen. Weder mit Verwandten noch mit Freunden belastet, sah er in aller Welt seinen Feind und begegnete jedermann mit demselben heiteren Verzicht auf Treue, Redlichkeit, Zartgefühl und Heuchelei. Bei einem Missionar in Whitechapel hatte er Lesen und Schreiben gelernt, und als er gebildet genug war, um ein Schild zu entziffern, das besagte: »Bücher hier erhältlich«, legte er dies so aus, daß er die Missionsbibliothek plünderte und von den Erträgen ein halbes Jahr lang lebte. Dann war er unter die Schlammfischer gegangen, die im Flußbett nach Kohle, Eisen- und Kupferstückchen und nach anderem Gerümpel wühlen, das von den Kähnen gefallen war und sich verkaufen ließ. Schließlich war er auf die Idee gekommen, sich zu holen, was er brauchte, bevor es in den Fluß fiel, und man hatte ihn dabei ertappt, wie er die Laderäume eines Kahns durchwühlte. Als er wieder freikam, war er zum Schnupftuchdieb, Hundefänger und Bierleichenfledderer avanciert; von den Einkünften kaufte er sich einen Anzug und einen Mantel, um seinen Arm zu verdecken, und »arbeitete bei der Bahn« – als Taschenfeger in den Zügen zu den Pferderennen –, bis zu seiner Festnahme.

Pitts' Abenteuer und der Skizzenblock beschäftigten mich, bis unser Karren in Covent Garden hielt. Rimmer stieg mit seinem Trupp durch ein Loch auf der Südseite ein, meine Gruppe wurde an der nun schon bestens bekannten Unterführung in der King Street abgesetzt, während Scuds Gruppe zum Nordeingang weiterfuhr. Einer von Crashaws Offizieren war abgesessen und führte uns zu einem mit einer Zeltplane bedeckten Haufen, bei dem ein Korporal mit drei Schützen Wache stand. Unter der Plane fanden wir Schutzkleidung – etwas hatte Crashaw also immerhin gelernt –, Keulen und Fallen. Der Offizier erklärte die Einzelheiten der Operation. In etwa fünfzehn Minuten sollte der Kanal durchflutet werden; Bazalgette, erfuhr ich, hatte so viele erfahrene Kanalarbeiter aufgeboten wie irgend möglich, und sie hatten versichert, der schmelzende Schnee würde die Strömung verstärken und die Rattennester würden wirksam geflutet. Sobald die Spülung vorüber und der Wasserpegel gefallen war, sollten wir einsteigen und nach Norden und Süden vorgehen, die noch verbliebenen Ratten mit den Keulen vertreiben und die Fallen aufstellen. Wenn wir mit den anderen Trupps zusammenträfen, sollten wir wieder aussteigen. Nach ein paar Stunden würden wir noch einmal zurückkehren, um die Fallen zu leeren und den Kanal zu desinfizieren.

Wir betraten die Unterführung, und wieder war ich in dem Gruselromänchen, mit dem Gefühl nahenden Unheils. Um mich abzulenken, ging ich noch einmal hinauf und erbat von dem Offizier, der selbstverständlich oben geblieben war, die Erlaubnis, in den Kanal zu steigen und die Flutung zu beobachten; Herr Rimmer, sagte ich, lege Wert darauf, daß ich soviel wie möglich von dem Unternehmen zeichne. Der Offizier zuckte die Achseln, was ich als Zustimmung deutete, und während er aufsaß und davonritt, ging ich wieder in den Tunnel und ließ mich durch das Einstiegsloch hinab.

Ein Trupp Kanalarbeiter war in der Nähe, und ihr freundlicher Vormann erklärte mir, was sie zu tun hatten. An den weitesten Stellen der Kanäle waren Vertiefungen, »für die Wehre«, hatte Scud mir gesagt, als sie mir zuerst auffielen, aber ich hatte nicht verstanden. Jetzt sah ich, daß hölzerne Pforten in sie eingefügt wurden – dies waren also die Wehre. Der »Schleusenwärter« des Trupps war gerade dabei, sie zurechtzurükken, während die anderen die Ablagerungen am Boden des Kanals aufharkten. Es ging darum, den Wasserlauf, wenn er am stärksten war, hinter das Wehr zu dämmen und dann, durch Öffnen der Pforte, die gestaute Flut durchbrechen zu lassen, so daß sie die gelockerten Ablagerungen und die Ratten hinwegriß. Der Schleusenwärter richtete sich auf und nickte dem Vormann zu, der daraufhin in eine Mauernische griff, eine Glocke hervorholte und läutete. Eine Vielzahl immer leiser werdender

Echos kam zurück, als das Signal durch die Tunnel fortgetragen wurde. Es wurde still. Plötzlich kam das Geläut zurück. Als es lauter wurde, winkte der Vormann seine Leute in die Mauernischen; dann gab er seinerseits noch ein Glockensignal und zog mich wortlos auf einen Damm in einer Nische, zwei Fuß über der Strömung, so daß wir die Köpfe unter der Deckenwölbung einziehen mußten. Ein fauliger Lufthauch, so daß es mich würgte, wehte durch den Kanal. Er ging einem Sturzbach voraus, der um eine Biegung toste und gegen das Wehr prallte. Die Holzplatte ächzte in den Fugen; das Wasser schlug bis zu ihrem Rand hinauf, doch kurz bevor die Strudel über sie hinweggingen, wurde das Wehr aufgerissen, und die Flut stürzte hindurch, wirbelte um unsre Stiefel und spritzte uns bis an die Knie. Als ihre Wucht nachließ, sprangen die Männer ins Wasser und begannen, den Schlick in die Mitte zu harken, wo die Strömung noch am stärksten war und ihn wegspülte.

Allmählich sank das Wasser meinen Stiefelschaft hinunter, und bald floß es wieder im gewohnten Tempo. Die Männer wischten sich den Schweiß von den Gesichtern, lehnten sich auf ihre Harken und unterhielten sich brummend: Eine mächtige Ladung hätten sie zu schippen gehabt, und die doppelte Anzahl Leute wäre nicht zuviel gewesen. Als sie dies von ihrem Vormann bestätigt hören wollten, gab der keine Antwort. Er leuchtete mit besorgter Miene den Kanal aus.

»Sowas!« murmelte er nach ein paar Sekunden. »Keine einzige!«

Wenn der Held des Romänchens gerade kein nahendes Unheil spürt, hat er überraschende Vorahnungen. Ich jedenfalls hatte eine.

»Keine Ratten?« fragte ich.

»Nicht eine!« antwortete er. »Ab noch nie ein Kanal gespült, wo se nicht ze Unnerten tot im Wasser getriem sinn. Ha das hier!« Er blickte zu seinen Männern hin. »Keiner was gesehn?«

Sie schüttelten die Köpfe. Der Schleusenwärter hatte etwas zu sagen: »Komisch, weil de grad von redst, ha ich ab auch vore Spülung keine jesehn. Sonst sinn die immer off dich los, wenne nur'm Wehr zu nah kamst. Ha diesmal! Keine Spur.«

»Au nuscht jeört«, sagte ein dritter. »Komisch, wenne mich fragst!«

Eigentlich nicht, dachte ich. War es denn überhaupt wahrscheinlich gewesen, daß die Tiere, denen McWhirrie eine nahezu menschliche Intelligenz zuschrieb, sich so leicht ersäufen ließen? Wieder einmal hatten wir sie unterschätzt. Ich verabschiedete mich und stieg hinauf in die Unterführung, wo mir Aufseher und Sträflinge gleichermaßen uninteressiert entgegensahen. Nur Dicky Pitts sagte etwas zu meiner Begrüßung:

»Spülung vorbei? Könn' wer runter?«

Ich wußte nicht, was ich antworten sollte. Wenn es an den anderen Stellen des Kanals ebenso stand, dann hatte die Flutung offensichtlich nicht den von Scud erhofften Erfolg gehabt; in diesem Falle gingen die Sträflinge mit nichts als Keulen zu ihrer Verteidigung gegen einen Feind vor, der schon die bewaffneten Freiwilligen in die Flucht geschlagen hatte. Aber Crashaw hatte seine Befehle gegeben. Hatte ich ein Recht, mich ihnen zu widersetzen? Es war ein Dilemma, aus dem Samuel Smiles und Herr Kingsley ohne zu zögern den Ausweg gefunden hätten. Auch für den Herzog von Wellington wäre es kein Problem gewesen und schon gar nicht für John Ruskin. Aber für einen sechzehnjährigen Amanuensis, wenn auch noch so unentbehrlich, war es zu groß. Daher versuchte ich Zeit zu gewinnen.

»Warten wir lieber noch, bis die Kanalarbeiter fort sind!« sagte ich und setzte mich neben Pitts.

Eine Viertelstunde verging. Der Trupp aus dem Kanal kam heraus, nun müd und mürrisch, und ging. Mit meinem Dilemma war ich noch immer nicht fertig.

»Los denn?« fragte Pitts, und ohne meine Antwort abzuwarten, schwang er sich in das Einstiegsloch.

Als ich sein freches Grinsen sah und an Bunce, Sweetlove, Winser, Gotto und Gilshinan dachte, an die Kinder, die in dem Omnibus, und an die Männer, die im Feuer umgekommen waren, faßte ich meinen Entschluß.

»Halt, Dicky!« rief ich. »Ihr müßt erst noch etwas wissen.«

Aber die Sträflinge hatten nicht vor, mich anzuhören, denn als ich noch einmal den Mund aufmachte, um »Gefahr!« zu rufen, hieb mir einer hart hinters Ohr, und das Wort kam nur als eine kreisende Wolke heraus, die mich in Nacht erstickte.

Als ich aufwachte, war Rimmers Augenklappe nur einen Zoll weit von meiner Nase. Es überraschte mich nicht, denn ich hatte geträumt, daß wir zusammen daheim um den Kamin saßen und uns an heißen Kartoffeln den Mund verbrannten. Nach und nach griff der Schmerz aus meinem Mund, von der zerbissenen Zunge, auf Stirn und Ohren über. Ich stöhnte.

»Nicht eben eine herzliche Begrüßung für alte Freunde«, sagte Rimmer. »Bist mir ein undankbarer Lümmel, Matt!«

»Wann er arscht sieht, wu'r orfwacht«, bemerkte Scud, der neben ihm saß, »stöhnt er gleich nuch lorder.«

Ich blickte mich um. Wir befanden uns in einem gewölbten Raum, in dem fast jeder Fußbreit mit Fässern und Flaschenregalen vollgestellt war. In der Mitte war ein Kessel, von dem Röhren in alle vier Wände führten.

»Clappertons Weinkeller«, sagte Rimmer. »Erstes Haus in ganz London, Lagerung bei perfekter Temperatur. Wenn ich's mir nur leisten könnte, meinen Port hier zu kaufen!«

Die Sträflinge standen zusammen auf der anderen Seite des Kellers. Sie hatten mehrere Fässer angestochen und waren nicht mehr ganz sicher auf den Beinen. Etwas lief mir den Hals hinunter, Blut, dachte ich, und als ich es abwischen wollte, merkte ich, daß ich an den Händen gefesselt war, ebenso an den Füßen. Rimmer grinste in sich hinein. Auch er und Scud waren gefesselt. Dicky Pitts trennte sich von der Gruppe und kam zu uns.

»Ein Freund«, flüsterte ich Rimmer zu. »Der hilft uns.«

»Na, geht's wieder besser?« fragte Dicky. Als ich nickte, wurde sein Grinsen noch breiter, als es sonst war, und er trat mich mit dem Stiefel in die Rippen. »Denn bleib ma schön da lie'n unn sarch garnischt«, knurrte er und ging wieder zu den anderen zurück.

»Wenn das ein Freund von dir ist«, sagte Rimmer, jedes Wort auskostend, »möchte ich deine Feinde nicht kennen.« Vor Schmerz und Scham gab ich keine Antwort. »Und wenn du noch glaubst, das eben sollte nur seine guten Absichten verbergen, dann trenn dich von dem Gedanken! Soweit Scud und ich es sehen können, ist er einer der Anführer.«

Scud berichtete mir, was geschehen war. Allem Anschein nach hatten die Sträflinge schon von dem Augenblick an, wo man sie für besondere Aufgaben auswählte, so etwas wie einen Fluchtplan im Sinn gehabt. Diesen Plan hatten sie nur noch den neuen Umständen anpassen müssen. Wir waren alle auf die gleiche Weise überwältigt worden; nur hatten Rimmer und Scud, weil ihre Schädel dicker waren als meiner, weniger gelitten. Viel schlimmer war es den Aufsehern ergangen. Scud nickte zu einer Reihe Leiber hin, die an der einen Wand lagen. Ihre verdrehten Glieder zeigten, daß sie keines friedlichen Todes gestorben waren. Nachdem wir überwältigt waren, hatten die Sträflinge sich gesammelt und waren weiter in den Kanal eingedrungen. Einer, der in ein größeres Abflußrohr geklettert war, hatte eine Öffnung entdeckt, die in Clappertons Keller führte. Hier waren sie nun seit einer halben Stunde, stritten über den besten Fluchtweg und kosteten von den Waren des Weinhändlers.

Jetzt schon schienen sie uneinig zu sein, schloß Scud seinen Bericht. Manche wollten denselben Weg wieder zurückgehn und ihr Glück bei den Soldaten versuchen, andere wollten den Weg durch den Kanal fortsetzen bis zu einem unbewachten Ausstieg.

Rimmer ließ ein bedenkliches Hmm! hören. »Eins muß ich vielleicht noch dazu sagen«, meinte er. »Bisher haben sie uns am Leben gelassen für den Fall, daß sie uns als Führer brauchen. Aber in ihrem Betragen ist so etwas Verkniffenes, wie es auch dein junger Freund gezeigt hat, das nicht dafür spricht, daß sie unsere Begleitung bis an die Oberfläche wünschen. Vielleicht schneiden sie uns die Kehle durch wie den Wachen, oder sie lassen uns gefesselt im Kanal zurück. Nach allem, was wir über die Ratten wissen, bin ich mir nicht sicher, ob eine durchschnittene Kehle nicht vorzuziehen wäre.« Er zögerte. »Ich deprimiere dich doch nicht, oder?«

Bevor ich ihm versichern konnte, daß ich seine Worte sehr aufmunternd finde, waren die Sträflinge zu einer Entscheidung gelangt, und Pitts kam wieder zu uns herüber geschlendert.

»Wir bleim en Weilchen ier«, erklärte er uns. »Könn doch den Schnaps ier nicht humkomm lassen. Bei mein Kumpels seiter nich so beliebt, darum seid man schön stille! Wir sorjen noch für euch, he wer jehn.« Seine Blicke wanderten zu den toten Aufsehern hin, und uns blieben wenig Zweifel, in welcher Weise für uns gesorgt werden würde. Er wandte sich zu mir her. »Nettes Schwätzchen vorhin, nich? Will dir was sarn, ick nehm dein übschen Paletot mit, als Handenken an deine reizende Bekanntschaft.«

Er nahm ihn sich, wobei er für einen Augenblick meine Hände losband, um ihn mir von den Armen ziehen zu können; dann torkelte er zurück zu den anderen Sträflingen, die nun neue Fässer anstachen und den Wein in Bächen über die unebenen Fliesen des Kellerbodens laufen ließen. Womit bewiesen war, daß Rimmer für die Vielschichtigkeit des menschlichen Charakters keinen Blick hatte, zumindest manchmal nicht. Denn in den paar Sekunden, während sich Dicky Pitts an meinen Händen zu schaffen machte, hatte er meine Fesseln soweit gelockert, daß ich, sobald sich die Sträflinge wieder ihrem Umtrunk widmeten und uns den Rücken zukehrten, meine Hände daraus befreien konnte. Verstohlen rieb ich mir die Gelenke.

Ich wartete rund zwanzig Minuten. Die Sträflinge gossen jetzt Weine und Schnäpse wahllos hinunter, schütteten sich kostbaren Madeira ins Gesicht und besprühten sich mit Champagner. Ich beobachtete, daß Dicky Pitts wenig trank, obwohl er sich den Anschein gab, aus einer Korbflasche zu schlürfen. Daher überraschte es mich nicht, als er sich unauffällig von dem Haufen löste, der sich gerade über eine Branntweintonne hermachte, und sich hinter den Fässern zu dem Abflußrohr schlich. Er schlüpfte hinein; zuvor aber, als er meinen Blick bemerkte, winkte und grinste er mir zu. Dann verschwand er. Ich stieß Scud an und trat Rimmer gegen den Knöchel. Ich zeigte ihnen meine freien Hände. Die beiden rückten näher an mich heran, und ich band sie los. Das Gelage im Keller wurde immer wilder; die Häftlinge tanzten miteinander und alberten betrunken herum. Auf demselben Schleichweg hinter den Fässern, den auch Pitts gegangen war, erreichten wir das Abflußrohr, rutschten hinab und schlugen die Richtung ein, in der wir die Unterführung in der King Street vermuteten.

Scud fragte, wir wir uns zu den Sträflingen denn nun stellen wollten. Rimmer meinte, wir würden melden müssen, daß sie entkommen seien. »Immerhin haben sie sechs Aufseher umgebracht, und nichts anderes hatten sie auch mit uns vor. Aber hol's der Teufel, Crashaw hat sie so gut wie in den Tod geschickt. Ich bin mir nicht sicher, ob er nicht ebenso ein Verbrecher ist wie sie. Daß Pitts sich davongemacht hat, davon sagen wir aber nichts. Das ist wohl das mindeste, was wir für ihn tun können!«

Ich war froh, daß Dicky entkommen war, und hoffte, daß er sich inzwischen irgendwo über der Erde in Sicherheit gebracht hatte. Diese Hoffnung wurde zu einem Stoßgebet, als das betrunkene Gebrüll der Häftlinge, das uns immer noch durch den Kanal nachhallte, von einem heiseren Schrei übertönt wurde, dem Schrei eines Fürsten, wie ich ihn vor allen andern Dingen fürchtete. Ich drehte mich um und wollte zu dem Weinkeller zurück, aber Rimmer zog mich in die andere Richtung.

»Nichts kannst du da tun«, sagte er. »Selbst wenn wir ihnen die Gefahr begreiflich machen könnten, sie sind zu weit hinüber, um sich zu retten.«

Während ich noch zögerte, verwandelte sich das

Gebrüll der Betrunkenen in Schreie, in schrille Schmerz- und Entsetzenslaute. Wir rannten weiter, platschten durch die Wasserrinne, bis wir in einen Teil des Kanals kamen, den ich nun nachgerade gut kannte, und blieben unter dem Einstiegsloch stehen. Keiner von uns war stolz auf die gelungene Flucht. Smiles, Kingsley, Wellington und Ruskin hätten ohne Zweifel mehr Entschlossenheit bewiesen, aber wir waren nur zwei erschrockene Männer und ein Junge. In wie vielen Nächten sollte ich später aufwachen, das gellende Geschrei der Sträflinge in den Ohren!

Wir meldeten uns bei Crashaw in der St. Pauls-Kirche und bereiteten ihn darauf vor, daß es nicht viele Überlebende geben werde.

»Die können wir entbehren«, sagte er. »Nächstes Mal nehmen wir mehr Aufseher mit.«

Von Rimmer erwartete ich einen Wutausbruch, aber es kam keiner. Er nickte nur. »Sie unterrichten doch gewiß die Gefängniskommission?« fragte er.

»Gewiß«, antwortete Crashaw.

»Die Kommissare werden in allen Einzelheiten wissen wollen, wie die Aufseher und die Häftlinge umgekommen sind«, fuhr Rimmer fort.

»Natürlich!« Crashaw war in Verlegenheit. »Aber ich habe ja Ihren Bericht.«

»Genügt nicht«, erklärte ihm Rimmer. »Was glauben Sie, was das für Protokollhasen sind! Sie werden selbst hinunter müssen, um unsere Aussagen zu prüfen.«

»Ich sehe keinen Grund . . .«, fing Crashaw an.

»Angst?« fragte Rimmer.

Statt einer Antwort nahm Crashaw seine Handschuhe und rief nach einem Offizier, der ihn begleiten sollte; dann verließ er die Sakristei. Wir warteten. Nach anderthalb Stunden kam er zurück. Branntweingeruch umgab ihn, von dem ich zuerst dachte, er müsse von den zertrümmerten Fässern in dem Weinkeller herrühren, aber dann nahm er ein Fläschchen aus der Tasche und tat einen tiefen Zug. Er tastete nach einem Stuhl, fiel schwer darauf nieder und hielt sich den Kopf.

»Zufrieden?« fragte Rimmer. »Sie haben nun fast sechzig Tote zu Buche stehn. Es wurde höchste Zeit, sich ihrer Todesart zu vergewissern.«

Wir verließen Crashaw, der an seinem Tisch in der Sakristei saß, das Schnapsfläschchen vor sich, und gingen heim; Scud kam mit, um eine weitere Nacht bei uns auf dem Fußboden zu schlafen. Als Rimmer sich an der Haustür zu schaffen machte, berührte jemand mich am Arm. Neben mir an der Wand lehnte mein Paletot, und darin steckte Dicky Pitts.

»Wie hast du . . .?« wollte ich fragen.

Er kam mir zuvor. »Euch nachjegang«, grinste er. »Eine And wäscht de hannre, a'k mir jedacht. Was zu Prepeln brau ick, ne neue Schale unn bißchen Pulver. Wie isses?«

Wir nahmen ihn mit hinein, gaben ihm zu essen und dankten ihm für seine Hilfe bei unserer Flucht. Während er kalte Pastete und eingelegte Gurken in sich hineinschlang, bemerkte er die *Londoner illustrierten Nachrichten*. Die Seite, wo ich das Bild von Anthony Norris gefunden hatte, war noch aufgeschlagen. Dicky legte sie sich auf die Knie und betrachtete eingehend das Bild.

»Sehr ähnlich, das ier«, sagte er. »Sieht er besser drauf aus als wirklich.«

»Norris?« fragte ich.

Dicky schüttelte den Kopf. »Dalton. Tommy Dalton, so ieß er früher. Dünn wie ne Bohnstange soll er jeween sinn. Jetzt isser Herr Henthony Norris, mittem Kinn bis uffe Uhrkette. At' ze was jebracht, der!«

»Sie wissen etwas über ihn?« fragte Rimmer.

»Kamman woll sarn!« Dicky lachte in sich hinein, und während er sich Käse und die Reste eines Brotlaibs in den Mund stopfte, so daß er nicht leicht zu verstehen war, erzählte er uns, was er wußte.

Tommy Dalton hatte seine Karriere am Flußufer begonnen, ebenso wie Dicky, nur zwanzig Jahre früher. Als Dicky dort die Arbeit aufnahm, war Daltons Name in der Gegend um Wapping und Shadwell noch gut in Erinnerung gewesen, wegen der Energie und Skrupellosigkeit, mit denen er seinem Gewerbe nachgegangen war. Vom Schlammfischer war er zum Dregger aufgestiegen, einem Beruf, bei dem man als Erster dasein mußte, um die Kohlen aufzufischen, die beim Entladen der Kähne über Bord gingen. Wesentlich lukrativer war sein Geschäft geworden, als er dazu überging, ganze Kohlensäcke gleich aus den Kähnen selbst zu nehmen, ihren Inhalt mit Schlamm bedeckte und ihn für aufgefischt erklärte. Er war auch zu den Schiffskrämern am Hafen in Verbindung getreten, und zur gleichen Zeit, als er die Kohlenkähne erleichterte, hatte er auch Messing- und Kupfergerät von den benachbarten Schonern geschnipft und an die Krämer verkauft, zu Preisen, bei denen die rechtmäßigen Hersteller erbleichen mußten. Seinen nächsten Schritt bewunderte Dicky am meisten. Nachdem er das Vertrauen der Krämer gewonnen hatte, machte sich Dalton alsbald daran, Geld von ihnen zu erpressen, indem er drohte, sie als Hehler von Diebesgut anzuzeigen. Als sie daraufhin einen Haufen Flußschiffer auf ihn hetzten, hatte er selbst eine Streitmacht von Schlammfischern und Dreggern angeworben, die seine Feinde in dic Flucht schlugen. Mehrere Jahre lang zwang er nun die Krämer und auch die meisten anderen Ladenbesitzer am Fluß zur Entrichtung einer regelmäßigen Schutzgebühr gegen Diebstahl und Brandstiftung – beides Delikte, die er gelegentlich veranlaßte, um seinen Forderungen Nachdruck zu geben. Dicky hatte gehört, daß zu einer Zeit an die zweihundert Händler der verschiedensten Branchen ihm Schutzgeld zahlten.

Dalton jedoch war der beschränkten Aussichten seines Reichs in Wapping und der noch beschränkteren Gefährten, mit denen er es teilen mußte, überdrüssig geworden. Er hatte seine Organisation an den Besitzer einer Schule für Taschendiebe, einer Falschmünzerwerkstatt und dreier Bordelle verkauft, der seinen Konzern noch weiter diversifizieren wollte. Und dann, nachdem er den geforderten exorbitanten Preis eingestrichen und sich dem Überfall entzogen hatte, mit dem der Käufer sich sein Geld zurückzuholen gedachte, war er für sechs Monate verschwunden. Als er wieder auftauchte, hatten seine hohlen Wangen sich gerundet, seine Kleidung verhüllte taktvoll die Ansätze eines Bauches, und er führte sich an der Börse und in den Kensingtoner Salons als Herr Anthony Norris ein. Sein Geld legte er in Land an, doch nicht im eleganten Westend, sondern in kleinen, versumpften Wiesenstückchen nahe den Bahngleisen in Nord-London. Als die Bahngesellschaften expandierten und immer mehr Land für Nebengleise und Rangierbahnhöfe brauchten, verkaufte er seine Parzellen für teures Geld und erwarb neue, diesmal größere, aber genauso versumpfte öde Flecken. Bald darauf stieg der Bedarf an Wohnungen in der Nähe der Eisenbahnen und der wachsenden Londoner Industriegebiete, und er baute auf seinen Grundstücken Häuser. Aus den billigsten Arbeitskräften, die zu finden waren, preßte er heraus, was sie zu leisten vermochten, und jeden Widerspruch gegen seine Methoden brachte ein Trupp brutaler Aufseher zum Verstummen, die vom

Bauhandwerk keine Ahnung hatten, aber desto besser mit Knüppel und Messer umzugehn wußten. Zwar ermangelten Norris' Häuser jeden Reizes und Charakters – wenn man in Dorés *London* hineinblickt, findet man mehrere Proben seines Beitrags zum architektonischen Erbe der Stadt –, aber sie fanden begeisterte Käufer in den jüdischen und irischen Einwanderern, die sie ihrerseits zu Wucherpreisen an ihre weniger glücklichen Landsleute vermieteten. Zwar kamen Klagen über Norris' Geschäftsgebaren und die wenig solide Bauweise seiner Häuser, aber er hatte für sein Geld nicht nur Land, sondern auch einige Politiker in Westminster und bei den Stadtwerken gekauft, die nun seine Unternehmungen als einen edelmütigen Beitrag zur Wohnungsversorgung der arbeitenden Bevölkerung hinstellten. Sein Name stand zuoberst auf den Spendenlisten für neue Kirchen und Armenschulen, und mehrere Straßen und Häuserreihen waren schon nach ihm benannt.

»K'ab jeört«, fügte Dicky hinzu, »t'wird von jeredt, dasser bald jeadelt wird. Tatsache, der wird noch en Heiljer, Sankt Henthony Norris, so'n Glück hat der.«

Dicky war mit seinen Geschichten fertig. Daß sie nicht nur auf leerem Hörensagen beruhten, erwies sich, als wir über Norris Auskünfte einholten. Bazalgette kannte ihn: »Die armen Leutchen ersticken vor Dreck in seinen Kästen. Jedesmal, wenn ich davon höre, möchte ich ihn bei seinem fetten Hals nehmen und würgen.« Und ein befreundeter Journalist verglich ihn mit dem Eisenbahnkönig George Hudson: »Die beiden sind die größten Schurken unserer Zeit; aber während König George seine Krone verloren hat, ist Anthony gerissen genug, um obenauf zu bleiben bis an sein Ende.«

Nachdem Dicky gegangen war, mit einem Bündel Kleidung und diversen anderen Mitnehmseln wie Ringen, Rasierapparaten, Pinseln und Büchern (teils von uns gegeben, teil von ihm genommen), schüttelte Rimmer den Kopf.

»Seit sechs Wochen schon studieren wir das Leben am Fluß, Matt«, sagte er, »und jetzt erst hören wir von Herrn Dalton-Norris und seinem Werdegang. Grüne Jungs, das sind wir!«

Scud tröstete ihn. Auch er hatte geglaubt, sich an der Themse auszukennen, aber von Norris hatte er noch nie gehört.

Wieder war es eine lange Nacht geworden. Ich glaube, es wurde drei Uhr, ehe wir zu Bett gingen und Scud sich vor dem Kamin zusammenrollte. Mir schien es, als hätte ich eben die ersten tiefen Atemzüge getan, als es ein lautes Getöse an der Tür gab. Ich blickte auf die Uhr und sah, daß es fast Mittag war, obwohl mir die gezackte Masse des Fraktostratus am Himmel eher wie Morgengrauen vorkam. McWhirrie und Gunn waren an der Tür; McWhirrie im Zustand hoher Erregung, während Gunn strahlte und sich in Walzerschritten bewegte. Sie drängten herein und befahlen, daß wir sofort frühstückten.

Dann, nachdem Rimmer die Schokolade heißgemacht und ich die Würste gebraten hatte, gab der Professor die Neuigkeit preis:

»Fer fessen . . .«, sagte er.

»Das heißt«, sagte Gunn, »wir haben guten Grund zu der Annahme, daß . . .«

»Fssscht! Fer fessen nun alles över de Ratten on onsre Försten.«

»Wir haben zumindest eine Theorie formuliert, die in allen Einzelheiten durch zuverlässige Daten . . .«

»Mann halte Se de Loft an! Fer fessen nun, fo se härkomme on fe es geschähn est.«

Nachdem sie so unsere Neugier geweckt hatten, bissen sie herzhaft in ihre Würste und wollten nichts mehr sagen, nur so viel, daß wir sogleich mit ihnen ins Britische Museum gehn müßten. Gunn war so aufgeregt, daß er Rimmer die zweite Tasse Schokolade wegnahm und sie in den Ausguß leerte; und McWhirrie, ein Feind jeder Übereilung und ein unermüdlicher Esser, brachte es über sich, etwas auf dem Teller zu lassen – allerdings besann er sich gleich darauf eines besseren, denn bevor wir gingen, kehrte er noch einmal um und steckte sich die Reste teils in den Mund, teils für später in die Taschen.

Zwanzig Minuten später gingen wir durch die Kolonnaden vor dem Museum, dann durch die Eingangshalle und über den langen, engen Flur, der zum Lesesaal der Bibliothek führt. Unter dem vergoldeten Deckengewölbe, in dem Halbdunkel, das von den Kerzen auf allen Tischen nur spärlich gelichtet wurde, kam uns ein Herr mit Zylinder entgegen, der leitende Aufsichtsbeamte, und führte uns in ein kleines Nebenzimmer, wo ein Bote vor einem Lesetisch mit einem einzelnen gedruckten Blatt und einem Band in Kalbsleder strammstand.

»Ich habe gehört, meine Herren«, sagte der Leiter, »daß in Ihrem Fall ein wenig Konversation unvermeidlich sein wird. Ich habe daher Ihre Titel einstweilen hierherbringen lassen und Beevers beauftragt, Sie zu bedienen.«

»Und hier nun«, sagte Gunn, während sich der Beamte unter unserem Dankesgemurmel zurückzog, »sehen wir Beevers, gebenedeit sei er, jetzt und in Ewigkeit, Amen, den Löser unseres Rätsels, als da lautet: Wie hat es sich zugetragen, daß eine Abart der Londoner Kanalratten die Merkmale der Malabaratten angenommen hat? Beevers, möchten Sie es uns selbst erklären, oder soll . . .«

»Aber nein. Wenn Sie bitte, Sir . . .«, sagte der Bote. »Es steht mir überhaupt nicht zu . . .«

»Aber gern«, redete Gunn weiter, sichtlich erleichtert, daß ihm die so leichtsinnig aufs Spiel gesetzte Gelegenheit zu einem Vortrag nun doch nicht entging, und nachdem er sein fülliges Hinterteil auf die Tischplatte geschoben hatte, begann er.

Beevers, so erklärte er, hatte ihm seit dem Beginn seiner antiquarischen Rattenstudien die Bücher an den Tisch gebracht. Zunächst nur über deren Menge und Vielseitigkeit erstaunt, hatte er einestags Gunn nach dem Gegenstand seiner Forschungen gefragt.

»Eine Freiheit, die ich mir gegen unsre Besucher gewöhnlich nicht rausnehme«, warf der Bote ein. »Aber hier behielt meine Neugier die Oberhand.«

Als er hörte, daß Gunns Untersuchungen den Ratten galten, strahlte er, denn als Junge hatte er Ratten gezüchtet, und sein Interesse an ihnen war nicht erloschen. Er verstand auch durchaus die historische Richtung von Gunns Nachforschungen, und vor zwei Tagen nun erkühnte er sich und bot Gunn an, ihm etwas Interessantes zu zeigen. Gunn, der dabei war, seine Propatriablätter mit einer Unmenge Fakten zu füllen, die ihm zwar erlaubten, weitere Nadeln auf seine Karte zu stecken, ihn aber allesamt der Einsicht in die Natur der Rattenfürsten nicht näher brachten, war froh, den Bleistift beiseite legen zu können. Er wartete geduldig, bis der Bote wieder auftauchte, vermutlich mit irgendeinem sonderbaren Stich oder einem Zeitungsausschnitt, den er schon kannte. Zu seiner Überraschung brachte Beevers jedoch ein Flugblatt aus der Restaurationszeit, eines, von dem Gunn noch nie gehört und das er noch in keiner Bibliographie verzeichnet gesehn hatte.

»Und wissen Sie, warum nicht? Weil's erst die Woche

gefunden wurde, innem Stapel andrer Manuskripte, in denen ein andrer Herr gelesen hat«, erklärte der Bote. »Und Herr Love, mein Kollege, der'n bedient hat, der hat's mir gegeben, und ich sollt's dem Leiter geben. Wie ich aber seh, daß da was vonner Ratte drinsteht, da hab ich's mir auffe Seite gelegt, dieweil ich's mir noch mal ansehn wollte.«

Ein Glück für uns, nahm Gunn wieder auf, denn andernfalls wäre es auf Jahre hinaus wieder zwischen all den nicht katalogisierten Ephemera verschwunden.

»Dies ist es.« Er nahm das Quartblatt vom Tisch; es war schlecht gedruckt, mit unregelmäßigen Spatien, schadhaften Typen und verschmierter Farbe. Wir drängten uns heran und sahen ihm über die Schulter, während er den Text laut deklamierte. Sich die theatralische Seite einer Sache entgehen zu lassen, hätte Gunn nicht ähnlich gesehn.

Ergezliche Zeithung auss Hungerford
Ein sunderlich und kurtzweylig Schawstück
Es würd bericht, dasz viel Volcks itzt auff dem neuen Marcket im Hause Hungerford zu sehn. Warfür Ursach ist die Ankunfft eynes Ungethümlichen Ratzen, von der Coromandel-Küste, so der Herr Capitain Humphrey Crispe von der *Leonora* daselbst allerneust ausstellet. Diesz Thier, eyn Riese seyner Art, treibet gar flinck mancherley Kunststück zur Ergezung der Menge. Es gehet oder rennet auffs Wortt und vermag auff des Capitains Geheyss Bälle in Becher zu rollen, Fudder von eynem besunderen Theller zu nehmen und eyn zierlichs und artigs Tänzlein auf den Hinter=Beynen zu executiren. Dieweil es nicht allein gröszern Masses denn jedes Thier seynesgleichen, als auch avancirtesten Verstandes, ist es von

Capitain Crispe *Rattus Rex* benannt worden, was heist der Ratzen=König, und ist ihm eyne Kron vors Haubt geschmiedt und eyn Königlichs Hoffgewandt vor seyne Glieder angemessen worden. Diesz Wunder ist jeden Tags an dem Stand von William Crispe zu schawen, allwo eyn reicher Vorrath Garns und Linnens ausgeleget.

»Ist das Blatt datiert?« fragte Rimmer.

»Nein«, antwortete Gunn, »aber es enthält einen Hinweis. Die *Leonora* war ohne Zweifel ein Schiff der Ostindischen Gesellschaft. Zum Glück nun habe ich unter meinen Verwandten einen früheren Angestellten der Gesellschaft, und er hat dafür gesorgt, daß ich die Akten einsehen durfte. Humphrey Crispe hat nur eine Fahrt auf der *Leonora* gemacht, und von der kam er am 25. September 1690 nach London zurück.«

»Interessant«, sagte Rimmer. »Aber wie hängt dies nun mit unseren Rattenfürsten zusammen?«

»Das ersehen wir aus dieser Erklärung im *Mercurius Aureus,* einem Regierungsflugblatt vom November des gleichen Jahres«, erwiderte Gunn und fing noch einmal zu deklamieren an:

Freunde Frankreichs lauern in unser Mitten: sie schleichen am Boden, diese winselnden Schlangen; sie kreuchen unter Stein, diese jesuitischen Kröten; sie verbergen sich in denen Canälen, diese römischen Ratzen! Und gleich wie der Königs-Ratz von Coromandel, so sich vor dem Volck in Hungerford vorgethan, nun aber entwichen ist und hauset, wo niemand weisz, so schlupfen auch diese einstens vielberühmten itzt in stinkender Nacht.

»Fer klorben« – McWhirrie übernahm nun die Aufgaben des Lehrvortrags – »daß ene Malabaratte von der öndeschen Ostköste, nämlech Koromandel, fe Se fessen, von desem Crispe gefangen, dresseert on orf dem Markt vorgeföhrt forde, daß se geflöchtet on en de Kanäle gelangt est.«

»Und dort« – auch Gunn wollte zu der Zusammenfassung sein Teil beitragen – »hat sie sich mit der einheimischen Rattenpopulation vermehrt und ihre Intelligenz und Größe an jene Abart weitergegeben, die wir nun die Fürsten nennen.«

»On se habe pald«, nahm abermals McWhirrie das Wort, »de andern domeneert on öber veele Jahre hen de Leute röngsom beobachtet on etwas von erer Läbensfäse gelernt. Fer fessen aber, daß Ratten es schon emmer öbel genommen habe, wenn Mönsche en de Kanäle Onruhe gepracht habe, on nun, onter der Föhrung der Försten, forde ere Angreffe gefährlecher. Als aber de Arbäten an Bazalgettes Entwässerongssöstäm anfengen, da messe se gedacht habe, ere kanze Felt pröcht öber ene zosamme. On obendrän kam dann orch noch das Ärdpäben; es verdoppelte ere Forcht on machte se om so földer.«

»Und warum haben sich die Vorfälle in der Gegend um den Hungerford-Markt so stark gehäuft?« Gunn deutete mit seiner Brille in Richtung Charing Cross. »Weil dort der *Rattus Rex* ursprünglich entkommen sein muß, weil er dort sein Revier hatte und seine Nachkömmlinge sich dort vermehrten. Und dort, so glauben wir, ist auch jetzt noch seine Hochburg. Irgendwo dort, keine Meile von hier, ist die Stelle, von wo die Ratten, die London in Schrecken setzen, befehligt werden.«

»Dort also«, sagte Rimmer, »müssen wir den nächsten Schlag führen.«

Der Teufel im Zorn

Die Ratten kamen uns zuvor. Die Meute, die die Sträflinge in Clappertons Weinkeller angegriffen hatte, zog sich nicht in die Kanäle zurück, sondern streifte durch die Stadt; soviel jedenfalls erkannten wir später. Zu derselben Zeit, als wir das Britische Museum verließen, voll Freude, die Herkunft der Fürsten aufgeklärt zu haben, waren sie aus der Weinhandlung in das benachbarte York-Theater eingerückt, wo sie bis zum Abend unbemerkt blieben, genauer, bis zur Mitte des ersten Akts der Pantomime *Harlekins Krönung* (»eine Lawine der Lust und Laune«). Als sich Kolombine (»Fräulein Harriet Vokes, die kecke Koloraturistin«) in die Garderobe zurückzog, um ihre Stimmbänder mit ein wenig verdünntem Gin zu pflegen, sah sie sich von Ratten umringt. Mit einem Schrei in einer ihr sonst unerreichbaren Tonlage stürzte sie hinaus, wobei sie einen Kerzenhalter umwarf. Während sie noch zitternd hinter den Kulissen stand und dem Bühnenmeister den Grund ihres Schreckens zu erklären versuchte, drangen von dem Haufen Kostüme, auf den die Kerze gefallen war, schon die ersten Rauchspiralen durch die Bühnenbretter. Dies bemerkte Pantalone (»der große kleine Ravallo«), der eben mit den Tücken einer riesigen Posaune und eines Kübels Wasser kämpfte (»ein Fest von himmlischer Heiterkeit für die ganze Familie«), und er bewies beachtlichen Einfallsreichtum, indem er den Kübel über der Stelle ausleerte und einen Abgang improvisierte. Eine Minute später ging der Vorhang nieder. Ravallo kam zurück, lugte hindurch (»köstlich komisch von Kopf bis Knie«) und bat das Publikum, sich in Ruhe zu entfernen. Ein Betrunkener, zehn Frauen und zwölf Kinder (»ein

Schaupiel, das Scharen in Bann schlägt«) gehorchten ohne allzuviel Zögern und verfolgten von der anderen Straßenseite mit lebhafterer Begeisterung, als sie während der Aufführung gezeigt hatten, die Ankunft der Feuerwehr. Doch bis die Löschtrupps ihre Schläuche in Stellung gebracht hatten, war vom Innern des York-Theaters nicht mehr viel übrig. Kulissen und Prospekte aus Holz und Leinwand, Kuppeln und Balustraden aus Gips und Latten verwandelten sich schnell in einen Brei von Asche und Wasser, aus dem verkohlte Balken und verbogene Metallteile aufragten.

Als der Bericht über den Brand und seine Ursache Durston erreichte, schickte er uns Nachricht, und wir trafen ihn an der Brandstelle. Er empfing uns mit der Bemerkung, zwar hätten die Ratten mit ihrer radikalen Kritik an gerade dieser Aufführung unverhofft viel Geschmack und Unterscheidungsvermögen bewiesen, doch ginge es nicht an, solche den Ratten mißliebige Stücke künftig durch neue Zensurbestimmungen zu unterbinden. Sein Gewitzel sollte seine Besorgnis verbergen. Es war nicht mehr möglich, Zwischenfälle dieser Größenordnung herunterzuspielen. Zu Hunderten gingen beim Innenministerium schriftliche oder mündlliche Anfragen ein; die Londoner Zeitungen knüpften an ihre Berichte über die Vorfälle immer mehr Spekulationen; und – ein Äußerstes, dem das Ministerium mit frommem Abscheu begegnete – Andeutungen waren gemacht worden, daß im Unterhaus eine diesbezügliche Anfrage zu erwarten sei.

Die Behörde hatte sofort Maßnahmen ergriffen, um jede weitere Aufreizung der Ratten zu verhindern. Durston zog einen Stoß bedruckter Blätter aus der Tasche: Rundschreiben des Ministeriums an Baufirmen, Rohrleger und Auftragnehmer aller Art, denen die Einstellung aller Arbeiten unter der Erde oder in der Nähe der Kanäle anbefohlen wurde. Ein zweiter Stoß enthielt Warnzettel, anzukleben an Leitungsschächten, Einstiegslöchern und anderen Zugängen zur Kanalisation, mit dem Verbot unbefugten Betretens unter Androhung schwerer Geldstrafen. Die Begründungen der Verbote waren in den unbestimmtesten Ausdrücken gehalten: »zur Vermeidung unnötiger Störungen bei wichtigen Untergrundarbeiten«, »im Interesse einer unverzüglichen Fertigstellung bedeutender sanitärer Anlagen«, »zwecks Beschleunigung der für die Gesundheit und Sicherheit der Hauptstadt notwendigen Untergrundarbeiten« und dergleichen mehr.

»Ich bilde mir nicht ein«, sagte Durston, »daß die aufmerksame Londoner Bevölkerung sich dadurch irreführen läßt. Vielen Leuten scheint klar zu sein, daß im Kanalisationsnetz irgendein Anlaß zur Besorgnis vorliegt, auch wenn sie gottlob nicht wissen, welchen Ausmaßes und welcher Gefährlichkeit.«

»Nu, da kunne Se sich irre«, sagte Scud, der zu uns gestoßen war, nachdem ihn Gunn und McWhirrie in der Little Newport Street weitergeschickt hatten. Er reichte Durston ein verknittertes Flugblatt. Ein Freund hatte es ihm gegeben, dessen Namen er nicht nennen wollte.

Durston las laut vor:

> An alle arbeitenden Menschen und Freunde der arbeitenden Menschen: DER TOD schleicht nun durch alle Tore der Hauptstadt. Wo einst die CHOLERA in aller Stille ihre Opfer stahl, da stößt nun ein neuer Feind zu, nicht minder tödlich: DER RATZE! Erkennt euren Erzfeind! Er ist groß und garstig, mit Gift in den Zähnen, braun und mit züngelndem Schwanz. Er huscht durch dein Haus und würgt, wen

er will. Warum? Weil er Freunde hat, die ihm helfen und ihn ermuntern. Wer sind diese? Sie stecken im Oberhaus und im Unterhaus, in den Stadtwerken und in allen Pfarrämtern. Es sind die selbstsüchtigen, selbstgefälligen und selbstherrlichen Konservativen, die Politiker, die essen, während wir hungern, trinken, während wir leiden, sich verlustieren, während Bestien unsre Babies beißen und fortschleppen. Sie sind RATTEN von anderer Art . . .

Durston gab Scud das Blatt zurück.

»Kein großer Stilist, Ihr Autor. Ich finde, er übertreibt die Alliterationen, und einen anständigen Drucker sollte er sich auch suchen. Aber ich verstehe, worauf Sie hinaus wollen. Er kennt die Art des Problems und will politisches Kapital draus schlagen.«

Als wir zusammen nach Soho zurückgingen, blieb Rimmer, der ungewöhnlich schweigsam gewesen war, an einem Hofeingang stehen.

»Schaun Sie«, sagte er, »fällt Ihnen etwas auf?«

Wir spähten in den Hof hinein. Wäsche flatterte im Wind, schmutziges Wasser lief in den Gulli, ein Hund kratzte sich.

»Nichts!« meinte Durston. »Nur das gewöhnliche Elend.«

Doch ich wußte, was Rimmer meinte, denn dasselbe war in den letzten Tagen, wenn wir zusammen durch die Stadt gingen, mehr als einmal auch mir aufgefallen. Freilich, Durston war nicht beim Graveur Pratt in der Lehre gewesen, von dessen Fenster aus man von allen Einzelheiten des Hinterhofdaseins genaue Kenntnis erwarb.

»Es sind keine Kinder da und spielen«, erklärte ich. »Alle Höfe, an denen wir vorübergekommen sind, lagen verlassen.«

»Genau, sagte Rimmer.

Grad in dem Augenblick kam ein kleiner Junge aus einer Tür gewatschelt und hockte sich neben den Gulli. Die Mutter war ihm schon auf den Fersen.

»Komm da her, du Lausebengel!« schimpfte sie, »eh dich die Ratten holen.«

Rimmer sah Durston an, und der nickte. »Zu Fräulein Tiptree habe ich einmal gesagt«, fuhr Rimmer fort, »wenn wir die Rattengefahr bekanntgäben, würden die Leute verrückt spielen. Trotz aller Vorsichtsmaßnahmen fürchte ich, daß es bald dahin kommen wird.«

Durston winkte eine Kutsche herbei. »Ich werde Yelverton alarmieren«, sagte er. »Wie man Journalisten anfaßt, weiß er. Vielleicht können wir der Öffentlichkeit noch ein wenig Sand in die Augen streuen.«

Die ersten Erfolge Yelvertons sahen wir schon am nächsten Tag, der, sehr zu meiner Überraschung, der Heiligabend war. Drei der großen Zeitungen brachten Leitartikel, in denen sehr gelassen von der jüngsten öffentlichen Beunruhigung über Belange der Hygiene und Gesundheitspflege die Rede war; man nahm sich die Freiheit, die Leser zu unterrichten, daß dies Fragen von geringer Bedeutung seien, welche die Nagetierpopulation der Abflußkanäle betrafen – »keine Schwierigkeiten, mit denen die Hauptstadt nicht auch schon in der Vergangenheit regelmäßig zu kämpfen gehabt hätte und die ohne Zweifel auch in Zukunft bestehen blieben«. Die Zeitungen versicherten ihren Abonnenten, London dürfe sich eines Kanalisationssystems rühmen, um das ganz Europa es beneide, und die Gesundheit und Sicherheit der Bevölkerung seien das höchste Anliegen der unablässig wachsamen Stadtwerke. Wir kauften eine Auswahl der Lokalzeitungen und fanden, daß Yelverton auch hier seinen Einfluß aufgeboten hatte. Die Redakteure beiderseits der Themse, die vor kurzem noch gegen die Stadtwerke und ihre Beamten gestichelt hatten, versicherten nun, dies sei nur als scherzhafte Aufmunterung zu verstehen gewesen, keinesfalls als Kritik an den energischen Bemühungen, mit denen die Hüter der Metropole zu allen Zeiten Gefahren für Gesundheit und Wohlergehen abzuwenden verstünden. Später im Lauf des Tages kam eine Nachricht von Durston, daß Yelverton in geheimen Besprechungen mit den Herausgebern und Besitzern aller Londoner Tages- und Wochenzeitungen das Versprechen erwirkt habe, die Berichterstattung über alle Vorkommnisse mit Ratten werde für die nächsten sieben Tage auf ein Mindestmaß beschränkt. »Dies verschafft uns eine Atempause«, schloß Durstons Nachricht. »Manchmal ist seine Lordschaft doch nützlich.«

Aber die Herausgeber und Besitzer der Zeitungen mochten versprechen, was sie wollten, sie konnten sich nicht für alle Journalisten in London verbürgen, vor allem nicht für jene, denen es ein Herzensgeschäft war, Geheimnisse zu enthüllen. Von diesem Schlag waren Joseph Xavier Maginn und Saintly Hodges, zwei Amerikaner, der eine Sohn eines irischen Einwanderers, der andere eines abgefallenen Mormonen, doch beide mit dem väterlichen Erbteil einer flüchtigen Bildung und eines Durstes nach hochprozentigen Getränken ausgestattet. Da sich mithilfe der ersteren der letztere nicht stillen ließ, waren die beiden zuerst Teilhaber der Hallelujah-Mine westlich von Carson City geworden (wo sie ihren Anteil verloren), dann Decksmatrosen auf einem Klipper aus San Francisco (wo sie das Fleisch von den Knochen verloren) und schließlich Besitzer einer Spielbank in New Orleans (wo sie ihr letztes Hemd verloren). Dann hatten sie beschlossen, ihr Glück in New York zu versuchen, und dieser Beschluß, ausnahmsweise, war richtig. Sie entdeckten ihr Talent für den Sensationsjournalismus. Wenn es ihnen einfiel, sagte Rimmer, von dem ich ihre Lebensgeschichte erfuhr, konnten sie einen Nähzirkel christlicher Damen in 200 Worten als Tarnorganisation für ungehemmte Ausschweifungen entlarven, eine Protestversammlung einberufen und dem Aufbruch eines Trupps ordnungsliebender Bürger beiwohnen, welche die Damen auf einem Karren aus der Stadt schafften – und das alles binnen eines Tages oder, wenn sie mit der Frühausgabe anfingen, eines Nachmittags.

Rimmer hatte sie in New York kennengelernt, als der Bürgerkrieg ausbrach. In der Überzeugung, er sei ein britischer Agent, der im Lager des Nordens intrigiere, hatten sie durch eine Serie beißender Artikel im *Clarion* ein Dutzend Politiker dazu bewogen, seine Ausweisung zu fordern. Rimmer hatte die beiden ausfindig gemacht, hatte sie in einen Saloon geschleppt und (mit unheilbarem Schaden, behauptete er, für seine Leber) ihnen alle Spirituosen aufgetischt, die sie nur trinken konnten. Das hatte genügt, um sie von seiner Ehrlichkeit zu überzeugen. Achtzehn Stunden später, inmitten einer bewundernden Menge, hatten sie in überströmender Freundschaft und mit gefährlichen Balanceakten auf einem Haufen leerer, rollender Flaschen einen Tanz improvisiert, der sich aus den Erinnerungen der Amerikaner an die Gigue ihrer Vorfahren und aus Rimmers vagen Reminiszenzen an den Kreistanz der schottischen Hochländer mischte, und waren so zur Melodie des Yankee Doodle herumgestolpert.

Maginn und Hodges waren gerade in London. Der *Clarion* bezahlte ihnen die ersten Hotels am Platze und Getränkerechnungen in unbegrenzter Höhe. Dafür schickten sie aus den europäischen Hauptstädten eine

Serie von Berichten, die darauf angelegt waren, dem kriegsmüden Amerika zu sagen, was es hören wollte, nämlich daß die stolzen Städte jenseits des Atlantiks in Wahrheit nichts als Ansammlungen von Schmutz und Elend seien, verhüllt von eitlem Tand und Flitter. Zehn Tage, bevor wir von der Rattenplage hörten, hatten sie Rimmer besucht. Der Abend endete damit, daß wir uns stockbetrunken dreier Polizeiknüppel bemächtigten, eines mechanischen Schornsteinbesens, einer großen Gipsstatue des Prinzgemahls und eines Karrens mitsamt Pferd, der einem Kohlenhändler gehörte. Ein Haufen Leute folgten uns, die unter dem Eindruck standen, Maginn gedenke die Themse auf einem Seil zu überschreiten – ein Eindruck, den Maginn teilte, bis wir ihn gewaltsam davon abbrachten. Zuletzt sahen wir sie – Maginn ganz aus knochigen Extremitäten, mit einem Kiefer wie ein Amboß; Hodges mit dem Rumpf eines Bären, dem Kopf eines Löwen und den Gesichtszügen eines Wolfes –, wie sie in dem Kohlenkarren um den Trafalgar Square kreisten, in der Meinung, sie seien Wagenlenker in einer römischen Arena.

Wir hörten nichts mehr von den beiden, bis zu dem Tag nach Yelvertons Gesprächen mit der Presse, dem Weihnachtstag (der sich in Rimmers Lebensweise von anderen Tagen nur durch den großzügigeren Schnapsgenuß am Nachmittag unterschied). Durston rief uns in sein Büro, und dort fanden wir Maginn, ein Glas Whisky vor sich, etwas verstört, doch nach außen hin unbekümmert. Durston ging streng mit ihm ins Gericht:

»Dieser Herr«, sagte er, »scheint jede einzelne Bestimmung, die das Innenministerium bezüglich der Ratten erlassen hat, verletzt zu haben, und erreicht hat er eben das, was wir vermeiden wollten: eine neue Störung in den Kanälen.«

Er wandte sich nun an Maginn: »Vielleicht könnten Sie Ihren Bericht wiederholen. Nicht nur Herr Rimmer wird ihn interessant finden, sondern auch ich muß ihn ein zweites Mal hören, wenn auch nur um festzustellen, wieviele Anklagen wir gegen Sie erheben werden.«

Maginn machte ein Gesicht wie ein gescholtener Schulbub. »Sir, ich denk ja nicht dran und wart hier in diesem dammichen Land, bis Ihre dussligen Advokaten mir meine Rechte erklärn! Ich hab schonne Überfahrt gebucht, auffem nächsten dammichen Kahn, der von Liverpool abgeht, und wenn ich da nicht drauf bin, mitter Leiche vommein Parrner, dann könnse aber was erlehm vommeine Zeitung!«

»Was ist denn mit Saintly passiert?« fragte Rimmer.

»Mr. Hodges ist leider von uns gegangen«, antwortete Durston, ohne jedes Bedauern. »Mr. Maginn wird Ihnen erklären, warum.«

Maginn schenkte sich Whisky nach, zündete sich eine Zigarre an und begann zu erzählen.

»Hodges und ich, wir haben gemerkt, es ist was faul hier, wo wir doch auch bei uns bei den Stadtbehörden schon manches Ding gerochen haben. Ham wir ne Nase für, wenn wo was vertuscht wird. Wie wir bloß so anfang, mal'n bißchen rumzuhorchen, da machen doch so Leute wie Mr. Durston hier für uns gleich die Klappe dicht. Gut, müssen wir uns die Information eem annerswo holn! Ist nicht schwer, inner Stadt was zu erfahrn, wennste's Geld hast. Schätze, wir wußten schon so ziemlich alles, als Ihre Meldungen rauskamen; die zeigten dann bloß noch, was für ein dicker Hund das ist. Klar, braucht mir doch bloß einer sagen, geh auf keinen Fall ja nich inne Kanalisation, da weiß ich doch, haargenau da mußte hin! War bloß noch die Frage, wie wir da reinkommen.«

»Gefällt Ihnen das nicht, Durston, diese amerikanische Gradlinigkeit?« fragte Rimmer.

Durstons Gesicht machte eine Antwort überflüssig.

»Na, mein Saintly konnte nicht schlecht andre Leut nachmachen. Quetscht er sich also'n Tommyakzent raus und besorgt paar Polizeiuniformen – ist nicht weiter schwer, Ihre unbestechliche Polizei in Ehren! Die ziehn wir an und gehn los in die Unterführung in Finsbury, eine, die so'n bißchen ruhig aussieht. Zeigt Saintly dem Wächter draußen ein Papier und sagt, wir sind paar Konstabler und müssen da rein zu ner Inspektion. Fiel der Mann glatt drauf rein. Der gute Saintly . . .«

Maginn unterbrach sich, schniefte schmerzlich, schenkte sich noch mehr Whisky ein und kippte ihn hinunter.

»Also, wir da rein in den Kanal. Gibt Schlimmeres, wo wir beide schon dringesteckt sind, zum Beispiel, nichts stinkt scheußlicher wie die Arrestzelle vommen Klipper. Jedenfalls, zu fein warn wir uns beide nicht. Na, und ich schätze, wir müssen so zwei Meilen gelaufen sein. Nichts zu sehn von den Ratten – aber zu hörn. Und verdammich, da muß doch mein Saintly auf Händen und Knien in ein Seitenkanal reinplatschen. Ich bin so zwanzig Schritt dahinter, und auf einmal, da gibt's ein Mordsgerumps und kommt doch ein Träger vonner Decke runter. Stück davon kracht Saintly aufs Bein, und Stück davon bleibt über ihm hängen. Na, ich, mittem orntlichen Ruck, ich krieg das Stück hoch, wo er drunter eingeklemmt war, und er kriegt das Bein frei, wird aber gleich ohnmächtig vor Schmerz. Ich laß den Träger wieder fallen und denk mir, Beste wird sein, ich geh und hol Hilfe. Also, ich los, zurück nach Finsbury. Dammich, und keine zwanzig Schritt bin ich weg, da denk ich mir, da ist doch was, und dreh mich um. Und da stehn doch bei Saintly die drei größten dammichen Ratten, die ich je gesehn hab. Nichts hab ich von ihn' gehört, obwohl sie größer warn als ein Waschbär oder'n Opossum – hab ich nämlich beides schon gejagt.«

Rimmer, Durston und ich wechselten Blicke. Fürsten, zum erstenmal zu mehreren und im Nahkampf!

»Na, ich eingesehn, gleich auffer Stelle helfen kann ich meim Parrner jetzt nicht, wo wir doch Schießeisen keine bei hatten; also ich aufgepaßt. Dauert auch nicht lange, und mein Saintly kommt zu sich, und wie er die Biester sieht, na, der hat Augen gemacht! Sind einfach so dagesessen, die Ratten, und haben gekuckt. Ich denk mir, die wissen, daste da bist, aber jetzt machen sie sich ihren Spaß mit ihm und wern sich um dich nicht kümmern.«

Maginn mußte die Frage in unsern Blicken gelesen haben, denn er unterbrach sich und nahm einen Schluck aus seinem Glas.

»Ja, Gentlemen, ihren Spaß! Amüsiert haben die sich mit meim Saintly, die Viecher! Hab ich an ihren Augen gesehn, jawoll!«

Mir kam meine erste Begegnung mit einem Fürsten wieder in den Sinn. Was für einen Blick voll beinah menschlichen Hasses hatte er mir zugeworfen! »Eine Intelligenz, grausam und berechnend wie die unsere«, hatte McWhirrie gesagt.

»Jedenfalls«, fuhr Maginn fort, »Saintly hielt's nicht aus und machte ne Bewegung. Erstemal versucht er, an die Wand zu rücken, aber da warn die drauf gefaßt. Baun sich einfach so vor ihm auf, und da konnt er nicht weiter. Dann wollt er zur andern Wand – aber die wieder dazwischen. Saintly konnt sich allmählich nicht mehr beherrschen; hör ich, wie er so allerlei Sachen vor sich hinmault. Versucht er noch mal, zur Wand zu kommen, und schon sind die wieder da, und diesmal kommen sie näher und gehn auf Tuchfühlung. Eins von den dreien schert aus und geht auf die Seite, wo der Rest vom Träger runterhängt. Ich nicht gleich kapiert, was der Bursche vorhat, erst als er sich über die Mauer hermacht und scharrt. Saintly fängt an zu heulen und brüllt: ›Laßt mich doch in Ruh, ihr!‹ Aber die gehn auf ihn los, Schnauzen vor und Zähne gebleckt. Dann seh ich, wie der Träger sich ganz löst, wo das eine Biest dran zieht, und da dämmert's mir, was das wern soll: ne Hinrichtung! Die zwei, die um Saintly rummanövriert sind, die haben angehalten, als sie ihn wieder unterm Träger hatten, und der dritte hat hochgelangt, aber Mann, mit einer Wucht, wie'n junger Berglöwe! Der Träger kommt runter, genau auf Saintly, und zerquetscht ihm den Kopf. Und ich, ich wollt nichts mehr sehn, nee danke! Ich ab zur Unterführung in Finsbury, und dann bin ich mit meiner Geschichte zur Polizei gegangen.«

Maginn trank sein Glas aus und schaute uns kampflustig an.

»Jetzt erzählen Sie mir bloß nicht, was wir hätten machen müssen, ich und Saintly! Ham wir gewußt, wir riskiern was, als wir in die Kanäle gestiegen sind. Klar, ham wir schon immer, was riskiert! Viel tun für mein Parrner konnt ich am Ende nicht, aber wenigstens kann ich seine Leiche jetzt da rausholen und ihn irgendwo anständig begraben. Dann nehm ich die Story, für die er sein Lehm gelassen hat, und verkauf sie zum Höchstpreis. Und da soll mich einer dran hindern!«

»Aber Mr. Maginn«, murmelte Durston, »da sind Sie im Irrtum! Sie haben keine Story zu verkaufen.«

»Und ob ich eine hab!« brüllte Maginn. Rimmer bedeutete ihm, zu schweigen.

»Sehn Sie, Mr. Maginn«, fuhr Durston fort, »wenn Sie darauf beharren, Ihre Erlebnisse an die Öffentlichkeit zu bringen, so werden wir darauf beharren, Ihre mehrfachen Verstöße gegen unsere Bestimmungen rechtlich streng zu würdigen. Ihre Kostümierung als Polizeibeamter zum Beispiel dürfte allein schon ausreichen, Ihnen ein Urteil zu sichern, daß Sie von mehreren fröhlichen Silvesterfeiern fernhält. So schätzenswert Ihre Zeitung zweifellos ist, kann sie doch Ihre Straflosigkeit nicht gewährleisten. Ich bitte Sie, Ihren Standpunkt zu überdenken.« Aus Durstons Stimme sprach die herzlichste Anteilnahme, doch in seinen Augen war keine Spur von Wohlwollen. »Unterdessen werde ich alles Nötige veranlassen, damit Mr. Hodges' Leiche geborgen wird.«

Er ging hinaus, und Maginn blickte ihm finster nach. »Dammich, kein Wunder, daß Ihr Amerika losgeworden seid! Kann ich mir vorstelln, so Leute wie der warn das damals, die das Stempelgesetz ausgebrütet haben und gedacht, wir müssen's schlucken. Na, nicht mit mir! Ich bring die Geschichte.«

»Laß uns drüber reden, Maginn«, sagte Rimmer, »aber nicht hier. Gleich um die Ecke kenn ich ein vorzügliches Wirtshaus, und da gehn wir jetzt hin. Äh, Matt«, sagte er zu mir und zwinkerte, »daß du mitkommst, ist nicht nötig. Wir treffen uns hier in ein paar Stunden.«

Fünf Stunden wurden es, bis Rimmer und Maginn wiederkamen. Mit übertriebener Vorsicht setzten sie die Füße in Durstons Büro, und mehr durch Glück als durch eigenes Verdienst landeten sie auf zwei Stühlen. Unter dem Anhauch ihres Atems riß Durston trotz des Nordostwinds das Fenster auf.

»Wir hatten soeben eine freundschaschlische Dischus – Guschisch – ein Gespräch über Fragen von gemeinscham Indresche«, erklärte Maginn und legte zuerst den linken, dann auch den rechten Fuß auf Durstons glänzenden Mahagonischreibtisch, wobei er fast vom Stuhl fiel. »Es ist mir eine Genug – nuck – tutu – eine Freude, fagen zu können, daffir zu einer befriewigenden Löwung gefunn ham. Und ich habe beschloschen, ohne Erlaubnisch der schustämmigen Stellen keine Verlausch – Verbarung – kein Mucksch vonner ganzen dammischen Scheschichte zu sagen. Ischdesch so richdig, Alder?« Rimmer nickte erst, nachdem Maginn noch ein zweites Mal gefragt hatte, und dann stöhnte er. »Inzwischen wern Sie die Leiche vommein alden Gummel auschem Ganal holn laschen. Mein armer Schaindly, beschder Freund vonner Welt!« Und Maginn langte mit unsicherer Hand zu Durston hinüber, entnahm aus dessen Jakkentasche das Schnupftuch und schneuzte sich die Nase.

Rimmer stand auf und nahm Durston beiseite. »Ein Teil Weinbrand, ein Teil Champagner, zwei Teile Portwein und zwei Madeira, aufzufüllen mit Zitrone und Zimt. Zu wiederholen, solange das Opfer es erträgt, aber nicht geeignet zum eigenen Genuß. Beste Therapie gegen Intransigenz, die ich kenne. Sie schulden mir drei Pfund. Jetzt, um des lieben Friedens willen, lassen Sie diese Leiche suchen! Matt, du gehst mit. Ich geh zu Bett.«

Maginn blieb schnarchend in der Obhut von Durstons Bürodiener, und Rimmer schickten wir in einer Droschke heim. Dann ging Durston mit mir zur Blackfriars-Brücke. Er erklärte mir, daß Bazalgettes Ingenieure nach Maginns Beschreibung des Kanals und des Weges, den sie darin gegangen waren, die Stelle ausfindig gemacht hatten, wo Hodges Leiche liegengeblieben war; doch als sie in den Kanal kamen, fanden sie an der bezeichneten Stelle nur einen Spalt im Boden. Vermutlich hatte der Sturz des Tragbalkens die ganze Kanaldecke zum Einsturz gebracht. Die Ingenieure vermuteten, daß die Leiche in einen tiefergelegenen Kanal gefallen und von dort zu einem der Ausflüsse in die Themse gespült worden sein konnte, und sie suchten auch dort. Als sich die Leiche nicht fand, meinten Fährleute, sie sei vielleicht von der Flut weggeschwemmt worden und habe sich an den Pfeilern der alten Blackfriars-Brücke verfangen, die damals gerade abgerissen wurde, oder an den Pfeilern der Behelfsbrücke, die man daneben errichtet hatte. Um sich Klarheit zu verschaffen, hatte Durston einen Taucher bestellt, der die Brückenpfeiler absuchen und die Leiche, wenn sie dort war, losmachen und an die Oberfläche bringen sollte.

Der Weihnachtsabend war angebrochen, doch über den Brücken war der Himmel gelb vom Schein der tausend Naphthalampen, denn die Abrißarbeiten gingen rund um die Uhr. Als Silhouetten gegen das gleißende Licht sahen wir eine Reihe skelettartiger Maschinen, jede von einem dicken Kessel getrieben. Es waren Dampfkräne, die auf Schienen über das Baugerüst liefen und Mauerblöcke transportierten. Durston schien sich für sie zu interessieren. »Elegant sehen sie nicht aus«, sagte er, »sparen aber Zeit und Mühe und genießen daher in einer Zeit, der die Ökonomie über die Kunst geht, allgemeine Bewunderung.«

Der Taucher und seine Mannschaft standen dicht beisammen auf einem Vorsprung am Rand des Baugerüsts. Wie der Taucher hieß, habe ich nie erfahren, aber offenbar stammte er von der Insel Man, denn die andern nannten ihn immer nur den Manxmann. Er war klein, dunkelhaarig und mürrisch; auf Durstons Fragen gab er nur knappe Antworten. Über der flanellenen Unterkleidung trug er den wasserdichten Anzug, etwas wie Jacke und Hose in einem Stück; obenauf lag der Brustpanzer mit Gummibindung, und Gummibänder schlossen dicht um seine Handgelenke; auf dem Kopf trug er eine wollene Nachtmütze. Nachdem er die Flügelschrauben auf der Brustplatte festgezogen hatte, rief er seinen Gehilfen einen Befehl zu, worauf sie ihm in seine Stiefel halfen, die eine zolldicke Bleisohle hatten. Als nächstes hängten sie ihm zwei Fünfzigpfundgewichte an Brust und Rücken, und schließlich setzten sie ihm den kugelförmigen Helm auf und schraubten ihn fest. Auf einen letzten Befehl hin wurde das Mundstück angeschlossen, und der Taucher, bereit zum Abstieg, ließ sich schwerfällig über den Rand des Gerüsts hinab, während die Helfer vorsichtig die Lebensleine hinter ihm auswarfen.

»Er kann eine Stunde lang unten bleiben«, sagte Durston. »Und das wird keine Minute zuviel sein, wenn die Leiche nicht ohne Mühe loszumachen ist.«

»Aber die Kälte!« wandte ich ein.

Durston schüttelte den Kopf. »Für den Taucher macht es keinen großen Unterschied, ob warm oder kalt. Die Hände werden ohnehin taub durch die Gummibänder. Er ist es gewohnt, ohne viel Tastsinn auszukommen.«

Wir standen und schauten hinab auf das ölige Wasser, sahen eine halbe Stunde lang zu, wie die Lebensleine hin und her schwamm; dann hörten wir einen von den Gehilfen rufen: »Da! Das Signal! Er hat was gefunn!«

Eine Anzahl mit Gewichten beschwerter Taue wurde hinabgelassen, und zwanzig Minuten später wurde ein tropfendes Bündel auf das Gerüst gehievt. Während wir dafür sorgten, daß Hodges' Überreste in eine Leichenhalle transportiert wurden, hörten wir ein besorgtes Gemurmel unter den Gehilfen. Durston ging hinüber und fragte nach dem Grund. Der Manxmann habe das Notsignal gegeben, sagte man ihm. Ein Taucher, der zugeschaut hatte, streifte seine Wolljacke ab, atmete tief durch und sprang in den Fluß. Als er wieder hochkam, rief er uns zu, daß sich offenbar während der Bergung der Leiche ein Balken gelöst und den Fuß des Tauchers eingeklemmt habe. Noch atme er, doch er werde es keine zehn Minuten länger aushalten. Der Balken war zu schwer, um ihn mit der Hand zu bewegen; ein anderes Mittel mußte gefunden werden. Die Gehilfen stritten sich, was zu tun sei, und Durston sah ungeduldig zu, wie die Sekunden vertan wurden. Schließlich ging er wieder hinüber und drängte ihnen eine Maßnahme auf – was es war, konnte ich im Getöse der Abrißarbeiten nicht hören. Sie schüttelten zuerst die Köpfe, machten sich dann aber doch an die Ausführung. Er kam wieder zu mir zurück.

»Eine Möglichkeit, mehr nicht«, meinte er. »Ich habe vorgeschlagen, daß sie einen Dampfkran zu Hilfe holen, um den Balken wegzuhieven.«

Augenblicke später hörten wir einen Pfiff, und einer der Kräne kam auf seinen Schienen herangeschlichen, bis der Kopf genau über der Stelle schwebte, wo der Manxmann festsaß. Kleine Konferenzen zwischen den Gehilfen und dem Kranführer fanden statt; dann, mit einem Rattern, entrollte der Kran seine Kabel ins Wasser. Der Taucher sprang noch einmal hinein und machte die Greifklaue an dem Balken fest. Der Kranführer erhielt ein Signal, der Pfiff gellte abermals, und mit einem durchdringenden Quietschen wurden die Kabel angezogen. Das Wasser kochte plötzlich, und hervor kam der Balken und wurde hoch über unseren Köpfen auf das Gerüst geschwungen. Bald darauf kam der Manxmann an die Oberfläche – eine Minute, ehe seine Zeit um gewesen wäre. Als seine Gehilfen ihm den Taucheranzug auszogen, sprachen sie auf ihn ein und zeigten auf Durston. Der Manxmann gab keine Antwort, sondern saß da und rieb sich das blaue Fleisch, wo der Gummi seine Handgelenke abgeschnürt hatte; dann zog er sich an und machte sich fertig, zu gehen. Daß er dem Tod knapp entwischt war, hatte ihn nicht mitteilsamer gemacht. Erst als er schon im Begriff war, wegzugehen, wandte er sich zu uns um und winkte uns kurz zu.

»Kolossal, der Bursche«, bemerkte ich in einem Ton, der Rimmer möglichst nahe kam. »Reden tut der wohl nur mit sich selbst!«

»Ich würde meinen«, murmelte mein Begleiter, »daß sein Beruf schon schwer genug ist, auch ohne, daß Sie noch Ihren Spott dazugeben!« Er hielt inne, und seine Stimme verlor die Schärfe. »Jeden Morgen aufwachen und sich fragen müssen, ob das Abtauchen heute das Ende bringt.« (Durston sprach zu sich selbst, so als drücke ihn eine persönliche Not.) »Jeden Morgen aufwachen und wieder dieselbe schwere Last schultern . . .« Er bemerkte, wie ich ihn ansah, und fand seine gewohnte arrogante Lässigkeit wieder. »Wir müssen zurück zu dem grimmigen Mr. Maginn. Ich hoffe, die Nachwirkungen seines Umtrunks werden ihn ein wenig gezähmt haben.« Er rief eine Kutsche und war wieder ganz gefaßt. Aber für einen Augenblick hatte ich Durstons andere Seite gesehen, einen Menschen, dessen Geist von Angst gequält wurde, von Befürchtungen. Oder war es Schuld?

Durston setzte mich in der Little Newport Street ab. In der Wohnung fand ich Edeltrutz, wie sie Rimmer, dem seine Unterredung mit Maginn nicht gut bekommen zu sein schien, einen dünnen Tee vorsetzte. Er beäugte das anämische Gebräu mit Widerwillen. »Aber mir fehlt nichts, wovon mich ein Glas Portwein nicht heilen könnte«, hörte ich ihn protestieren.

»Unsinn!« entschied seine Pflegerin. »Sie trinken mit einer Zügellosigkeit, die sich für einen älteren Herrn nicht schickt.«

Nur mein Dazwischenkommen verhinderte die Kraftworte, mit denen ihr Rimmer diese Erwähnung seines Alters vergolten hätte. Er nahm es zum Vorwand, seine Tasse beiseite zu schieben; später entleerte er sie unauffällig in einen Kübel.

»Fräulein Tiptree bringt uns Nachricht von neuen Anzeichen einer Massenhysterie«, erklärte er mir. »Eine Welle der religiösen Erweckung spült durch die Armenviertel, und Fräulein Tiptree befürchtet, sie könne tödliche Folgen für unsere Pläne haben.«

»Kommen Sie und sehen Sie selbst«, forderte uns Edeltrutz auf, und Rimmer, wohl um weiteren Teeaufgüssen zuvorzukommen, gehorchte bereitwillig.

Wir gingen nach St. Giles, und Edeltrutz führte uns durch das Gewirr von Straßen zu einem Platz, auf dem ein Zelt stand, das von einer Menschenmenge umgeben war. Die verwitterten Planen waren mit Sprüchen behängt, die rot auf gelbe Pappbögen gemalt waren: »Selig, der vorlieset und die hinhören auf die Worte der Prophetie. Denn die Zeit ist nah«, verkündete der eine.

»Bekehre dich, oder ich komme ohne Säumen zu dir und werde kämpfen«, warnte ein zweiter.

»Wehe den Bewohnern der Erde!« drohte ein dritter und fügte erklärend hinzu, »denn hinabgestiegen zu euch ist der Teufel voll grimmen Zorns.«

Wir stellten uns in die Schlange der vor dem Zelt Wartenden und drängten uns in das dämpfige Innere. Wacklige Bänke standen in Reihen, und vier Diakone, die jeden Neuankömmling mit öliger Demut als »Bruder« oder »Schwester« begrüßten, füllten sie methodisch bis auf den letzten Platz.

»Welcher Konfession verdanken wir diese Abendunterhaltung?« fragte Rimmer.

»Der Neuen, Reformierten und Vereinigten Kalvinistischen Evangeliumsgemeinde, Bruder«, antwortete einer der Diakone und reichte ihm ein Flugblatt, welches ankündigte, Ehrwürden Zephaniah Eden werde an diesem Abend Balsam auf brennende Busen träufeln, um das Leiden zu lindern und die Seelen zu salben.

»Diese Alliterationen sind des Teufels«, fluchte Rimmer. »Anscheinend haben Erweckungsprediger in diesem Punkt den gleichen Geschmack wie politische Radikale.«

Eine Glocke bimmelte, um den Beginn des Gottesdienstes anzuzeigen, und die Beleuchtung, die aus zwei Reihen blakender Kerzen bestand, wurde gelöscht, und nur am einen Ende des Zeltes blieb ein erhellter Kreis. Dort hinein trat nun der Prophet. Zwar ging er weder in Sack und Asche noch hatte er vor Verzweiflung seine Gewänder zerrissen; immerhin trug er einen blankgewetzten Rock mit schmierigen Ärmelaufschlägen und speckigem Kragen. Das eingefallene Gesicht aber und die abgezehrten Glieder ließen einen Mann erkennen, der seit einer Woche kein Manna mehr gesehen und seit einiger Zeit unter verdorrten Feigenbäumen gesessen hatte. Seine Augen glühten vor göttlicher Inspiration, und seine Stimme, die verriet, daß Ehrwürden aus Manchester stammte, war heiser vom Gewicht der Prophezeiungen.

»Brüder, Brüder und Schwestern, Brüder und Schwestern, groß und klein, Kinder Gottes, ihr Kinder alle, ich bringe euch Botschaft; die frohe Botschaft all denen unter euch, die gereinigt sind im Blut des Lammes, welches geboren ist an diesem Tage, um uns die Erlösung zu bringen; die wehe Botschaft aber all euch Sündern, die ihr unter Seinem Fußschemel zittert. Denn gesehen hab ich, wahrlich, gesehen, was nur den Erwählten gezeigt wird; und ich bin gesandt, vor euch allen Zeugnis zu geben, daß der Herr denen gnädig ist, die Ihn um Vergebung bitten, doch schrecklich im Zorn gegen jene, die im Finstern schleichen und das Gesicht abwenden von Ihm. Denn sehet! Die Zeit ist nah, da Er durch Seine Herde schreiten und Seine Lämmer auf eine grünere Weide führen wird; die Sünder aber werden in den Wald hinausgejagt werden und dem Tier zur Beute fallen. Hallelujah!«

Eine Anzahl alter Weiber in den vordersten Reihen nahmen seinen Ausruf mit solcher Leidenschaft auf, daß ihnen die Häubchen verrutschten und die Gebetbücher zu Boden fielen. Während sie noch dabei waren, sie aufzuheben, verlangte Ehrwürden Zephaniah nach einer Hymne, und einer der Diakone stimmte auf einem tragbaren Harmonium, das an einem Zeltpfosten stand, eine Melodie an. Den Refrain kannte ich nicht, aber es schien ein Lieblingsstück der alten Frauen in der ersten Reihe zu sein, die kräftig mitsangen und den letzten Ton wehmütig in die Länge zogen. Es folgten Gebete, die durch Inbrunst gutmachten, was sie an der Grammatik sündigten; dann weitere Lieder. Ich fand weder im Gebaren des Predigers noch der Gemeinde etwas Bedenkliches, und Rimmer war so wenig interessiert, daß er neben mir einnickte. Nach dem vierten Lied aber, als die Diakone den Prediger zu einem Podest führten, das mit einem Geländer umgeben war und als Kanzel diente, bemerkte ich, wie ein Raunen und Rühren durch die Menge ging. Ich stieß Rimmer an, und er erwachte noch rechtzeitig, um einen vielsagenden Blick von Edeltrutz aufzufangen.

»Meinen Text«, begann Ehrwürden Zephaniah, »entnehme ich nicht den Evangelien, die von der ersten Ankunft unseres Herrn künden, sondern dem Buch der Offenbarung, darinnen wir von seiner zweiten Ankunft erfahren: ›Aus dem Rauche kamen Heuschrecken über die Erde, und ihnen ward Macht verliehen‹.« Er holte tief Luft, und dann schwang er sich zu einer Tirade auf, die an jedem anderen Ort im Publikum stürmische Heiterkeit geweckt hätte; hier aber, in diesem dunklen und dumpfen Zelt, wo Schneeregen und Hagel gegen die Leinwand trommelten und der Wind jaulend auf dem Dach stand, klang sie nur allzu glaubhaft. Die zweite Ankunft, versicherte er, stand nahe bevor. Ihre Vorzeichen sahen wir ringsum: die Scharen der Darbenden; Elend und Krankheit, die sich breitmachten; der Streit der Völker mit ihren Nachbarn, der nur in einem Harmagedon enden konnte; und – er lehnte sich weit hinaus über die Gemeinde, die unter seiner auflodernden Leidenschaft in sich zusammenkroch – die Heimsuchung durch die Tiere, die über uns kamen. Denn hatte nicht der Prophet geweissagt, daß an der Welt Ende Heuschrecken kommen und die Erde verheeren und über alles herrschen sollten, so daß in jenen Tagen die Menschen den Tod suchen würden vor entsetzlicher Qual? Ja, so hatte er gesprochen. Doch er war ein Prophet des Ostens, wo Heuschrecken eine gewöhnliche Plage für die Stämme Asiens und Kleinasiens waren. Was also stand der westlichen Welt bevor, wo die Heuschrecke nicht zu fürchten war? Würde sie der Verdammnis entgehen? Mit Gewißheit nicht, denn dorthin würde der Herr ein Gegenstück zur Heuschrecke entsenden: ein Tier, das die Nahrung der Menschen fraß, von ihrem Überfluß lebte, in ihren Häusern lauerte und alsbald auch an ihren Leibern nagte. Welches Tier war dies? Ehrwürden Zephaniah langte von seinem Podest herab in eine verdunkelte Nische und hielt über die Köpfe der aufkreischenden ersten Reihe einen Käfig voller Ratten.

»Dies, Brüder, dies, Schwestern, dies sind die Tiere, ausgesandt, uns zu peinigen; dies ist die Plage, die uns heimsucht vor unserm Ende; dies sind die Bestien, die solche Gewalt über uns haben sollen, daß wir den Tod herbeisehnen werden, um ihrer Herrschaft zu entkommen. Und ich sage euch, wahrlich, sie sind jetzt unter uns, wenn auch Staat und Staatskirche nicht wagen, es zu gestehen. Der Tag Apollyons ist nah, und dies sind seine Vorboten, die aus den Kanälen heraufkriechen, um uns das Fleisch von den Gebeinen zu reißen.«

Hypnotisch schwang der Käfig hin und her; dann ließ er ihn aus der Hand. Er senkte die Stimme, und nun spendete er der Gemeinde linden Trost. Noch war nicht alles verloren, versicherte er uns. Ihm und anderen Auserwählten hatte der Herr die Macht verliehen, hinabzusteigen in die bodenlose, qualmende Grube, woher die Tiere über uns kamen, auf daß er dort mit ihnen ringe und sie mit Gottes Hilfe überwinde. Sehet! Die Stimme bis zu einem Schrei hebend, riß der Prediger den Käfig auf, packte eine der Ratten, schwenkte sie hoch über seinem Kopf und brach ihr das Genick an der Kante seines Pults. Dann noch einer und noch einer. Die Diakone taten es ihm nach, griffen sich die Ratten und brachen ihnen die Hälse. Die Weiber aus der ersten Reihe, mit unverständlichem Gekreisch, gesellten sich zu ihnen. Bald drängte sich die ganze Gemeinde um das Pult, fing die Rattenleichen auf und riß sie in Stücke.

Edeltrutz wandte sich zu uns her. »Es dauert nicht mehr lange, und er steigt mit ihnen in die Kanäle«, sagte sie. »Er glaubt sich dazu ermächtigt, und die Bekehrten wird er mitnehmen. Sie wissen noch, was das letzte Mal geschehen ist, als solch ein Haufe hinabstieg?«

Das Bild der lodernden Brandsäulen aus der Gasleitung ließ mich erschauern. »Man muß ihn daran hindern«, rief ich.

»Machen wir!« sagte Rimmer finster. »Sicherlich weiß Durston irgendeine Bestimmung, nach der er ihn einsperren kann.«

»Aber die anderen?« fragte Edeltrutz. »Diese Sekte hat allein in der Innenstadt mindestens sechs Gemeinden, und alle predigen sie dieselbe Botschaft.«

»Die legen wir auch still«, gelobte Rimmer.

Wir verließen das Zelt und gingen zum Missionshaus.

»Egal, was Sie mit den Priestern machen«, sagte Edeltrutz, »die Armen bleiben dennoch in Angst. Wissen Sie, daß viele ihre Häuser und Wohnungen verkaufen und aus St. Giles fortziehen? Dasselbe habe ich auch aus anderen Armenvierteln gehört.«

Das war eine Neuigkeit, und keine sehr beruhigende. Zwanzig Familien hatten in der Nachbarschaft der Mission während der letzten sechs Tage ihre Häuser geräumt, und viele andere wollten in der nächsten Woche ausziehen. Sie verkauften die Häuser zu jedem Preis, gewöhnlich einem erbärmlich niedrigen.

»Jemand«, behauptete Edeltrutz, »macht sich die Furcht und Unwissenheit der Armen zunutze, um aus der Rattenplage Gewinn zu schlagen.«

Hinter der Front

Der Weihnachtsabend war auf neun Uhr vorgerückt, als wir heimkamen. McWhirrie und Gunn hatten sich Einlaß verschafft und den Tisch mit einem gediegenen Weihnachtsmahl aus Gänsebraten, Plumpudding und Fleischpastetchen gedeckt. Rimmer beäugte es mit der kühlen Bemerkung, Gunns Tante, die Spenderin dieses Segens, hänge offenbar dem Glauben des Herrn Dickens an, dieser Termin dürfe nicht ohne Sentimentalität und Hinterlassung von Verdauungsbeschwerden verstreichen; aber auch er aß sein Teil und noch einiges mehr von der Gans und leistete McWhirrie bis zum letzten Pastetchen Gefolgschaft. Nachher rösteten wir Kastanien und überlegten uns, wie wir in die Kanäle unter dem Hungerford-Markt gelangen könnten, denn dort, verkündete Rimmer großartig – er war ebensowenig wie ich ein Verächter des Romanklischees –, dort liege die Wahrheit verborgen.

Gunn hatte mehrere Mappen voller Karten mitgebracht, die er aus dem Büro der Stadtwerke entliehen hatte. Wir studierten diejenigen, welche die Gegend um den Markt zeigten. Bevor der Bahnhof Charing Cross und das Hotel gebaut wurden, hatte man die unterirdischen Anlagen detailliert vermessen, aber zu unserem Erstaunen zeigte diese Karte keine Abflüsse, die vor den dreißiger Jahren unseres Jahrhunderts angelegt waren; sie war für uns nutzlos. Scud kam, mit Weihnachtsgrüßen von Mrs. Scud und einer Kanne vom stärksten Negus, der je einen Schlund verbrüht hat. Er kniete sich neben uns über die Karten und sagte, er habe unter den Toschern herumgefragt, aber von alten Kanälen in der Gegend um Hungerford habe niemand etwas gewußt. Enttäuscht nahmen wir eine Mappe mit älteren Karten vor, manche davon aus dem frühen achtzehnten Jahrhundert, und machten uns daran, die Zierschrift auf ihren Rokoko-Umrandungen zu entziffern.

»Fas est das?« fragte McWhirrie und nahm ein vergilbtes Blatt auf, das Gunn als wenig aufschlußreich beiseite gelegt hatte. Er zeigte auf eine gewundene Linie, die von einem Stockflecken am unteren Rand der Karte ausging. Die Linie verlief um Hungerford herum und führte dann weiter zu einem Ausfluß in die Themse bei Westminster.

»Es könnte der Verlauf eines alten Kanals sein«, bestätigte Gunn und fing an, auf Karten späteren Datums nach derselben Linie zu suchen. Aber obwohl wir alle Karten durchforschten, die Gunn mitgebracht hatte, fanden wir keine Spur von ihr; nur in der neuesten Vermessungskarte fanden wir einen Kanal, der ein Stück weit den gleichen Verlauf nahm, vom Ausfluß in die Themse etwa eine halbe Meile weit, ehe er in eine ganz andere Richtung abbog.

»Trotzdem, das werden wir uns ansehen«, erklärte Rimmer.

Scud kannte den Ausfluß; er hatte ihn gesehen, als die Pfähle für den Themsekai eingerammt wurden. Davor waren jetzt Caissons versenkt. Es würde nicht leicht sein, hineinzukommen.

»Wir lassen's drauf ankommen.« Rimmer zögerte. »Sollen wir Durston unterrichten? Was meinen Sie?«

»Orf känen Fall!« McWhirrie war strikt dagegen.

Gunn war derselben Ansicht. »Offiziell hat das Heer den Oberbefehl. Durston müßte unser Vorhaben Crashaw melden, diesem ausgemachten Esel, und der würde sich zweifellos einmischen.«

Scud steuerte ebenfalls seine Meinung bei: »Diser Ubberscht bringt nuscht als Katastruffe.« Der Himmel mochte wissen, was Crashaw in den letzten Tagen für neue Pläne ausgebrütet hatte. Besser, wir hielten uns von ihm fern, wo es nur ging.

»Angenommen, ohne Gegenstimme«, verkündete Rimmer und schickte Gunn und McWhirrie heim nach Hammersmith, ihrer Proteste nicht achtend. Scud forderte er auf, über Nacht zu bleiben. Unser Gefährte hatte die Einladung vorausgesehn und sich ein Kissen und ein Nachthemd mitgebracht.

»Schlaft euch gut aus!« empfahl Rimmer und verteilte den Rest von dem Negus. Dann fiel ihm noch ein Spruch aus dem Romänchen ein: »Im Morgengrauen brechen wir auf.«

Es war ein rötliches Morgengrauen, verwischt von Zirruswolken, und das Wasser der Themse war blutgesprenkelt. Es war Ebbe, wir stiegen die glitschigen Stufen an der Pferdefähre hinab und wateten in unsern Schaftstiefeln durch den Schlick unter den Parlamentsgebäuden zu den Baustellen für den neuen Kai. Sie lagen verlassen; die Bauarbeiter hatten den Vormittag frei und schliefen in den Baracken ihren Weihnachtsrausch aus. Scud führte uns jetzt, über Baugerüste, Bretterbrücken, Lattenroste, gefährliche Bauholzflöße und die Ränder versenkter Caissons hinweg, bis zu der Stelle, wo er den Ausfluß gesehen hatte, von dem er glaubte, daß er der auf unserer Karte verzeichnete sei. Wir hatten Glück: Er war noch nicht versperrt, obwohl daneben schon ein Caisson bereitstand, um vor der Öffnung verankert zu werden. Für Scud und mich war eben genug Platz, daß wir uns an dem eisernen Rahmen und dem Gitter, das schief vor der Öffnung hing, vorbeizwängen konnten; Rimmer aber mußten wir hindurchbugsieren wie ein sperriges Möbel. Drinnen leuchteten wir mit unseren Blendlaternen das Mauerwerk ab.

Unter der dicken Schicht von Schmutz und Schlamm kamen kleine braune Ziegel zum Vorschein. Achtzehntes Jahrhundert, meinte Rimmer, vielleicht auch älter. Ohne Zweifel war dies der Kanal, den wir auf der alten Karte gesehn hatten. Ob er aber nach Hungerford führte?

»Es gibt nur einen Weg, es herauszufinden«, verkündete Rimmer. Ins Französische verfallend, wie es seiner heroischen Stimmung entsprach, rief er mit kühner Geste: *»En avant, mes braves!«* und prallte mit dem Kopf an die Decke.

Wir kamen nur langsam voran. Der Kanal führte schräg nach oben, mit einer tiefen Rinne in der Mitte und mit vielen Biegungen. Das Wasser sprudelte uns um die Stiefelschäfte, manchmal bis über die Knie, und wir waren Scud dankbar, daß er uns Stöcke mit Stahlspitzen verschafft hatte, wie sie die Toscher gebrauchten; ohne sie hätten wir oft das Gleichgewicht verloren. Rimmer hatte Gunns zwei Karten mitgebracht und fuchtelte immer ärgerlicher mit den flatternden Faltteilen umher. Plötzlich ließ er uns anhalten. Hier mußte es sein, erklärte er, wo sich den Karten nach der alte und der neue Kanal trennten. Nun galt es, an den Mauern nach einer Bestätigung zu suchen, und wir fanden eine. Etwa zehn Schritt weiter wurden die Ziegel größer und gelb in der Farbe; die Schmutzschicht auf ihnen war dünner. Dort, meinte Rimmer, verliefe der neue Kanal. Offenbar hatten seine Erbauer das letzte Stück ausgespart und den älteren verwendet. Dann war dies also das Ende des alten Kanals? Es gab nur eine Möglichkeit, es herauszufinden, so unangenehm sie auch war. Wir schlugen auf den bemoosten Dreck los, mit dem die Wände gepolstert waren, und rissen ihn in Klumpen und Fladen herunter, um das alte Mauerwerk freizulegen.

Scud war es, der die Lösung fand. Mit mir zusammen hatte er gerade einen Streifen fauliger Vegetation weggezerrt, um ein Stück Mauer bloßzulegen, als seine flinken Augen etwas bemerkten, was meinen entgangen war. Er rief uns herbei und ließ uns alle drei Laternen zugleich darauf richten. In einen zwischen den Ziegeln vermauerten Haustein war schwach sichtbar eine Legende eingeschnitten:

AUFF GEHEYSS,
WEST^{r} COMM^{ii} DER CANA^{e}LEN, 1723

Rimmer kratzte an dem Moos, das noch an der Mauer hing, und zog die Mörtelfugen nach. Dann sah ich, was er suchte. Die regelmäßig wechselnde Anordnung der Linien wurde von einer diagonalen Bogenlinie durchbrochen, die bald, nachdem Rimmer noch ein paar Moosinseln abgerissen hatte, den Umriß einer Deckenwölbung annahm. Der alte Kanal war zugemauert worden. Hinter dieser Mauer, so konnten wir vermuten, nahm er seinen ursprünglichen Verlauf nach Hungerford.

»Gunn müßte den Grund für diese Absperrung herausfinden können«, meinte Rimmer. »In den Akten der Kommissare von Westminster kennt er sich aus, und wenn er ein Datum zum Anhalt hat, dürfte es nicht schwer sein. Aber nun zu uns, meine Herren: Sollen wir das Geheiß der Kommissare mißachten und weitergehen?«

Statt einer Antwort bohrte Scud die Spitze seines Stocks zwischen zwei Ziegel und drückte das andere Ende nieder. Mörtel fiel zu Boden. Ohne mehr Worte zu verlieren, halfen wir ihm, die Mauer zu zerstören. Als das Gepolter der einstürzenden Ziegel verstummt war und Staub und Dreck sich gesetzt hatten, stiegen wir über den Schutt in einen Tunnel, den über ein Jahrhundert lang kein Mensch mehr betreten hatte.

Die Trockenheit war das erste, was uns auffiel. Die Schmutzwässer, die der Kanal einmal geführt hatte, waren seit langem versiegt. Hier gab es weder das unaufhörliche Glucksen noch den rhythmischen Tropfenfall, noch den feuchten Bewuchs an den Wänden. Ein Gestank freilich herrschte auch hier, aber ein anderer als in der Kanalisation: Es stank nach Tieren, wie an einer Schlachtbank auf dem Markt, nach Blut, Kot und Eingeweiden; und wir hörten einen hohen, ununterbrochenen Ton, aber zu schwach, als daß wir hätten ausmachen können, was es war. Als wir voran stolperten, stieß ich mit dem Fuß an etwas, das klimperte. Ich hob eine Münze auf, und als Rimmer sich mit seinem einen Auge darüber beugte, pfiff er leise: »Ein Shilling! Zwei Köpfe, Wilhelm und Mary. So, so was werden wir noch für Schätze finden?«

Die Frage war wohl nur rhetorisch, aber beantwortet wurde sie. Je weiter wir in dem alten Tunnel kamen, desto zahlreicher und fremdartiger wurden die Gegenstände, die verstreut zu unseren Füßen lagen; Gegenstände, die das Wasser hier einmal angeschwemmt haben mußte und die dann liegengeblieben waren, als die Rinne austrocknete. Münzen lagen da beutelweise: Silbergroschen aus der Restaurationszeit, ein Protektoratspfennig, eine jakobeische Krone und ein Tudornobel. Als er sich den letzteren ansah, brachte uns Rimmer in Erinnerung, daß auf dem Hungerford-Marktplatz vorher das Stadthaus der Familie Hungerford gestanden hatte. Eine weitere Erklärung war nicht vonnöten, denn allerlei Hausrat – geschweifte Löffel, ein Schwertgriff, eine sonderbar geformte vergoldete Zange, ein silbernes Salznäpfchen, das eine Arbeit von Cellini hätte sein können – zeigte deutlich, daß der Kanal, in dem wir standen, nicht erst aus dem achtzehnten Jahrhundert, sondern aus älterer Zeit stammte und vermutlich, damals noch als offener Graben, schon zu Elisabeths Zeit das Haus der Hungerfords entwässert hatte. Überraschter waren wir über die Zahl der französischen *Écus* und *Louis d'or*, die wir fanden, bis Rimmer sich erinnerte, daß Hugenotten, als sie in England vor den Nachstellungen des französischen Königs Zuflucht fanden, in einem Gebäude auf dem Besitztum der Hungerfords ihren Gottesdienst gehalten hatten.

Den Zweck unseres Besuchs hatten wir vergessen und waren nicht mehr auf der Hut. Als wir von den um uns her verstreuten Gegenständen aufblickten und einen Fürsten sahen, nur wenige Fuß vor uns, dachten wir weder an Verteidigung noch an Flucht, sondern schauten ihn nur dumm an, während er die Zähne bleckte, einen Buckel machte und sprang. Rimmer, der uns voraus war, fing mit seinem Lederwams und seinen behandschuhten Händen den Angriff ab und wurde zu Boden geworfen; aber die Zähne des Tiers fanden keinen Halt in dem öligen Leder, und es wich zurück, machte kehrt, stand und setzte zum zweiten Sprung an. Rimmer kam auf die Knie.

»Denkt an Crécy!« brüllte er, ein Schlachtruf, der weder Scud noch mir etwas sagte.

Aber wir sahen, daß er, noch im Knien, seinen Stock wieder an sich gezogen und ihn mit der Spitze nach außen gegen seinen Fuß gestemmt hatte. Wir ahmten dies rechtzeitig nach, um dem Angreifer eine Front von Stockspitzen zu präsentieren, die zwar ungerade ausgerichtet war, aber doch gut genug war, um das Tier durch die Brust zu spießen, als es uns zum zweitenmal ansprang. Wir zogen die Waffen aus dem Kadaver und standen auf, und dabei fielen mir meine Stiche zu der Serie über *Die schönsten Siege der englischen Waffen* ein. Ich erklärte Rimmer, daß der berühmte Lanzenwall bei Agincourt gewesen war und nicht bei Crécy, aber mein Belehrungsversuch wurde unfreundlich aufgenommen, und ich verfolgte ihn nicht weiter.

Warum, fragten wir uns, hatte der Fürst so stürmisch angegriffen? Gab es etwas, das er zu bewachen hatte? Und wo waren die Rudel, die sonst gewöhnlich für die Fürsten kämpften? Wir gingen um die nächste Biegung des Tunnels und fanden die Erklärung.

Vor uns lagen Seitenkanäle. Keiner davon war auf Gunns Karte verzeichnet gewesen, aber rechts und links mündeten viele Öffnungen ein, die meisten nicht größer als ein dickes Wasserrohr. Aus ihnen kam der Gestank, den wir beim Eintritt in den Kanal bemerkt hatten, doch nun von doppelter Stärke, so daß wir immer wieder husten und würgen mußten, obgleich wir die Hände vor Mund und Nase hielten. Auch der Lärm war nun viel stärker, ein unaufhörliches Quieken und Quäken, Pfeifen und Keifen, so verzerrt durch die Akustik der Röhren, daß uns der Kopf dröhnte und taumelig wurde. Scud legte sich vor den Eingang zu einer der Röhren und schaute hinein, kroch dann zur nächsten, und so etwa zwanzig Schritte weit den Tunnel entlang. Er kam zurück und bedeutete uns wortlos, selber zu sehen. In den ersten beiden Röhren sah ich nichts: So widerlich waren der Lärm und der Gestank, daß ich es kaum über mich bekam, das Gesicht hineinzubeugen. In der dritten aber sah ich, was auch Scud gesehen hatte, und war nicht minder entgeistert als er. Denn was ich sah, konnte man eine Kinderstube nennen.

Die Röhre erweiterte sich an dem mir gegenüberliegenden Ende und mündete in eine geräumige Kammer, von der ich nur einen kleinen Ausschnitt sehen konnte. Der Boden war mit Lumpen ausgelegt: mit Fetzen von brokatenen Leibröcken, Streifen geblümten Musselins, Schnipsel von schwarzem Tuch und hier und da einem Gekräusel von Spitzen. Ich hatte »Zeitstücke« genug gestochen, um in den zerfransten und fauligen Stoffen Fetzen jener Modegewänder zu erkennen, in die sich die Bewohner des Hungerfordhauses gekleidet hatten und die an den Ständen des alten Marktes ausgelegt worden waren: geschlitzte Westen, wattierte Kniehosen, Reifröcke, Kontuschen. Die jetzigen Bewohner der Kammer zappelten, rauften und kugelten sich oder lagen faul auf den weichen Polstern. Es waren rosige, nackte Rattenjunge, frischgeworfene und etwas ältere – ohne Zweifel das obszönste Bild, das ich je erblickt habe. Die weiche, faltige Haut, die blasse Röte um die Augen, die unsicheren Glieder und die bebenden Schnauzen hätten bei kleinen Geschöpfen nur deren Verletzlichkeit angedeutet und Mitleid oder gar Zuneigung herausgefordert. Diese aber waren nicht klein, sondern groß wie Ferkel, gedunsen und vollgefressen; und ihr Spielen war von einer giftigen Roheit, die mich an die Brutalität verwöhnter Jungen aus unsern Gymnasien denken ließ. Gestank und Geschrei wurden mir zuviel, und ich zog mich zur Mitte des Kanals zurück, wo Rimmer und Scud auf mich warteten.

»Was mich erschreckt, ist ihre Menge«, sagte Rimmer gerade. »Ich dachte immer, die Fürsten seien nicht zahlreich, eine hochexklusive Rasse. Aber offenbar sind dies ihre Nester, und ich habe allein in meinem engen Blickfeld gut fünfzig von den jungen Herrschaften gezählt. Denkt man sich diese Zahl vervielfacht, so hat man eine Generation, die zahlreich genug ist, um alle Kanäle Londons zu beherrschen.«

»Ob sie diese Brutkammer selbst gebaut haben?« fragte ich, denn inzwischen traute ich den Fürsten alles zu.

Rimmer schüttelte den Kopf. »Die Gegend von Hungerford ist seit dem Mittelalter bebaut gewesen«, sagte er. »Ich vermute, diese Kammer war der Keller eines mittelalterlichen Gebäudes.«

»Unn wo sulle die gewöhnliche Ratte sinn?« fragte Scud.

»Streng auf ihre eigenen Reviere und Nistplätze verwiesen, nehme ich an. Das Revier der Fürsten scheint nur von ihresgleichen bewacht zu werden. Vermutlich glauben sie an eine Kastengesellschaft und an die Reinheit der eigenen Rasse und versuchen, eine Erbfolge aufrechzuerhalten, wie manche primitiven Stämme oder der englische Adel.«

Ein Scharren im Tunnel, das ich wegen des Lärms aus den Röhren mehr spürte als hörte, ließ mich ein Stück zurückgehen. Zwei Fürsten – oder vielmehr Fürstinnen – waren aufgetaucht. Sie zerfleischten den Kadaver, den wir liegengelassen hatten. Beide hatten sie ihren Wurf bei sich und ermutigten die Kleinen, ihre Zähne an den abgebissenen Gliedmaßen zu erproben. Den Gedanken der Rassereinheit trieben die Fürsten offenbar bis in diese drastische, wenngleich logische Konsequenz. Ich ging zurück zu den andern und warnte Rimmer, sobald die Damen mit ihrem Schlachtfest fertig seien, würden sie hinter uns herkommen oder andere Wächter zu unserer Verfolgung ausschicken. Rimmer ging voran, an den übrigen Rattennestern vorbei und in einen Teil des alten Kanals, der so eng war, daß wir uns wie Würmer hindurchwinden mußten. Wie weit wir auf diesem Wege noch hätten gelangen können, weiß ich nicht; Rimmers Verwünschungen, die immer lauter wurden, ließen keinen Zweifel, daß zumindest er bald zurückkriechen müßte. Doch nahm der Weg ein abruptes Ende, als der Boden unter uns nachgab und wir etliche Fuß tief stürzten und purzelten, bis wir uns als ein einziger fluchender Haufen auf dem Boden einer Grube wiederfanden. Brocken Mauerwerks polterten hinter uns drein, und nur jene Schutzgöttin, die für das Wohl einäugiger und dem Portwein ergebener Männer verantwortlich ist, bewahrte Rimmers über das Gliedergemenge aufragenden Schädel vor der Zertrümmerung. Daß die verrotteten Mauern der Londoner Kanäle dazu neigten, im unpassenden Augenblick einzustürzen, war uns nichts Neues mehr. Bei einer dieser Gelegenheiten hatte ich die erste Bekanntschaft mit einer Rattenmeute gemacht, und bei einer zweiten hatte der selige Hodges sein Ende gefunden. Doch erst dieser dritte Einsturz war es, welcher die ungewöhnlichsten Folgen haben sollte.

Wir rappelten uns auf und untersuchten im einzelnen die nun spürbar werdenden Schmerzen, wobei wir so gut es ging zwischen Beulen, Schrammen und Brüchen unterschieden. Ich fühlte mich, als wäre ich mit einem Preisboxer über zwölf Runden gegangen, mit bloßen Fäusten und ohne Verbot der Fußtritte und Fingerstöße; und Rimmer und Scud, als ich sie anleuchtete, sahen nicht so aus, als ob es ihnen besser ginge.

»Nu«, sagte Scud – ich glaube, auch er muß ein wenig in unserem Romänchen geblättert haben – »de Knuche jeddefalsch sinn heil.«

»Unsere zumindest«, antwortete Rimmer, und der Klang seiner Stimme lenkte mich von dem Schmerz in meinen Rippen ab.

Wir waren unter alles von Menschenhand Geschaffene in einen natürlichen Bodenspalt hinabgestürzt, und Rimmer musterte nun die nach oben hin leicht zurückweichenden Wände. Abgesehen davon, daß sie unersteigbar waren, außer für einen Alpenführer oder für eine Gemse, fand ich an ihnen nichts Bemerkenswertes, und was Rimmer vor sich hin brummte, konnte mich nicht eines Besseren belehren.

»Sandiger Lehm, drei bis vier Fuß – Lehm und Kiesel, ein Fuß – grauer Sand, sagen wir neun Zoll – gelber, lehmiger Sand, fast ein Fuß – Lehm mit Flintsteinen, gut zwei Fuß – Kies und Flint, mindestens drei – und dann Lehm, Sand und Eisenstein, neun bis zehn Fuß.«

Endlich kam sein Lichtstrahl wieder herunter und blieb auf eine bestimmte Stelle der gegenüberliegenden Wand gerichtet, und nun erst sah ich, was ihn beschäftigte. In die Erde eingeschlossen steckte dort ein Knochen. Auch Scud sah ihn.

»Harrgottsnammen, was kann das sinn?«

»Schwer, es mit Sicherheit sagen zu wollen«, antwortete Rimmer, »aber vermuten würde ich, daß es aus der Mittelhand ist.« Mein offener Mund forderte zu einer näheren Erklärung heraus. »Ein Knochen zwischen Hand und Unterarm.«

»Von einem Menschen?«

»Mein Gott, nein! Von einem Elefanten.«

»Einem Elefanten?« keuchte Scud.

»*Elephas antiquus*, um es genau zu nehmen«, versicherte Rimmer, und er nahm es genau. »Owen hat zwei im Britischen Museum, beide aus Essex, wenn ich nicht irre.« Er lachte schallend über unsre dummen Gesichter. Unsre ernste Lage freundlich übersehend, als säßen wir nicht in Feindesland in einer Grube gefangen, zündete er sich die Pfeife an und holte zu einer Erklärung aus, die uns zugleich in die Anfangsgründe der Paläontologie einführen sollte.

Die erste Bekanntschaft mit der Wissenschaft von den ausgestorbenen Tieren hatte Rimmer in Indien, während der Meuterei der Sepoys, gemacht. Er hatte einen jungen Beamten der Ostindischen Gesellschaft vor einem besonders unangenehmen Tod in den Händen abtrünniger Sepoys bewahrt, und als er sich bemühte, die Wunden zu verbinden, die sie ihrem Opfer beigebracht hatten, fand er in der Tasche des Mannes einen Knochensplitter in einem Umschlag, der an einen Dr. Hugh Falconer in England adressiert war. Der Beamte war nicht mehr zu sich gekommen, und Rimmer hatte es sich zur Pflicht gemacht, im Namen des Verstorbenen den Knochen abzuliefern. Auf diese Weise hatte er Falconer kennengelernt, den namhaften Kenner der Mastodone, Mammuts und Elefanten. Der Paläontologe dankte ihm herzlich für seine Mühe, erklärte ihm, daß jener Beamte einer seiner Schüler gewesen sei, der ihn bei vielen Grabungen in Indien begleitet habe, und zeigte ihm sein Arbeitszimmer voller Knochen und Knochenabgüsse, aus denen er die Geschichte des Elefanten und seiner Vorfahren rekonstruierte. Binnen zwei Stunden hatte er einen Jünger gewonnen, und als Rimmer wieder nach London kam, hatte er sich alle Bücher über Paläontologie gekauft, die er nur auftreiben konnte – ich erinnerte mich an die geologischen Vierteljahresschriften, auf die ich in der ersten Nacht in der Little Newport Street die Füße gelegt hatte – und war immerhin soweit ein Kenner geworden, daß er einmal eine Handvoll Knochensplitter, die in einem New Yorker Markt zum Verkauf auslagen, als den dritten linken oberen Backenzahn eines *Elephas meridionalis* hatte bestimmen können. Und jetzt war er sicher, einen Mittelhandknochen gefunden zu haben, und wagte keine weitere Vermutung, was noch daneben liegen mochte. So sehr übermannte ihn die Erregung, daß er sich zu meinem Erstaunen und zu Scuds Erbitterung meinen Skizzenblock auslieh und eine Reihe sorgfältiger Zeichnungen von dem elenden Überrest des antiken Dickhäuters anzufertigen begann.

»Will Ihne was sarche«, schlug Scud vor, um Rimmers Forschung zu beschleunigen, »ich hull'd Ihne da naus, d'is en Handumdrehe.«

Er bohrte seinen Stock unter die Spitze des Knochens, aber Rimmer riß ihn zurück, wurde fuchsteufelswild und verbot ihm, seinem Knochen noch einmal zu nahe zu kommen. Es war wichtig, erklärte er, daß wir den Knochen genauso ließen, wie wir ihn gefunden hatten; später, wenn wir mit den Ratten fertig seien, könnten wir dann wiederkommen, mit McWhirrie (»ein Fischfossil-Sammler, wenn er Zeit hat«), mit Gunn (»der hat schon einmal Huxley über einen Schädelfund berichtigt«) und natürlich mit Owen (»bester vergleichender Anatom der Gegenwart«), um eine detaillierte Untersuchung des Platzes vorzunehmen und mit einer Ausgrabung zu beginnen.

»Schön unn gut, Mann«, unterbrach ihn Scud, »bluß wie bringe wer denen de frohe Botschaft? Ich hab mir die Grube angesenn unn ich weiß ums Varracke nicht, wie wir hier nauskumme sulle.« Ein Stück Seil trug er zwar um den Leib gewickelt, aber was nützte es, wenn keiner von uns oben war, um es zu befestigen?

Jäh sank mir der Mut, der etwas gestiegen war, als ich Rimmers zuversichtliche Pläne für eine rattenfreie Zukunft hörte. Ich war drauf und dran, in hysterisches Schluchzen auszubrechen, für mich eine der nächstliegenden Antworten auf allzuviel Grusel, als Rimmer seine Pfeife auskratzte und gelassen den Verdacht äußerte, daß Scud wohl noch nie aus einem chinesischen Kerker entkommen sei. Nein, sagte Scud, darin fehle ihm jede Erfahrung; überhaupt habe er vom Orient noch nie viel gehalten, abgesehen von seinem Tee. Rimmer, nun ganz der undurchdringliche Sinologe, Mandarinworte murmelnd, entlieh sich Scuds Messer und begann, die unbeschlagenen Enden unserer Stöcke anzuspitzen. Schließlich, zwischen den Schnitten, ließ er sich herbei, uns aufzuklären:

»China – während des Kriegs – so ein verdammtes Prinzchen sechs von uns – Kriegskorrespondenten alle – in den tiefsten Keller gesteckt – war in seinem Palast – viehisch tiefes Loch – zweimal so tief wie das hier – na, und einer von den Jungs sich drei Stöcke geborgt – ganz kleines Kerlchen war er, Franzose, aber keiner von den schlechtesten – und macht nach oben wie mit einem Aufzug. Und jetzt«, fuhr er fort und schwenkte die Stöcke mit dem Gestus eines Varietézauberers, »werde ich die Methode vorführen. Bitte einen jungen Herrn aus dem Publikum mir dabei zu assistieren!« Und er zog mich am Ohr zu sich heran.

Der aufmerksame Leser wird sich im Verlauf dieser Erzählung von meinen Talenten keine allzu hohe Meinung gebildet haben. Meine Mitwirkung hatte sich bisher meistens darauf beschränkt, daß ich zuschaute, törichte Fragen stellte, mich in Situationen verwickelte, aus denen andere mich retten mußten, und in Ohnmacht fiel, wenn die Dinge mir über den Kopf wuchsen. Jetzt schien Rimmer eine heroische Veranlagung in mir entdeckt zu haben, und ich nahm mir vor, mich seines Vertrauens würdig zu zeigen. Wie demütigend daher, erkennen zu müssen, daß er mich nur meiner Größe wegen ausgewählt hatte!

Nach Rimmers Anweisung stieg ich auf ein großes Stück Mauerwerk und kratzte die Furchen ins Erdreich der Wände, die in der Nähe der Grundfläche fast zylindrisch aufstiegen; darein verkeilte ich zwei meiner

Stöcke, waagrecht wie zwei Sprossen oder wie Sehnen an einem flachen Bogen; auf diesen balancierend, nahm ich den dritten Stock und befestigte ihn auf die gleiche Weise in Augenhöhe; dann brachte ich mich auf diesem in sitzende Stellung, zog mit den Füßen die beiden unteren Stöcke zu mir herauf und wiederholte das Ganze nach der gleichen Methode. Erst dicht unter dem oberen Rand, wo die Wände scharf auseinander traten, gab es Schwierigkeiten. Einer der beiden Stöcke, die inzwischen fast zu kurz waren für den Abstand, fiel aus seiner Befestigung; es fehlte nicht viel, und ich wäre mit abgestürzt. Irgendwie hielt ich mich auf meinem Sitz, und auf Rimmers barsche Anweisung hin, verkürzte ich den Bogen und die Sehne. Auf diese Weise kam ich bis zum Rand, zog mich hinauf und war wieder im Tunnel. Ich machte Scuds Seil fest und warf das Ende hinunter. Scud hatte in der Grube zerbrochenes Mauerwerk zu einer Säule aufgetürmt, und auf deren Spitze balancierend, reichte er eben an das Seil heran und konnte sich zu mir heraufziehen. Als nun jedoch Rimmer an der Reihe war, hatte er kaum den Fuß auf die Spitze der Säule gesetzt, als sie unter seinem Gewicht nachgab; er packte das Seil noch rechtzeitig, um sich vor einem zweiten Sturz zu bewahren, blieb aber hilflos daran hängen. Sein pendelnder Körper belastete gefährlich das Seil und seine Verankerung, so daß Scud und mir nichts anderes übrig blieb, als es um den Leib zu nehmen; dabei schüttelten wir unsere Last, um die Pendelschwingungen zu erweitern, und als er auf die flachere Wand unter uns zuflog, konnte er den Schwung für ein paar Laufschritte nützen, die ihn bis nach oben und uns bis auf drei Zoll an die Kante brachten.

»Ein Zwischenakt von unverhofftem Interesse«, meinte er, als wir wieder zu Atem und Kräften gekommen waren. »Nun wollen wir einen Weg aus diesem Rattenrevier suchen.«

Die Anstrengung hatte mich die Aussichtslosigkeit unserer Lage vergessen lassen; doch nun, wo es nicht mehr zu übersehen war, daß wir erst ein kurzes Stück hinter der Brutkammer den Wachen der Fürsten preisgegeben und von jedem Ausgang ins Hauptsystem der Kanäle noch weit entfernt waren, sank mein Mut wieder auf den alten, niedrigen Pegel. Der Schlangenmarsch ging weiter, und ich blieb mit der Nase sechs Zoll hinter Rimmers Hacken. Nachdem wir jedoch eine kleine Strecke zwischen uns und den Bodenspalt gebracht hatten, weitete sich der Tunnel, bis wir wieder gehen konnten; es kamen keine Seitenkanäle mehr, und der Lärm und Gestank wurden erträglicher. Als ich auf die Beschaffenheit der Wände achtete, bemerkte ich, daß das Mauerwerk sich geändert hatte: statt aus Ziegeln bestand es nun aus Naturstein, aus Steinen überdies, die mir nur grob behauen schienen. Es überraschte mich daher nicht, als Rimmer haltmachte, um uns zu erklären, daß wir uns nun in den mittelalterlichen Unterbauten des Hungerford-Hauses befinden müßten und daß der Kanal, von dem wir ursprünglich meinten, er sei aus dem achtzehnten Jahrhundert, seinen Vorläufer in einem anderen hatte, der im vierzehnten Jahrhundert einen Keller entwässerte.

Wir konnten nicht lange der feudalen Herkunft der Mauern nachsinnen. Kaum hatten wir festgestellt, daß der Keller tatsächlich aus einer Reihe niedriger, mit Tonnengewölben überdeckter offener Räume bestand, die eine einzige weite Flucht bildeten, und daß am einen Ende das Gewölbe zu einem großen Schutthaufen eingestürzt war, als auch schon Scud, der beständig nach den Ratten lauschte, uns augenblickliches Stillschweigen gebot; gleich darauf hastete er mit uns zu dem Schutthaufen und zog uns in ein Versteck hinter einem Wall zerbröckelten Mauerwerks. Eben waren wir in Dekkung, als wir die Steine unter uns vibrieren fühlten, den Laufschritt der Ratten hörten, wie wir ihn noch nie gehört hatten, und die Bodenplatte unter einem braunen Teppich verschwinden sahen, der sich aufwarf und bauschte, wie wenn tausend Winde an ihm zerrten.

Als ich beobachtete, wie sich die Ratten unter uns sammelten, begriff ich zum ersten Mal, wie groß die Aufgabe war, die wir uns gestellt hatten: nicht nur wegen ihrer Zahl, so beängstigend diese auch war, sondern wegen ihrer Ordnung und Disziplin. Obwohl sie zuerst wie eine einzig unstete Menge wirkten, dauerte es nicht lange, bis ich klare Linien in ihrem Aufmarsch erkannte: Die Rudel hielten sich getrennt, ohne zu fraternisieren; ganz ähnlich, flüsterte Rimmer mir zu, wie ein Regiment Hochländler neben einem Regiment Flachlandschotten; jedes hatte seinen Fürsten, hinter dem sich die andern nach Größenordnung aufreihten. Ein Rudel schien ausschließlich aus kleinwüchsigen Tieren zu bestehen; möglich, daß dies die Leichenräuber waren, die Mrs. Lynch vor zehn Tagen am Perseverance Place gesehen hatte. Doch über die Hierarchie der Rattenvölker hatten wir noch einiges zu lernen. Im Augenblick stießen alle Fürsten einstimmig einen Schrei aus, das Gedränge hörte auf, und die Ratten hockten sich still auf die Hinterpfoten. Den Keller betrat eine Gruppe Fürsten, doch nicht solche, wie wir sie bisher schon gesehen hatten. Dies waren ehrwürdige Greise, die ihr mächtiges Leibesgewicht müd, aber doch mit Würdc einhertrugen. Ich hatte von McWhirrie genug gelernt, um eine alte Ratte von einer jungen zu unterscheiden, aber ich hatte mir nie vorgestellt, daß die

Zeichen des Alters an einem noch lebenstüchtigen Tier so ausgeprägt sein können: Manche dieser Neuankömmlinge waren blind, andere schienen steife Glieder zu haben, und bei wieder anderen verriet der Zustand des Fells die ruinierte Gesundheit. Und doch wurden sie alle hochgeehrt von den Rudeln und deren Anführern, die auseinanderwichen, um ihnen Platz zu machen.

»Ich glaube, das sind die Ältesten der Rattenvölker«, flüsterte Rimmer, »die Weisen, wenn du so willst, oder der Kriegsrat. Vermutlich treffen sie von hier aus die strategischen Entscheidungen und überlassen den Fürsten die Taktik.«

Eine Stunde verging, und seine Vermutungen erwiesen sich als richtig, soweit wir es beurteilen konnten, ohne daß uns ein McWhirrie die Bewegungen, Gesten und Laute der Tiere verdolmetschte. Die Ältesten diskutierten, die Fürsten gaben ihre Entscheidungen an die Rudel weiter, und das gemeine Volk saß stumm dabei. Dies jedoch nur, bis die Fürsten abermals schrien, woraufhin sich die ganze Schar im Keller dem hypnotischen Hin- und Herwiegen hergab, das ich schon bei meiner ersten Begegnung mit den Ratten gesehn hatte, einer Bewegung, von der ich auch diesmal die Augen nicht abwenden konnte. Rimmer mußte mich heftig am Arm ziehen, ehe ich wieder auf ihn acht gab.

»Sie beginnen eine neue Offensive«, flüsterte er. »Weiß der Himmel, was sie dazu treibt! Wir können's nicht sein, denn wir haben keinen Zeugen übrig gelassen, der uns gesehn hat.«

»Ich dank mir, jamman wird nunnersdiege sinn, gegen Harrn Dursdons Vurrschrifde«, meinte Scud.

»Dann sehen wir lieber zu, daß wir schnell hier hinauskommen und eine Warnung loslassen«, zischelte ich. »Bloß wie?«

»Wir folgen den Rudeln, wenn sie abziehn«, sagte Rimmer, »in sicherem Abstand.«

Der Abmarsch begann. Ein Beschluß schien gefaßt worden zu sein, Befehle waren erteilt, die Kampflust angefeuert, und die Rudel brachen auf wie eine Armee, die ihr Ziel kennt. Ich betete, daß wir rechtzeitig nach oben kämen, ehe sie die Schlacht eröffneten.

Der Keller hatte sich geleert, und als wir uns sicher glaubten, kletterten wir von unserem Versteck hinunter. Aber wir waren nicht allein: Einer der Ältesten war noch da, in einer Ecke hockend, undeutlich zu sehen gegen den dunklen Stein. Er stieß einen kehligen Warnruf aus, und zwei Wächter kamen ihm zuhilfe. Sie griffen nicht gleich an, wie ihr Kamerad in unserem vorigen Gefecht, sondern umkreisten uns außer Reichweite der Stöcke, mit denen wir nach ihnen stachen, offenbar um uns festzuhalten, bis Verstärkung kam. Als erster hatte Scud begriffen, daß wir uns keine Verzögerung gestatten durften. Seinen Stock wie einen Speer in der Mitte packend, schleuderte er ihn auf einen der Wächter, der mit Rimmers Stößen beschäftigt war, und traf ihn genau in die Kehle. Sofort griff Scud nach meinem Stock und zielte ein zweites Mal. Er traf das andere Tier in die Flanke, so daß es auf die Seite geworfen wurde und Rimmer ihm den Rest geben konnte.

»Wie Schweinestechen in Indien«, sagte Rimmer, als wir die Stöcke herauszogen, doch im gleichen Moment rief Scud um Hilfe.

Der Älteste, von dem wir angenommen hatten, er sei zu gebrechlich, um sich an dem Kampf zu beteiligen, hatte Scud angesprungen und ihn niedergeworfen, ehe wir eingreifen konnten; er hatte seine Zähne tief in Scuds Hals geschlagen, und er hielt auch noch fest, als wir ihm längst das Genick gebrochen hatten.

Scud lag vor uns mit starrem Gesicht; Gift, ein Destillat von Aas und Fäule aus dem stinkenden Maul des Tieres, verbreitete sich durch seinen Körper. Rimmer nahm sein Halstuch ab, das von allem, was wir hatten, sauberem Leinen am nächsten kam, und stillte die Wunde. Scud verlor unter seinen Händen das Bewußtsein, und Rimmer benutzte dies als Gelegenheit, mir zu sagen, daß die Verletzung schwer war und wir so schnell wie möglich einen Ausweg aus dem Keller finden mußten. Wir luden uns den regungslosen Scud auf die Schultern und verließen den Keller über den geräumigsten Ausgang – in nördlicher Richtung, soweit wir es beurteilen konnten. Es erwies sich, daß wir richtig gewählt hatten. Nach einer halben Meile, als wir fast nicht mehr konnten – Scud war klein, aber schwer –, kam unsere Last zu sich.

»Lecht mich hin«, befahl er, »unn laßt mich mal hurche!« Das Blut lief wieder aus seinem zerbissenen Hals, als er den Kopf auf die Seite neigte. »Weider, nuch'n Stückche! Mal senn, ub da keine Rinne ist.«

Da war eine, und als wir näherkamen, hörte auch ich, was Scud schon von weitem gehört hatte, das Glucksen fließenden Schmutzwassers. Rimmer und ich machten uns mit den Stöcken über die Tunnelwand her. Sie war nun wieder aus Ziegelstein, und unter unseren wütenden Stößen brachen Splitter heraus, ein Riß zeigte sich, und schließlich konnten wir ein großes Stück Mauerwerk losbrechen. Der Kanal, den wir betraten, war von erträglicher Höhe. Es dauerte nur Minuten, bis ich manche Einzelheiten wiedererkannte: Einstiegsloch Nr. 12, Ziegel in Form eines Hundes, Eisenträger mit L-förmigem Sprung – Merkmale, die ich mir auf Scuds Anraten eingeprägt hatte, als wir das erste Mal mit ihm hier waren. Es war der Kanal von Covent Garden, und sogleich machten wir uns auf den Weg zur Unterführung in der King Street.

Scud jedoch hatte noch etwas anderes gehört als Wasser. Es war noch ein gutes Stück bis zu dem Ausstieg, der uns in Sicherheit bringen sollte, als er uns abermals anhalten ließ. Wir legten ihn zu Boden. Er neigte wieder den Kopf und deutete nach Süden. Wir lauschten mit ihm und erkannten schließlich ein gleichmäßiges, ersticktes Pochen.

Scuds Stimme war kaum mehr vernehmlich. »Pickel – Leude brache de Budde orf – grabbe am Kanal . . .« Er verlor wieder das Bewußtsein.

»Teufel, er hat recht!« rief Rimmer. »Ein verdammter Esel mißachtet das Bauverbot über den Kanälen. Deshalb toben die Ratten. Weiß der Herrgott, wo sie jetzt sind und was sie schon angerichtet haben!«

Ein klein wenig Anteil an der göttlichen Allwissenheit hatten zu diesem Zeitpunkt, wie wir später erfuhren, die Londoner Obdachlosen. Das Ziel der Ratten waren die mittleren Themsebrücken, die von Westminster, Charing Cross und Blackfriars; dort waren sie über die Armen hergefallen, die unter den mächtigen Bögen Unterschlupf suchten: Kreise von Männern und Frauen, die um Treibholzfeuer saßen, sich eine Suppe aus Gemüseabfällen und stinkendem Fleisch kochten, Flaschen mit Gin oder einem rachenätzenden Ersatz herumreichten, um dem Winde den Biß zu nehmen, der unter den Brücken hindurchfegte und die Leute mit Schnee besprühte. Die Ratten waren zu plötzlich da und die Opfer zu schwach, zu betrunken oder zu steif vor Kälte, um sich zu wehren. Gebrechliche Leiber fielen nieder, jeder zwischen zwei Dutzend muskulöse Tiere, die ihn festhielten; Arme und Beine schlugen kurz um sich und wurden schlaff; Kessel polterten von den Dreifüßen und ergossen ihren schmierigen Inhalt über Mensch und Ratte; glühende Asche flog umher, wo zappelnde Glieder durch die brennenden Scheite geschleift wurden. In Westminster und Charing Cross waren die Totenlisten lang, der Schaden an den Brücken gering; in Blackfriars aber mußte ein Funken sich an der hölzernen Behelfsbrücke festgesetzt haben, auf einen Stapel Bohlen gefallen oder an einen Teerschuppen geraten sein. Die alte und die neue Brücke qualmten, brannten, loderten. Die Flammen peitschte der Wind zu den Pieren und Speichern weiter östlich hinüber. Bald stand das Flußufer unter der schlimmsten Feuersbrunst seit dem Brand der Tooley Street und, vorher, dem großen Stadtbrand.

Nicht nur das Ufer brannte, auch der Fluß selbst stand in Flammen. Schoner und Leichter, die Öl, Teer oder Talg geladen hatten, bemühten sich verzweifelt, von den Kaien abzulegen und in die Mitte des Flusses zu gelangen, aber die Schlepper, die sie ins Tau nehmen wollten, stießen zusammen und ließen sie hilflos treiben. Brennende Ladungen, die man hastig über Bord warf, wurden von den Strömungen zusammengetrieben und verbanden sich zu einer stämmigen Phalanx flammenden Holzes, die zuerst in der Mitte des Flusses festhing, dann aber vom Wind erfaßt und kreiselnd auf die Schiffe in den Docks im Osten zugetrieben wurde. Vor der völligen Zerstörung retteten den Hafen nur die robusten Löschboote der Städtischen Feuerwehr. Dies waren schwerfällige Fahrzeuge, kaum mehr als große Flöße, von denen aus Pumpen in Gang gesetzt werden konnten; aber die Kapitäne waren nichtsdestoweniger Flußschiffer, die jeden Wirbel der Strömungen kannten und jedes Manöver, dessen ihr Kahn fähig war. Als sie die Gefahr bemerkten, die von den schwimmenden Trümmern ausging, löste sich eine Flottille dieser Boote vom Ufer und verfolgte sie. Mithilfe eines Trios von Dampfschleppern, die von ihren Schiffern unzählige Male in Rettungsaktionen aufs Spiel gesetzt wurden, welche den Beifall eines Nelson gefunden hätten, wurde die Masse zerstreut, und die Boote richteten ihre Schläuche auf die brennenden Ladungen, Schiffe und Schiffstrümmer, aus denen sie bestand.

Kaum aber war diese Gefahr beseitigt, als eine andere an ihre Stelle trat. In der Bahn des Feuers lag ein Speicher voller Baumwolle, die ein Händler gehortet hatte, um auf einen Preisanstieg zu warten, der eintreten mußte, sobald den Spinnereien in Lancashire das Rohmaterial ausging. Der Kommandant der Feuerwehr wollte den Speicher niederreißen und den wertvollen Inhalt in den Fluß werfen, aber der Besitzer vertrat ihm den Weg und flehte, daß man dem Gebäude noch eine Chance lasse; sein ganzes Vermögen, weinte er, liege dort gestapelt. Der Kommandant warf den Kopf zurück, um seinen Kapitänen einen Befehl zuzurufen, doch seine letzte Entscheidung wurde nicht mehr bekannt. Ein Schuppen, der an den Speicher angrenzte und von dem außer den abwesenden Besitzern niemand wußte, daß er Teer und Salpeter enthielt, explodierte und nahm den Kommandanten, die Baumwolle und ihren Besitzer mit sich.

All dies erfuhren wir erst am nächsten Tag, als noch immer der Rauch über dem Fluß hing. An diesem Abend jedoch, während wir einem Lümmel von einem Droschkenkutscher zuredeten, uns in sanftem Trab durch London nach Shoreditch zu fahren, dachten wir nur an Scud, der in hohem Fieber über unsre Knie gestreckt lag. Der rote Schein des Himmels über der Themse vertiefte die Glut in seinem Gesicht und die purpurnen Male an seinem Hals. Er schlug um sich und delirierte: von den gesichtslosen Kindern in dem Omnibus – von seinem Jettchen – von den Fürsten in ihren Kanälen – von dem unbelehrbaren Obersten – und von seinem Freund Rimmer; er sprach auch von mir, und ich weinte, als er Matt seine Warnungen zuflüsterte – Matt, mit soviel Geschick in seinen jungen Fingern. Der Kutscher zügelte das Pferd. Wir waren vor Scuds Wohnung. Rimmer ging voraus, Mrs. Scud vorbereiten, und kam zurück, um mir tragen zu helfen.

»Lieber Gott«, stöhnte die kleine Irin, als sie die Wunde am Hals ihres Mannes sah, »d'warn Deiwel, wer so'n Biß hat!«

»Lieber Gott«, wiederholte Rimmer, als wir gingen, »laß ihn am Leben! Und wenn nicht, gönn mir die Rache!«

Spekulanten

Von Shoreditch fuhren wir nach Covent Garden, nachdem unser Kutscher sich einmal damit abgefunden hatte, daß es eine lange, kalte Nacht würde. Rimmer wies ihn einen Weg, der dem Verlauf der unterirdischen Kanäle entsprach, bis wir an die Stelle gelangten, wo seiner Schätzung nach die Geräusche von den Grabungen hergekommen waren. Sie lag in der Gemeinde St. Giles. An der Hauptstraße war kein Zeichen von Abriß- oder Bauarbeiten zu sehen, doch auf der einen Seite waren die Mietshäuser merkwürdig kahl, ohne Vorhänge und Lichter; als wir durch ein Gäßchen auf ihre Rückseite kamen, merkten wir, daß sie nur noch Fassaden waren, die einen ausgedehnten Bauplatz verbargen. Beim Licht abgeblendeter Laternen waren hier Männer an der Arbeit, von denen manche die noch stehenden Häuser abrissen, während andere die Gruben für neue ausschachteten. Wer auch der Bauherr sein mochte, er machte rasche Fortschritte, die nicht publik werden sollten.

Eine Gestalt tauchte aus dem Dunkel auf und versperrte uns den Weg. Ich entsann mich, einmal Hacketts Rekonstruktion des Neanderthalers gestochen zu haben; dieser hier mußte ihm Modell gestanden haben. Der fliehenden Stirn, der platten Nase und den negroiden Lippen entsprachen zwei Arme, die bis zu den Knien herabhingen, und ein Rumpf wie ein paläozoischer Felsblock. Er schwang einen Pickel in der Linken, als ob er nicht schwerer als ein Hammer wäre, und sein Benehmen entbehrte jeder Herzlichkeit. Dies mag an der Toscherkleidung gelegen haben, die wir noch trugen und die uns nicht eben zur respektvollen Behandlung empfahl; doch wären wir selbst in Krone und Hermelin erschienen, ich bezweifle, daß er uns freundlicher empfangen hätte.

»Ahapp!« sagte der Neanderthaler. »Ahapp!«

Offenbar einer, der sich die üblichen Förmlichkeiten der Konversation schenkte. Aber Rimmer konnte ebenso lapidar sein. »Ihr Chef!« herrschte er ihn an. »Sofort!«

Der Neanderthaler hielt es mit bewährten Formulierungen. »Ahapp!« wiederholte er. Dann, als er sah, daß die Wirkung ausblieb, griff er tiefer in seinen Wortschatz. »Wech!« sagte er. »Wech!«

»Ihr Arbeitgeber verstößt gegen das Gesetz«, erklärte Rimmer. »Ich will ihn sprechen.«

Der letzte Einfall des Neanderthalers hatte anscheinend sein Repertoire erschöpft, darum versuchte er, ohne weiteren Dialog Rimmer den Schädel einzuschlagen. Es wäre ihm gelungen, hätte Rimmer es nicht vorausgesehen und sein Handgelenk in einen Griff genommen, den er einst von einem chinesischen Piraten gelernt hatte (»nicht mehr aktiv, jetzt Missionar bei den Baptisten, kapitaler Kerl!«) und mit dem er den Gegner zwang, seine Waffe loszulassen. Eine Fortsetzung des Gesprächs schien wenig sinnvoll, und unter dem racheverheißenden Blick des Neanderthalers zogen wir uns zurück.

Rimmer wies den Kutscher an, uns zuerst nachhause, wo wir saubere Kleidung anzogen, und dann zu Durstons Büro zu bringen. Durston war fortgegangen, und wir wurden zu seinem Klub geschickt, dem »Euklid«, einer exklusiven Zuflucht der Mathematiker; auch hier verpaßten wir ihn, und man gab uns seine Privatadresse. Die wiederholten wir dem Kutscher, der sich bitter beklagte, er hoffe nur, ihn würden wir auch besuchen, wenn er flachläge mit Lungenentzündung, und vielleicht mal für ihn beten, wenn er seine Kutsche im Himmel lenke.

Durston wohnte in einem der neuen und eleganten Häuser von Queen's Gate. Er machte selbst die Tür auf und zeigte seine Überraschung über unsern unangemeldeten Besuch nur durch ein winziges Zucken der Augenbrauen; dann führte er uns wie erwartete Gäste in sein Studierzimmer und entkorkte einen vorzüglichen Portwein. Während Rimmer den Grund unseres Kommens erklärte, schaute ich mich um. Die ungewöhnliche Verbindung des Eleganten mit dem Outrierten, die mir schon in Durstons Büro aufgefallen war, wiederholte sich hier in größerem Maßstab. Drei Wände waren den Präraffaeliten gewidmet: zwei erstaunliche Rossettis, flankiert von einer Skizze zu *Licht der Welt* und einem herrlichen Millais; außerdem einige Zeichnungen in einem mir unbekannten Stil, die ich heute dem jungen Burne-Jones zuschreibe, und einer von den besseren Collinsons. Die vierte Wand nahmen echte Mediävalia ein: eine Altartafel aus dem Quattrocento, eine Pisaner Madonna und eine Kreuzigung von einem flämischen Meister. In einer Ecke des Raums stand eine Skulptur von Woolner, in einer anderen ein Stuhl von Morris. Die Bücherregale bogen sich unter den Werken der Rossettis, Ruskins, Stephens' und Morris'. Ein Dutzend illuminierte Handschriften und Wiegendrucke lagen mit der Kopfseite zuoberst auf Borden und Lesepulten. Rimmer wurde mit seiner Erklärung zur gleichen Zeit fertig wie ich mit meiner Musterung, und Durston saß nachdenklich da, den Blick in sein Glas gerichtet.

»Ich würde meinen, da können wir nicht viel tun«, murmelte er. »Natürlich werden Übertretungen unserer Anordnungen nicht ausbleiben, aber wir können unsere begrenzten Machtmittel nicht darauf verwenden, jede einzelne zu verfolgen.«

Im Gedenken an seine Haltung gegen Maginn verblüffte mich diese Antwort, und Rimmer war unverhohlen empört. »Diese Übertretung, wie Sie es nennen, kostet Scud vielleicht das Leben. Tom Scud, den einzigen unter uns, der für Frau und Kinder zu sorgen hat! Jedenfalls, die Heimlichtuerei und Eile, mit der auf diesem Platz in St. Giles gebaut wird, läßt mich annehmen, daß sein Eigentümer eine Rechtswidrigkeit zu verbergen hat.«

Durstons Gesicht und Ton waren ausdruckslos. »Ich bedaure, aber ich sehe nicht, was ich da noch tun könnte.« Seine Stimme zitterte ein wenig. »Ich – ich – habe Herrn Scud sehr geschätzt.«

Wir brachen auf, schickten eine Eilbotschaft nach Hammersmith, um McWhirrie und Gunn über Scuds Zustand zu unterrichten, und gingen dann heim, doch nicht zu Bett, denn uns war nicht nach Schlafen zumute. Statt dessen schürten wir das Feuer auf, kochten Tee und lasen über Mittelhandknochen nach, bis die Uhr von St. Anna eins schlug. Ich stand auf und schaute in die dunklen Straßen hinab. Ich bemerkte eben noch eine Bewegung in der Haustüre gegenüber. Leise rief ich Rimmer zu, er solle die Kerzen löschen und ans Fenster kommen.

»Haustür Nr. 37«, murmelte ich. »Jemand beobachtet uns.«

»Zu klein für einen Konstabler«, überlegte Rimmer. »Du hast dir doch nicht etwa eine Verehrerin angelacht? Wenn ja, dann pack deine Koffer! Ich selbst bin den Frauen immer erfolgreich aus dem Weg gegangen, also behellige mich bloß nicht mit deinen!«

Ich wies die Unterstellung entrüstet zurück, und Rimmer, erleichtert, machte ein Plänchen für ein Umgehungsmanöver durchs Untergeschoßfenster an der Rückseite. Auf diesem Wege gelangten wir hinaus, nahmen den Umweg über ein Gäßchen und kamen zur gleichen Zeit aus verschiedenen Richtungen zur Nummer 37. Ein kurzes Handgemenge, und in meiner Armsperre, die Rimmer von einem indischen Thag gelernt hatte (»ungemein gutmütig für einen Kerl mit sechzig Morden auf dem Gewissen«) fand ich den spindeldürren Ellbogen von Dicky Pitts.

»Eh!« kreischte er. »Wassen los?«

Ebendies hatten wir ihn auch fragen wollen, sagten wir und führten ihn ab in unsre Räume. Es sei nicht, wie wir dächten, versicherte er. Er sei nicht auf Einsteigen ausgegangen, er habe – eine lange Pause, während derer seine Augen umherblinzelten – er habe uns nur eine Nachricht bringen wollen. Zu so später Stunde sei er gekommen, um nicht erwischt zu werden, und habe dann in letzter Minute gezögert, um mit seinem Gewissen ins Reine zu kommen, das ihm zu schaffen mache.

»Noch nie ein verpfiffen«, rief er am Ende seines langen und rührenden Monologs, »unn is nicht leicht t'erste Mal!«

Über wen er uns denn etwas mitteilen wolle? fragte Rimmer.

»Na, ür Tommy Dalton, Herr Henthony Norris, wie'r jetzt eißt. Am Se do na jefrarcht, na dem!«

»Und?« Rimmer, das sah man, war nicht beeindruckt von Dickys großmütigem Vorhaben, das allzu sehr wie eine aus der Not des Augenblicks geborene Ausrede klang; auch ich glaubte nicht recht daran, obwohl ich nicht umhin konnte, die Frechheit des kleinen Strolchs zu bewundern.

»K'ab jeört« – Dicky wurde feierlich wie ein Konstabler im Zeugenstand – »daß Herr Henthony Norris ne Sache am Riem at, die nicht bloß hillegal ist, sonnern regelrecht kriminell.«

»Was denn?« fragte ich.

»Ick kümmer mich nicht vill um Pulletik« – aus dem Konstabler wurde nun ein abgeklärter Philosoph –, »mein Motter ist lehm unn lehm lassen, ar dit heine kann ick ni ahm, wenn so einer wie Norris sich jegen die heigene Klasse stellt unnet ausnützt, daß die Leute Hangst am unn hunjebillet sinn, un se uffe Straße setzt.«

Rimmer zog seine Uhr hervor. »Worauf«, fragte er, seine Gereiztheit nicht verbergend, »soll das alles denn nun hinauslaufen?«

»Na, uf de Tatsache, daß Henthony Äuser aufkauft, ürall inne Stadt, spottbillig, Jeld uffen Tisch unn selm Tag raus, ganze Familie mit Mietern, unn dann reißt er se ab unn baut se neu, so schnell er kann. Nur, die neuen, die verkauft er nicht anne Harmen, sonnern an euch Errschaften ausser Stadt, die wo'n Aus inner Nähe brauchen. Unn wissen Se, wie't kommt, dasser se so billig kriegt?«

Es war vielleicht gar nicht als Frage gemeint, aber Rimmer antwortete dennoch. »Wegen der Ratten. Norris ist der, von dem wir gehört haben, daß er in St. Giles und überall, wo die Ratten in größeren Mengen aufgetaucht sind, Grundstücke an sich bringt. Hab ich recht?«

»Kamman woll sarn, Chef!« meinte Dicky anerkennend.

Ich war verblüfft. »Aber wir haben doch versucht, die Rattenplage geheim zu halten. Alle, die etwas wußten, mußten Stillschweigen versprechen, und die Presse ist auch eingewickelt. Woher weiß Norris, welche Gegenden von den Ratten bedroht worden sind?«

»Jemand auf eure Seite ilft ihm, wassen sonst?« erklärte Dicky mehr als deutlich. »Wer, t'müßt ihr rausfinn. Meine Pflicht jegen't harbeitende Volk a'k jetan, unn darum geh'k jetzt.«

Rimmer brachte ihn hinaus. Als er zurückkam, fragte ich: »Ob er wirklich deshalb gekommen ist? Oder hat er das alles erfunden, als wir ihn dabei ertappt haben, wie er das Haus ausgekundschaftet hat?«

»Weiß nicht«, antwortete Rimmer. »Aber schließ lieber die Wertsachen ein – soweit wir welche haben – bloß zur Sicherheit!«

Nun, da verriegelten wir den leeren Stall: Rimmer hatte schon keine Uhr mehr.

Ich mochte Pitts nicht glauben. Wenn es stimmte, was er gesagt hatte, dann brauchten wir nach Norris' Gewährsmann nicht lange zu fahnden. Ich selbst hatte ihn *in flagrante delicto* auf dem Fleischmarkt getroffen. Doch am Tag darauf, am Sonntag, brachte eine Nachricht von Edeltrutz, überreicht von der desinfizierten Hand eines Missionsbuben, weitere Bestätigung. Ihrem Brief hatte sie den Kaufvertrag für ein Haus in der Nähe der Mission beigefügt, den einer ihrer Patienten ihr gegeben hatte. Darin erklärte Joseph Moody, Böttcher, daß er sein Backsteinhaus am Maladroit Court an Thomas Dalton, Bauunternehmer, verkaufe, für eine Summe, die selbst mir, so wenig ich von derlei Geschäften wußte, lächerlich erschien. Besagtes Backsteinhaus war ein Flohnest, in dem außer den Moodys noch vier andere Familien hausten. Sie alle, ebenso wie Moody selbst, der den ganzen Erlös an einem Abend in Schnaps umgesetzt hatte, waren jetzt obdachlos.

»Tommy Dalton«, seufzte Rimmer, »Norris' richtiger Name! Jetzt dient er ihm als Pseudonym, um seinen Anteil an dem Handel zu verbergen. Ohne Zweifel hat er einen Anwalt an der einen Hand und einen Mann vom Grundbuchamt an der andern, um die Sache nach der rechtlichen Seite abzuschirmen, und so gibt es keine Möglichkeit, das anrüchige Geschäft mit dem geachteten Herrn Norris in Verbindung zu bringen, von dem der Herr Oberbürgermeister und die Herzogin von Ashton eine so hohe Meinung haben. Welch ein Schwindel!«

Mit dieser Bestätigung, daß Norris der Schuldige war, wurde der Verdacht gegen Durston zur Gewißheit. Mein Elend muß sichtbar gewesen sein, denn Rimmer, der für gewöhnlich doch nicht eben zartfühlend war, legte Edeltrutz' Brief beiseite und setzte sich neben mich.

»Matt«, sagte er, »versuch dich damit abzufinden, daß Menschen nicht nur gemeine Schufte sind, wie ich schon einmal zu Fräulein Tiptree sagte; sie sind auch erbärmlich schwach. Es gibt keine guten Menschen; manche sind nur weniger schlecht als die anderen. Durston, bei all seiner Arroganz und Blasiertheit und seinem Zynismus, ist für Versuchungen ebenso anfällig wie du oder ich. Ja, er ist es noch mehr, denn ihn belastet der Wunsch, schöne Dinge zu besitzen – Gemälde, Skulpturen, Bücher. Er kauft seine Kleidung nicht beim Trödler wie wir, und er wühlt nicht an den Bücherständen auf der Straße nach günstigen Gelegenheiten. Du hast sein Büro und seine Wohnung gesehn. Du weißt genug über Kunst und über Möbel, um dir denken zu können, daß er sich das mit seinem Beamtengehalt allein nicht leisten könnte. Auch wenn er die Rossettis und den Millais vielleicht schon gekauft hat, bevor sie ihren jetzigen Marktwert hatten, müssen doch diese Altartafeln und Wiegendrucke Hunderte gekostet haben. Ich könnte mir denken, daß Durston ein paar Jahre lang über seine Verhältnisse gelebt hat, und daß sein Einvernehmen mit Norris dem Zweck dient, ihn vor dem Ruin zu bewahren.«

Nichts von all dem mußte stimmen, widersprach ich. Vielleicht hatte Durston privates Vermögen, vielleicht hatte ich mich auf dem Fleischmarkt geirrt und hatte ihn gar nicht gesehen; oder vielleicht hatte ich richtig gesehen, aber sein Zusammentreffen mit Norris war zufällig, eine Frage nach dem Weg oder der Uhrzeit, so daß er's später vergessen hatte. Aber jedes neue »Vielleicht« klang schwächer als das vorige, und ich gab auf. Durston, das wußte ich, war schuldig. Mit der ganzen Unvernunft dessen, dem eine Illusion zerbrochen ist, schlug ich mich auf die Gegenseite und fing an, ihn schlechtzumachen. Ich häufte Schmähungen auf alles, was ich an ihm bewundert hatte: seine Kühle und Leichtigkeit, seine Bildung, seinen Geschmack, seine olympische Arroganz. Er hatte mich enttäuscht, und ich schenkte ihm nichts. Rimmer hörte mich bis zu Ende an, und, was ich ihm nie zugetraut hätte, er verstand mich. Statt mich einen Einfaltspinsel zu schimpfen – seine übliche Antwort auf meine kindischen Anwandlungen –, stopfte er seine Pfeife und blieb gelassen.

»Hör zu, Matt«, sagte er, »Durston muß kein ganz und gar übler Kerl sein. Norris hat vielleicht von seinen finanziellen Sorgen gehört, sofern er Sorgen hatte, und ihn unter Druck gesetzt, mitzumachen. Welches auch die Gründe für ihr Einvernehmen gewesen sein mögen, ich kann mir denken, daß es Durston nicht leicht gefallen ist. Irgendwann im Leben lassen wir uns alle auf den einen oder andern Betrug ein, aber auf die Dauer ist es eine verteufelt schwere Last.«

Ohne es zu wissen, hatte er diesselben Worte gebraucht wie Durston, als er laut dachte: »Jeden Morgen aufwachen und wieder dieselbe schwere Last schultern . . .«, und ich verstand.

Ich wartete und fragte dann, was wir tun sollten.

»Mit Yelverton sprechen. Ich fürchte, einen andern Weg gibt es nicht. Wenn wir in einem Romänchen wären, würden wir Norris hinter Gitter bringen und es dann Durston überlassen, mit dem Revolver oder Strick für einen noblen Ausklang zu sorgen. Aber wir befinden uns in der brutalen Realität des neunzehnten Jahrhunderts. Mitten in einem Krieg machen zwei Männer Gewinne auf Kosten der Armen und Ängstlichen. Zum Teufel also mit dem Roman; ich werde sie bloßstellen.« Seine Stimme wurde rauher. »Außerdem war Norris' Habgier vielleicht der Tod für Scud, und Durston hätte ihn gedeckt. Ich kann hassen, Matt, und das werde ich nicht verzeihen.«

Zu Yelverton gingen wir am Montag. Wir belagerten seine Außen- und Innenwälle und die Verschanzungen seiner Sekretäre in den Vorzimmern; wir nahmen eine streng bewachte Tür nach der andern, stürmten Büro für Büro und rissen das Fallgatter von Spott und Argwohn nieder – mit dem Erfolg, daß wir gegen Mittag in die Gemächer des Unterstaatssekretärs eingelassen wurden. Auf seinem Schreibtisch lag ein Stapel mit den Notizen, in denen die von uns überwundenen Beamten ihm unser Kommen ankündigten.

»Sie geben an, Ihre Angelegenheit sei von höchst dringlichem und vertraulichem Charakter«, sagte das Pfläumchen und befingerte die Notizen. »Nun denn, Sie haben drei Minuten Zeit, mich davon zu überzeugen.«

Rimmer genügte eine. »Herr Ashley Durston, ein Beamter Ihrer Abteilung, der über die Bekämpfung der Ratten in der Kanalisation genau unterrichtet ist, hat seine Stellung dazu mißbraucht, einem Bauspekulanten namens Thomas Dalton alias Anthony Norris beim Ankauf von Grundstücken zu unredlichen Preisen behilflich zu sein. Die Verkäufer sind durch das Vordringen der Ratten in Angst gesetzt worden. Norris reißt die alten Häuser ab und baut schnellstens neue. Sobald die Rattengefahr zurückgegangen ist, kann er sie mit hohem Gewinn verkaufen, ehe noch jemand die Redlichkeit oder Rechtlichkeit seiner Methoden in Zweifel ziehen kann.«

»Ihr Beweis?« verlangte Yelverton.

Rimmer lieferte ihn.

Yelverton hörte ihn bis zu Ende an, dann nahm er das Wort, mit kaum verhohlener Heftigkeit: »Aussagen zweier Jugendlicher, davon einer ein ausgebrochener Sträfling, den Sie anscheinend rechtswidrig begünstigt haben, der andere Ihr Protegé, der meiner Ansicht nach schon viel zu lange in Dinge eingeweiht worden ist, die außerhalb seines Interessenkreises und, wie Ihre Behauptungen wohl deutlich machen, außerhalb seines Verständnisses liegen.« Er hob die Stimme. »Ich mißbillige diese Verunglimpfung eines meiner fähigsten Beamten. Und ich bedaure Ihre Verleumdung des Herrn Norris. Herr Norris ist Mitglied meines Klubs, und wir sind nicht gewohnt, Strolche in unserem Rauchsalon zu dulden.« Er fand die Beherrschung wieder. »Ich gedenke Sie zu entlassen, Herr Rimmer, ohne meinerseits weitere Schritte zu unternehmen. Doch warne ich Sie: Sollten diese Anwürfe sich wiederholen, gleichgültig, unter welchen Umständen, so werde ich dafür sorgen, daß Sie die volle Strenge des Gesetzes erfahren. Guten Tag!«

»Geben wir's auf?« fragte ich, als wir durch Whitehall gingen.

»Eher soll uns der Teufel holen!« sagte Rimmer und ging mit mir zu einem Stand nahe beim Scotland Yard, Hammelpastete essen.

Als er an einem Bissen des zähen, zur Bemäntelung seines Alters scharf gewürzten Fleisches kaute, hatte Rimmer eine Eingebung, und er rief laut: »Lemon!« Eilig machten wir uns auf in die Fleet Street, zur Nummer 85, wo die Redaktion des *Punch* war. Rimmer verlangte, den Chefredakteur Mark Lemon zu sprechen, erfuhr aber, Lemon sei mit den anderen Redakteuren zum Essen in der Bedford Street, unweit des Strand. Also machten wir kehrt und gingen zum Bedford-Hotel, wo Lemon am Kopfende eines Tisches die Kollegen in einem Rundgesang anführte. Rimmer wurde mit Hallo begrüßt und zum Trinken eingeladen, doch dann merkte Lemon, daß wir etwas Ernüchterndes auf dem Herzen hatten. Er entschuldigte sich bei den anderen und führte uns in einen Nebenraum.

»Was gibt's, Rimmer?« erkundigte er sich. »Schulden? Krank? Verheiratet?«

»So schlimm steht's nicht«, antwortete Rimmer. »Aber die Moral zwickt mich, und Mr. Punch könnte helfen.«

Er verriet Lemon von der Wahrheit, soviel er sich getraute: daß er gegen einen hohen Beamten vorgehen wolle, der geheime Nachrichten an einen Bauspekulanten in den Armenvierteln weitergebe; daß es ihm aber an denjenigen Beweisen fehle, welche die Behörden anerkennen müßten.

»Und da habe ich an den *Punch* gedacht. Ich möchte sie aus ihrer Deckung heraustreiben, mit einer Ankündigung, daß wir ihnen auf der Spur sind, und dies könnte in Form einer Zeichnung geschehen, in der auf ihr Einvernehmen angespielt wird.«

Lemon verstand, behauptete aber, moralische Urteile zu fällen, entspräche nicht dem Kurs des *Punch*; es gebe doch Zeitschriften von kampflustigerem Geist und andere, die von Skandalen geradezu lebten; könnten nicht diese uns sehr viel nützlicher sein? Keine moralischen Urteile? lachte Rimmer. Was sei denn mit Hoods Hemdenlied, und Lemon selbst, hatte er nicht ein Weihnachtslied der Armen drucken lassen? Was die gelbe Presse anging, so konnte sie nützlich sein, aber nicht sofort. Die Zeichnung mußte so bald wie möglich erscheinen, und der *Punch* war die einzige Zeitschrift, bei der Rimmer ein bißchen Einfluß hatte. Als gelegentlicher Mitarbeiter und als Freund bat er Lemon, ihm zu helfen.

»Wir werden darüber abstimmen«, sagte Lemon und führte uns zurück an den Tisch.

Lemon unterbrach die Gesänge, erklärte unsere Lage und unsere Bitte und gab mit einem zur Seite abgewendeten Lächeln der eigenen Zustimmung Ausdruck. Wenn jedoch Mr. Punch sich darauf einlassen solle, meine er zuerst die Mitarbeiter befragen zu müssen.

»Ich bin dafür«, sagte Shirley Brooks sofort. »Wir haben gerade noch Zeit, eine Seite für die nächste Ausgabe zu ändern, bevor Bradbury und Evans zu drucken anfangen.«

Henry Silver nickte zustimmend, gab aber zu bedenken, daß die Graveure unerhört viel zu tun hätten.

»Keine Sorge deshalb«, sagte John Leech, »dazu hätte ich eine Idee.«

Du Maurier war einverstanden, fand aber, es sei kein Thema für ihn. Ein anderer Neuling in der Redaktion, Burnand, sagte, es sei genau das richtige Thema für Tenniel.

»Aber der ist auf dem Land«, sagte Lemon. »Was sagst du dazu, Carlo?«

Er sprach zu Charles Keene, dem angesehensten unter den Zeichnern, die mit am Tisch saßen. Ich wußte, er war ein Erz-Tory. Ich hatte ihn genau beobachtet, und aus seinem abweisenden Gesicht war die Antwort nicht schwer zu erraten.

»Ich bin prinzipiell gegen derlei Scherze«, sagte er,

»und hätte lieber nichts damit zu tun.« Wie ich erwartet hatte. »Dennoch«, fuhr er fort, und ich blickte auf, als sein Ton wärmer wurde, »unser alter Freund Rimmer hat mir in der Vergangenheit manche prächtigen Ideen gebracht; also werde ich ihn jetzt nicht im Stich lassen. Was soll der Inhalt sein?«

Die Zeit war bedenklich knapp. Keene ging in den Rauchsalon, wo er ein Studio improvisierte, während die anderen am Tisch über Bild und Legende berieten. Binnen zwanzig Minuten war Keene an der Arbeit. Eine Stunde später sahen wir die Türme und Paläste Londons sich beklommen unter einer riesigen schwarzen Pestwolke ducken, während aus dem Hintergrund des Bildes zwei Gestalten mit prallen Geldsäcken, auf denen die Initialen A. D. und A. N. standen, an Richtern und Polizisten mit verbundenen Augen vorüberschlüpften. Die Legende, von Lemon selbst vorgeschlagen, war kurz: »Das Gesetz und die Spekulanten.« Lemon sagte, er wolle es gleich zu den Graveuren bringen, und wir schickten uns an, mit ihm fortzugehen, aber Leech fing uns an der Tür ab.

»Bringt es zu Dalziel«, sagte er. »Ich komme mit, ich kann dort noch ein bißchen drücken.«

Wir sehr er »drücken« konnte, merkten wir, als wir in Dalziels Werkstatt kamen und der Meister uns sagte, alle seine Leute seien beschäftigt und er könne unsern Auftrag nicht annehmen. Leech fragte, ob nicht ein Werktisch frei sei; mehrere, wegen Krankheit, gab Dalziel zu.

»Dann haben wir jemanden, den wir daransetzen können«, sagte Leech und schob mich nach vorn. Ein Schweigen folgte, nur von dem Schmiedehammer unterbrochen, der meinen Herzschlag abgelöst hatte. Lemon sagte schließlich, ihm sei es recht, wenn nur Leech wisse, was er wolle. Der Meister war verdutzt, willigte aber ein; wenn Herr Leech für den Jungen geradestehe, so wolle er mir alles geben, was ich brauche.

»Aber gewiß, ich verbürge mich für Mathew«, versicherte Leech. »Ich kenne seine Arbeiten, sowohl als Zeichner wie als Stecher, und würde mit Vergnügen auch meine eigenen Zeichnungen seinem Stichel anvertrauen.«

All dies war ohne Zweifel sehr schmeichelhaft, machte aber meine Hand verteufelt unsicher, als ich schließlich mit Buchsbaumholz und den Werkzeugen vor mir an einem Tisch saß. Zum Glück war Keene mit seinen Linien sparsam gewesen – anders wäre er in der kurzen Zeit auch nicht fertig geworden –, und das Nachzeichnen und Stechen erforderte weniger Zeit und Mühe, als ich gewohnt war, auf die Sünden wider die Natur zu verwenden, wie sie Hackett und der kleine Lampiner verübten. Dalziel besah sich den fertigen Druckstock und nickte befriedigt, Leech prüfte ihn und lächelte anerkennend, und Lemon klopfte mir auf die Schulter und sagte, ich sei ein As. Unterdessen stand Rimmer abseits, mit dem Lächeln des alten Löwen, dessen Junges soeben das erste Sonntagsmahl heimgebracht hat. Das Holz wurde verpackt und zum Drucker geschickt, mit Anweisungen für die Änderung der Seite 2, und dann lud uns Lemon zu einem Kognak in die Fleet Street ein. Seine Mitarbeiter schauten unter allen erdenklichen Vorwänden herein, um zu fragen, wie es mit dem Stechen gegangen sei, und um von dem Festtagsschnaps, den Lemon hervorgeholt hatte, mitbedacht zu werden.

»Die Verbrecher«, meinte Brooks, mit einem Nicken zu Lemon und zu mir hin, »sind nun gezeichnet.«

Es wurde sechs Uhr, bis wir wieder in die Little

Newport Street kamen. McWhirrie und Gunn standen vor dem Haus, der erste nach einer Droschke rufend, der zweite im Begriff, einen Zettel an unsere Tür zu heften. Sie hatten wie gewöhnlich auf uns gewartet, als eine Nachricht von Fräulein Tiptree eintraf, mit der dringenden Bitte, zu Scud nach Shoreditch zu kommen. Sie hatten beschlossen, nicht länger zu warten, weil Fräulein Tiptrees Nachrichten unweigerlich eine bevorstehende Katastrophe anzeigten. Wir nahmen zwei Droschken, bezahlten den Kutschern den doppelten Preis, damit sie ihre Pferde schneller durch das eisige London jagten, und stürmten, als wir am Ziel waren, zu Scuds Wohnung hinauf. Edeltrutz erwartete uns; sie war gekommen, sagte sie, um Frau Scud zu helfen, und war entsetzt über die Verschlimmerung in Scuds Befinden.

»Frau Scud hat getan, was sie nur konnte«, fügte sie hinzu. »Kein Krankenhaus hätte mehr erreichen können. Aber das Gift ist so schnell durch seinen Körper geströmt, daß jedes Heilmittel, ob vom Menschen oder von der Natur geschaffen, zu spät kommen mußte.«

Wir betraten das Schlafzimmer, wo Scud lag. Frau Scud saß an seinem Bett und kühlte das eingefallene Gesicht auf den Kissen. Sie stand auf und ließ uns mit ihrem Mann allein; das Schluchzen unterdrückte sie, bis sie außer Hörweite war. Scud blickte zu uns auf und verzog die Lippen zu einem Grinsen.

»Sprechen kann er nicht«, flüsterte Edeltrutz, »aber er versteht alles, was Sie sagen.«

Rimmer beugte sich über den Iren und drückte ihm die Hand.

»Hören Sie, alter Knabe«, sagte er, »Ihre Frau und Ihre Kinder werden gut versorgt, mein Wort drauf.«

Scuds Augen zeigten Dankbarkeit.

»Wenn Sie noch Angehörige in Irland haben«, fuhr

Rimmer fort, »werden wir auch für die etwas tun.«

Die Augen dankten ihm abermals.

Rimmer versuchte einen burschikosen Ton zu finden. »Mit den Ratten sind wir noch nicht fertig, aber wir schaffen's schon noch, und dann soll Ihre Leistung nicht vergessen werden.«

Es war ein Fehler. Zum Teufel mit der Ehre, sagten die Augen. Was soll denn die mir jetzt nützen?

»Ach«, brummte McWhirrie unglücklich zu mir her, »fas soll man da sage oder tun? Ek ertrags necht an em Sterbepett.«

Er hatte hörbarer gesprochen, als er glaubte, und das angestrengte Grinsen wurde breiter. Wenn's Ihnen schon schwerfällt, sagten die Augen, was meinen Sie, wie's für mich ist?

Frau Scud kam wieder herein und mit ihr ein Geistlicher. Dann hörte ich eine Stimme, Gunns Stimme, aber sie klang nicht mehr affektiert, sondern sanft und nachdenklich.

»Ich kenne Ihren Teil von Irland, Scud. Ich bin einmal dort gewesen, um eine alte Einsiedelei zu sehen. Hab ich Ihnen schon davon erzählt?«

Die Augen suchten seine Augen.

»Eines Abends, das weiß ich noch, fuhr man mich mit einem Wägelchen spazieren, eine weiße Straße entlang, die sich durch die Hügel wand, bis sie plötzlich zu Ende war. Ich stieg aus und stand auf einer Klippe, und da unten war der Atlantik.«

Die Augen ruhten auf ihm.

»Die Wellen kamen donnernd an den Strand gerollt, und Sprühnebel hing in der Luft, vermischt mit einem warmen Nieselregen. Ich habe mich ins Gras gesetzt und geraucht, und die Möwen beschimpften mich als unbefugten Eindringling.«

Das starre Grinsen erweichte sich in der Erinnerung zu einem Lächeln.

»In dem Augenblick hör ich ein Pfeifen. Ich dachte, es wird ein Seevogel sein, aber als ich mich umsah, da waren es zwei Kinder, die auf der Wiese zu einer Trillerpfeife tanzten . . .«

Das Rasseln in Scuds Kehle war leis, so leis, daß ein paar Sekunden vergingen, ehe wir merkten, daß Scud tot war.

Als wir aufbrachen, gingen McWhirrie und Gunn zu den Droschken voraus. Für einen Moment sah ich, wie der alte Professor die Hand auf den Arm seines Begleiters legte, dann stiegen sie ein und fuhren davon.

Rimmer hatte dafür gesorgt, daß ein Exemplar des von uns ergänzten *Punch* Durston persönlich überbracht wurde, sobald die Nummer gedruckt war. Am nächsten Morgen gab es daher nichts weiter zu tun, als abzuwarten, ob Rimmers Plan gelang. Nach dem Frühstück hockte sich Rimmer an den Schreibtisch und schrieb Memoranden für Yelverton, Owen und die Stadtwerke, in denen er sie über Scuds Tod unterrichtete und um Versorgung seiner Angehörigen bat. Ich blätterte in meinem Skizzenblock und besah mir die Zeichnungen, die ich von dem kleinen Iren seit unserer ersten Begegnung am Themseufer bis zu unserem letzten Einstieg in die Kanäle gemacht hatte. Ich begann gerade mit einer letzten Skizze, dem verfallenen Gesicht auf dem Kissen, als es von St. Anna eins schlug und ein Polizeiinspektor an die Tür klopfte. Sein Name, sagte er, sei Preece, und seinen Akzent konnte Rimmer, der auf sein Gehör stolz war, richtig als Pembrokeshire identifizieren. Lord Yelverton hatte ihn geschickt, nachdem er einen Brief von einem Herrn Ashley Durston aus dem Innenministerium erhalten hatte, mit einem beigefügten Umschlag an uns.

Diesen Umschlag, den ihm der Inspektor gab, öffnete Rimmer und las den Brief laut vor.

Meine Herren,
ein fehlbarer Diener der Öffentlichkeit bewundert ihre Hartnäckigkeit und gratuliert zu Ihrem Erfolg. Zu meiner Verteidigung habe ich nichts zu sagen, außer daß meine Exzesse in Galerien und nicht in Spielkasinos stattfinden und daß ich Norris von Anfang an ausgeliefert war – Wucher und Erpressung sind zwei seiner wichtigsten Einflußmittel. Ein teurer Anwalt könnte aus diesen beiden Punkten vor Gericht etwas machen, doch habe ich nicht vor, ihm dazu Gelegenheit zu geben. Wie ein gewissenhafter Beamter und wie ein guter General habe ich mir eine Rückzugslinie offengehalten, und wenn Sie diese Zeilen lesen, werde ich auf diesem Weg außer Reichweite der Gerichte gelangt sein.
So verbleibe ich Ihr nicht ganz ergebener, ja, leider auch treuloser, dafür aber um so wohlmeinenderer Diener
Ashley Durston

»Arrogant bis zuletzt!« brummte Rimmer. »Wo er nur hin sein mag?«

»Italien, Sir, würde mich nicht wundern», sagte Inspektor Preece, und fügte, als Rimmers Augenklappe ihn fragend ansah, noch hinzu: »Ich habe seine künstlerischen Interessen bemerkt, als ich seine Wohnung durchsuchen mußte.« Er dachte nach. »Gute Sachen, jedenfalls manche, aber keine Vergleiche mit Turner. Bitte um Verzeihung, Sir.«

Rimmer stellte Brot, Käse und Bier auf den Tisch und fragte nach Norris.

»Ich wurde hingeschickt, um ihn zu verhaften, Sir, denn Herrn Durstons Brief an Lord Yelverton bot genug Handhaben, um ihn wegen Rechtsmißbrauch und wegen seiner früheren Unternehmungen für zwanzig Jahre abzumelden. Aber er war weder zuhause noch in seinem Büro.«

»Und in seinem Klub?« fragte ich.

»Dort auch nicht, mein Junge. Lord Yelverton ist selbst hingegangen und hat diskret nachgeforscht, um die Gefühle der Mitglieder zu schonen.«

»Dann bleiben noch seine Bauplätze«, sagte Rimmer. »Versuchen wir's mit dem einen, den wir kennen, in St. Giles. Wir werden Sie hinführen, Preece.«

Unsere Fahrt durch St. Giles kam zum Halt in einer langen Schlange wartender Fahrzeuge, dicht bei Edeltrutz' Missionshaus. Wir stiegen aus und gingen das letzte Stück bis zum Bauplatz zu Fuß. Als wir an der Spitze der Schlange vorüberkamen, sahen wir, daß das Hindernis eine ungeheure Straßenlokomotive war, die rauchend und dröhnend über das Kopfsteinpflaster holperte, einen Koloß hinter sich im Schlepp, der in jeder Hinsicht als eine mittelalterliche Belagerungsmaschine hätte gelten können. Er bestand aus zwei massiven konischen Walzen, die mit Dornen gespickt, von Winkelachsen getragen und durch ein Paar Laufräder wenige Zoll über dem Boden gehalten wurden. Preece sagte uns, dies sei ein Straßenbrecher.

»Ob er zu Norris' Bauplatz fährt?« fragte sich Rimmer, als wir in die Seitengäßchen abbogen, um den Menschenmengen am Straßenrand auszuweichen, welche die Neuheit in Augenschein nahmen.

Als wir auf den Bauplatz kamen, erkannten wir Norris sofort; er stand, eine Tonne von einem Mann, inmitten eines Stücks freigeräumten Bodens und sprach mit dem

Neanderthaler. Der letztere erkannte uns und bereitete seinen Brotherrn auf uns vor, aber Norris ließ uns herankommen und gab sich zuvorkommend.

»Wegen neulich abend, die Herren? Tut mir furchtbar leid! Ich muß gestehn, mein Vorarbeiter hier ist ein bißchen übereifrig. Die ganze Nacht hindurch hat er die Leute arbeiten lassen. Das Zirkular hat er völlig vergessen. Ich hab ihm eben die Leviten gelesen, kann ich Ihnen sagen, und ich versichere Ihnen, daß es nicht wieder vorkommt. Sie haben einen weiten Weg gehabt«, er griff in seine Tasche, »vielleicht eine kleine Erfrischung . . .«

Inspektor Preece wartete, bis der Wortschwall versiegt war, dann sagte er: »Spreche ich mit Herrn Norris oder mit Herrn Dalton, Sir? Herr Durston hat nicht klargestellt, unter welchem Namen Sie auf der Baustelle auftreten.«

Preece hatte Norris mit dieser Einleitung verblüffen und ihm die Handschellen anlegen wollen, während er noch nach einer Antwort suchte. Aber da hatte er nicht mit dem Neanderthaler gerechnet, der, sobald Durstons Name gefallen war, eine Geistesgegenwart bewies, die ich ihm nicht zugetraut hätte; er klammerte einen seiner Affenarme um Preeces Hals, trat Rimmer wuchtig in die Kniekehlen und brüllte Norris zu, er solle rennen. Ich verfolgte den Dicken, aber seine muskulösen Schenkel brachten ihn vor mir über den geräumten Boden, bis in den Schutz der halb eingerissenen Gebäude, die den Platz eingrenzten. Als ich dort ankam, kletterte er schon an der Außenmauer hoch, und ich begriff, daß er von da auf die Straßen von St. Giles hinabspringen und in der Menge verschwinden wollte. Als ich ihm nachstieg, zog er sich an einem Träger hoch, der den Boden des zweiten Stockwerks bezeichnete, drückte sich in eine

Fensteröffnung und hielt dort inne, die eine Hand an der Einfassung, um den richtigen Absprung zu finden. In dem Augenblick trippelte etwas kleines Braunes den Balken hinter ihm entlang und lief über seine Hand. Eine Ratte! Ich sah wie die Hand erschrocken vom Fensterrahmen wegzuckte, sah sie in die Luft greifen und hörte Norris schreien, als er das Gleichgewicht verlor und fiel. Ich kam an ein anderes Fenster und sah hinunter. Norris lag auf dem Pflaster, beide Beine, wie an ihrer Abwinkelung zu sehen, gebrochen, und versuchte sich aus der Bahn der Straßenlokomotive zu ziehen, die fast schon über ihm war. Der Fahrer zerrte an der Steuerkurbel, und Funken stoben von den Rädern, als er zu bremsen versuchte, doch die Maschine hielt nicht. Zehn Tonnen Metall rollten über Norris hinweg, und die Dornen des Straßenbrechers rissen die breiige Masse in Fetzen.

Mittags trafen wir uns mit Yelverton und Crashaw in der Schützenkaserne. Edeltrutz ging mit uns, und das Komitee wurde vollzählig, als auch Owen und Bazalgette kamen, die zu unserer Überraschung McWhirrie und Gunn mitbrachten. Yelverton stand auf und hielt eine Rede. Zuerst beklagte er den Verlust Scuds, eines mutigen und pflichtgetreuen Mannes, von dem man wohl sagen könne, daß er sein Leben für unsere Sache gelassen habe; Anträge zur Versorgung seiner Angehörigen würden im Innenministerium ein offenes Ohr finden. Dann kam er auf ein zweites Thema zu sprechen, das ihm Kummer machte, freilich einen Kummer anderer Art. Einer seiner Beamten, ein Mitarbeiter, dem er Achtung und volles Vertrauen entgegenbrachte, habe eine für einen Staatsdiener unverzeihliche Sünde begangen, den Mißbrauch dienstlicher Geheimnachrichten. Yelverton sah Rimmer an.

»Ich muß gestehen«, sagte er, »daß ich selbst den ersten Verdacht, der gegen Herrn Durston und seinen Partner geäußert wurde, leichtfertig zurückgewiesen habe. Ich möchte mich jetzt bei Herrn Rimmer für meine Antwort auf seine ersten Aussagen entschuldigen.«

Als letztes, sagte unser Vorsitzender, stehe das Problem der Ratten an. Hier jedoch freue er sich mitteilen zu können, daß eine Lösung endlich gefunden sei. Oberst Crashaw habe die letzten drei Tage damit zugebracht, sich von den führenden Toxikologen des Landes beraten zu lassen – aber, lächelte er, hier wolle er dem Herrn Oberst selbst das Wort lassen. Crashaw stand auf, nahm eine Phiole aus der Tasche und streute daraus Kristalle über den Tisch.

»Gift«, stellte er fest. »Gift von der tödlichsten Art, wenn es dem Wasser zugesetzt wird. Ein Gift, mit dem wir uns der Ratten binnen drei Stunden entledigen werden. Ich bin bereit meine eigenen Männer, Männer vom Königlichen Schützenregiment, in die Kanalisation zu schicken, ausgerüstet mit Pappkapseln, die diese Kristalle enthalten und die aus eigens für diesen Zweck hergerichteten Gewehren – ich lasse die Modifikationen gegenwärtig vornehmen – in jedes Rohr, jede Rinne und jede Ritze des ganzen Kanalsystems gefeuert werden. Es wird die umfassendste Maßnahme ihrer Art sein, die je stattgefunden hat, und sie wird gelingen. Dessen dürfen Sie sicher sein.«

Er setzte sich wieder. Die dünnen Barthaare an seinem Kinn standen fast aufrecht vor Begeisterung. Das Schweigen, das nun folgte, brach Edeltrutz im Ton der Entgeisterung.

»Haben Sie die Gefahr bedacht?«

»Natürlich«, sagte Crashaw ungeduldig. »Ich bin ganz

sicher, daß sie geringfügig ist. Das Gift hat keine Ausdünstungen und verteilt sich rasch; außerdem haben Herrn Bazalgettes Anstrengungen in den letzten Jahren dafür gesorgt, daß unser Wasservorrat nicht in Gefahr ist, verunreinigt zu werden.«

»Und was ist mit den Hinterhöfen, den Armenvierteln, wo es noch immer, trotz Herrn Bazalgettes Reformen, nur so wimmelt von offenen Abflußgräben und Senkgruben? Wo Kinder in den Rinnen plantschen und das Schmutzwasser immer wieder durch die verstopften Ausgüsse hochsteigt? Legen Sie Ihr Gift aus, Oberst Crashaw, und in vierundzwanzig Stunden werden Sie Hunderte, nein Tausende von Menschenleben in Gefahr gebracht haben.«

»Fräulein Tiptree hat recht«, sagte Rimmer mit Nachdruck. »Es sind schon genug Leben geopfert worden; der Wahnsinn muß nicht noch auf die Spitze getrieben werden.«

Owen kam ihm zuhilfe: »Bazalgette und ich sind uns einig. Lord Yelverton, Sie dürfen diesen Plan nicht ausführen lassen!«

Yelvertons Blicke kreisten um den Tisch; seine Aufgeblasenheit war dahin, er war nur noch ein alternder, müder und dümmlicher Mann angesichts eines Problems, zu dessen Lösung ihm der Verstand ebenso wie der Charakter fehlte.

»Habe ich denn eine Alternative?« fragte er.

Frälech«, sagte McWhirrie, »Se haben ene. Das est der Krond, farom ek her pen.«

Er zog ein verdrücktes Blatt Propatriapapier aus der Tasche und strich es glatt.

»Fas ek vorzutrage habe, senn necht nur mäne Edän allän, messe Se fesse. Kunn hat sech met mer den Kopf zerproche, fährend Römmer on Matt dorch de Kanäle gesträft senn, on manche Änzelhäten habe orch de Herren Owen on Bazalgette pägetrage.«

Er begann Punkte von seinem Blatt zu verlesen. *Primo*, fragte er, welche Mittel, um die Ratten zu vernichten, standen uns offen? Abschießen? War versucht worden und mißlungen. Flutung? Versucht und ebenfalls mißlungen. Fallen stellen? War nicht versucht worden, war aber in dem Maßstab, um den es hier ging, ohnehin nicht durchführbar. Gift? Dies mit einem vielsagenden Blick zu Crashaw. Kam nicht in Frage. Nein, das einzig sichere Mittel zu ihrer Vertilgung, wie unsere jüngsten Abenteuer gezeigt hatten, war . . . Feuer.

»Sie wollen doch hoffentlich nicht vorschlagen, eine unterirdische Feuersbrunst in Kauf zu nehmen?« Crashaw sprach im Ton der Entrüstung. »Und da wollen Sie *mir* vorwerfen, ich brächte die Bevölkerung in Gefahr!«

»Fssscht!« brachte ihn McWhirrie zum Schweigen.

Secundo, wir hatten bisher versucht, die Ratten auf ihrem eigenen Boden zu bekämpfen, in der Kanalisation. Gab es denn einen Grund, warum wir nicht einen für uns günstigeren Kampfplatz wählen sollten?

»Wenn man sie freundlich bittet«, spottete Crashaw, »stellen sie sich vielleicht in Reih und Glied auf den Paradeplatz und salutieren, ehe wir schießen.«

McWhirrie verzichtete auf eine Erwiderung. Das

Korollarium zu *primo* und *secundo*, behauptete er, sei *tertio*: Wenn die Ratten an einen von uns gewählten Ort getrieben und dort vernichtet werden sollten, wie könnten dann unsere Waffen gegen sie angewendet werden? Einfach indem man sie in eine mit Sprengstoff präparierte Falle trieb und diese zur Explosion brachte.

»Da müssen Sie sie erst bitten, stillzusitzen, während Sie die Lunten anzünden«, höhnte Crashaw.

McWhirrie beachtete ihn auch jetzt nicht. *Quarto*, wo gab es in der Nähe Londons ein Gebiet, das weiträumig genug war, um eine Explosion von großer Stärke unbeschadet überstehen zu können? Dic Antwort hatte Owen gegeben: die Barkinger Marsch. *Quinto*, wie sollen die Ratten dorthin gebracht werden? Dies hatte Bazalgette beantwortet: Indem man sie durch den oberen und mittleren Sammelkanal trieb.

»Wenn es Oberst Crashaw nicht gelungen ist, auch nur die Ratten aus dem Kanal von Covent Garden herauszutreiben«, sagte Yelverton, der im Fortgang von McWhirries Ausführungen immer mehr Interesse und zugleich immer mehr Ungeduld mit Crashaws Unterbrechungen gezeigt hatte, »wie können Sie dann hoffen, die Ratten aus sämtlichen Kanälen in die Sammelkanäle zu treiben?«

McWhirrie zeigt auf die blaue Spirale über Rimmers Kopf. »Rorch«, sagte er.

»Ich lehne es ab, dieses Geschwätz weiter anzuhören«, fauchte Crashaw. »Gedenken Sie die Londoner Rauchsalons zu mobilisieren, daß sie für Sie Ringe in die Gullis pusten?«

»Ihr Humor verträgt sich schlecht mit Ihrem Rang, Oberst Crashaw!« Yelverton sprach gelassen, aber die Drohung in seiner Stimme war unüberhörbar.

»De gefehnleche Rorchpälle, fe se de Kenegleche

Artölleree verfendet, förde völleg orsräche.« McWhirrie ließ sich nicht irritieren. »De Rorcher lasse fer en Freden eren Tobak schmorche.« Er wandte sich nun zu Yelverton hin: »Das est onser Plan en den Krondzögen, Milord. Ferde Se'n onterstötze?«

Yelverton fingerte an seinem Bart. »Meine Herren, Fräulein Tiptree«, sagte er, »bisher habe ich zur Lösung des Rattenproblems die Maßnahmen gutgeheißen, die das Heer mir vorgeschlagen hat. Die beiden ersten Versuche sind kläglich mißlungen. Außerdem habe ich mich in einem Fall von Unredlichkeit in meiner eigenen Behörde eines Fehlurteils schuldig gemacht. Dagegen hat Herr Rimmer beharrlich gegen die Pläne des Heeres opponiert, und nur dank seiner Wachsamkeit wurde die Untreue meines Mitarbeiters aufgedeckt und einem ungeheuerlichen Versuch, aus der Furcht der Armen Kapital zu schlagen, ein Ende gemacht. Ich gedenke seinen Rat zu den beiden Plänen anzunehmen, die uns hier vorliegen. Herr Rimmer, welchen empfehlen Sie?«

Rimmers Antwort war bündig. Er nahm Crashaws Kristalle und warf sie ins Feuer, wo sie mit jadegrüner Flamme verbrannten. »Da sind sie wohl am besten aufgehoben. Also, wie setzen wir die Rauchgranaten ein?«

Crashaw erhob sich im Zorn. »Nachdem der Plan des Heeres in so summarischer Form abgelehnt ist, übernimmt das Heer für die Durchführung der weiteren Maßnahmen gegen die Ratten keine Verantwortung.«

»Das Heer wird tun, was man ihm aufträgt«, sagte Yelverton. »Setzen Sie sich wieder, Crashaw, seien Sie ein guter Verlierer und schmollen Sie nicht!«

Auf Rimmers Frage antwortete Owen. Was sie vorschlügen, sagte er, sei eine Masseninvasion der Kanäle durch Schützen und Artilleristen, die dort Granaten,

Patronen und Kanister mit Rauch in alle Rinnen, Rohre und Schächte feuern sollten; wo es möglich sei, könne man die Wirkung der Geschosse durch Luntenzündung verzögern; wo dies sich als undurchführbar erweise, werde man die Männer mit einer einfachen Maske aus Holzkohle und Gaze ausrüsten, die hinreichenden Schutz bieten werde, bis sie durch die ihnen zugewiesenen Löcher wieder ausgestiegen seien.

Edeltrutz lehnte sich vor. Wie man die Öffentlichkeit auf das plötzliche Aufsteigen von Rauch und Dämpfen aus den Gullis und Einstiegslöchern vorbereiten wolle, fragte sie. Durch Bekanntgabe in den Zeitungen und anderswo, erwiderte Bazalgette. Versuche mit einer neuen Ausräucherungsmethode oder etwas dergleichen.

Rimmer hatte weitere Fragen. Wie sollte die Falle mit den Sprengstoffen präpariert werden? Wie sollten die Sprengstoffe über ein so weites Gebiet hin gleichzeitig zur Detonation gebracht werden? Owen ging auf die erste Frage ein: Kürzlich erst hatte ein Londoner Erfinder behauptet, daß man Schießpulver durch Zusatz feingemahlenen Glasstaubs, der sich durch Sieben schnell wieder aussondern lasse, unwirksam machen und vor Feuchtigkeit schützen könne. Eine gleichzeitige Detonation, erklärte Bazalgette, lasse sich mittels eines elektrischen Schaltkreises bewerkstelligen, wie ihn das Königliche Artillerie-Institut vor kurzem entwickelt habe. McWhirrie hüstelte: Er müsse dazu anmerken, sagte er, daß diese Techniken beide erst im Versuchsstadium und für die Anwendung in einem solchen Maßstab noch nie in Betracht gezogen worden seien; dennoch, so glaubte er, könne ein Versuch sich lohnen.

Von den Fragen ging Rimmer nun zu Vorschlägen über: »Um Ihren Rauchkanonieren in der Kanalisation eine solide Chance zu geben, warum sollten wir nicht, wie es jeder große General tun würde, ein Ablenkungsmanöver durchführen?«

»Wo?« fragte Yelverton.

»Im Tunnel der Städtischen Untergrundbahn«, antwortete Rimmer, »den die Ratten schon besetzt halten und daher nach Kräften verteidigen werden.«

»Ein guter Vorschlag«, stimmte Bazalgette zu. »Aber wie wollen Sie dort angreifen? Dem Wagenpark der Bahngesellschaft haben die Ratten erheblichen Schaden zugefügt, wenn auch die Gleise wohl noch intakt sein werden. Und wie wollen Sie Ihre Leute dort schützen?«

Rimmer war zum Schweigen gebracht. Ich nicht. »Ähm . . .«, sagte ich und mußte es noch mehrere Male wiederholen, ehe mich jemand beachtete. »Ähm, voriges Jahr habe ich ein paar Bilder von amerikanischen Schiffen gestochen.«

»Gehört denn das jetzt hierher, Matt?« fragte Rimmer, als er sah, daß Yelvertons Gesicht sich verfinsterte.

»Doch«, versicherte ich ihm. »Es waren Dampffregatten, ganz mit Stahlplatten gepanzert, im Gefecht auf dem Mississippi. Nun, . . .« – ich fing an zu stottern, weil das Komitee mich mit leeren Gesichtern ansah – »nun, könnten wir nicht einen gepanzerten Zug herrichten?«

Niemand antwortete. Ich hätte heulen mögen vor Scham.

Bazalgette lachte leise. »Verdammt will ich sein, wenn der Junge nicht die Lösung getroffen hat. Stahlplatten mit Schießscharten für die Schützen, völlige Abschirmung für die Maschinisten. Kolossal!«

Das Komitee spendete Beifall. Mein Kopf glühte.

Gunn nahm das Wort. »Darf ich zu dieser einen Ergänzung des Plans noch eine weitere vorschlagen? Könnten wir nicht die Wirkung unseres Ablenkungsmanövers noch steigern durch einen Überraschungsangriff auf Hungerford, die Hochburg der Rattenfürsten?«

»Es ist uns schon mehrfach mißlungen, sie in der Kanalisation zu überraschen«, bemerkte Owen. »Sie sind immer auf der Hut.«

»Ich hatte nicht sagen wollen, daß Eindringen in die Kanalisation ein notwendiges Element meines Vorhabens wäre«, erwiderte Gunn.

»Aber wie denn . . .?«

»Es gibt einen unterirdischen Weg, dessen Kapazität wir in der bisherigen Diskussion noch nicht berücksichtigt haben«, erklärte Gunn. »Ich meine den Schacht der Rohrpostgesellschaft.« Diese Firma, berichtete er, transportiere Pakete in durch atmosphärischen Druck bewegten Zylindern. Der größte Schacht verlief von Holborn zum Hauptpostamt, aber daneben gab es schon mehrere Versuchslinien, deren eine, die von Westminster nach Holborn führte, Hungerford so nahe kam, daß wir nur dort aussteigen und den Eingang in das Rattennest erzwingen müßten.

»Mann«, rief McWhirrie entrüstet, »senn fer denn Postpakäte? Fe solle fer en Ere Rohre henänkomme?«

Die Zylinder, erklärte Gunn, seien groß genug, um einen Menschen aufzunehmen. Rimmer setzte ihm zu: Ob er dies vom Hörensagen oder mit Sicherheit wisse?

»Was ich hierzu sage, hat einiges Gewicht«, sagte Gunn, und er sprach so feierlich, daß man es ihm glauben mußte, »denn ich bin selbst schon auf diesem Wege befördert worden.«

»Sie?« rief McWhirrie.

»Ich!« wiederholte Gunn. »Nur eine Probefahrt, nichts weiter.«

»Farom?« fragte McWhirrie, immer noch außerstande, sich Gunn als einen Abenteurer vorzustellen, der freiwillig bereit sein sollte, sich in einem Vakuumschacht durch die Erde saugen zu lassen.

»Weil ich dazu eingeladen wurde«, sagte Gunn und fügte bescheiden hinzu: »Ich bin einer der Hauptaktionäre der Firma.«

Edeltrutz war die erste, die Gunn zu seiner Idee beglückwünschte; dann fragte sie, wie wir den ganzen Feldzug zeitlich so abstimmen wollten, daß die Ratten mit ungeschmälertem Erfolg in die Falle getrieben und vernichtet würden.

»Mit Telegraphen«, meinte Rimmer.

Crashaw mischte sich ein. Nach seiner Zurechtweisung durch Yelverton hatte er zunächst mürrisch schweigend dabeigesessen, doch im weiteren Fortgang der Diskussion hatte sein Interesse sich mehr und mehr belebt. Jetzt überwand er die letzten Spuren seines Grolls und machte einen Vorschlag: »Ein Ballon! Verankert über der Stelle, wo die Ratten in die Falle gehn, und durch Spiegeltelegraphen mit allen Kampfplätzen in der Stadt verbunden. Das ganze Unternehmen kann aus der Luft geleitet werden.«

Dieser unverhoffte Einfall trug nicht wenig dazu bei, Crashaw in Yelvertons Augen zu rehabilitieren. Der Unterstaatssekretär rief dem Obersten in Erinnerung, daß die Maßnahmen gegen die Ratten noch immer in die Zuständigkeit des Heeres fielen, und forderte ihn auf, den Oberbefehl zu übernehmen. Rimmer, der bemerkt hatte, wie eifrig der Oberst bei der Sache war, schloß sich der Aufforderung an, denn er sah voraus, daß uns die leitenden Heeresdienststellen ohne Crashaws Einflußnahme nur halbherzig unterstützen würden. Crashaw, der vor Freude rot geworden war, willigte ein und begrenzte als erstes unsere Vorbereitungszeit auf achtundvierzig Stunden.

»So schnell können wir's nicht schaffen«, meinte Owen.

»Wir können es«, widersprach ihm Yelverton, »wenn ich sofort zum Premierminister gehe und die rückhaltlose und direkte Hilfe des Heeres, der Marine und aller zivilen Einrichtungen erbitte, die uns nützlich sein könnten.«

Ich glaube, die zwei Tage, die nun folgten, waren die hektischsten meines Lebens; meine Skizzenblöcke, voller Zeichnungen von Fabriken, Gießereien und Laboratorien, und meine Notizbücher, mit den Aussagen und Berichten der anderen Komiteemitglieder, bezeugen eine endlose Folge von Besuchen, Inspektionen, Experimenten und Besprechungen, die uns in Atem hielten.

Eine dicht bekritzelte Seite in meinem Skizzenblock stammt von unserem Besuch in Halls Pulverfabrik in Plumstead, wo wir den Sprengstoff kauften und die Lieferung überwachten. Auf den Zeichnungen sieht man, aufgereiht im Magazin, tausend Fässer, jedes mit hundert Pfund Pulver; Arbeiter in Leinenschuhen, weil genagelte Schuhe Funken schlagen konnten; Wagen mit Rädern aus Kanonenstahl, zur Verminderung der Reibung auf Holzschienen laufend, die mit Kupfernägeln befestigt waren; Ketten von Lastkähnen mit Schwefel und Salpeter; und die Einöde der Plumsteader Marsch zu beiden Seiten. Wir schauten zu, wie Soldaten unsere Fässer auf Lederbahnen zum Pier rollten, wo sie nach Barking verladen wurden; wir sahen, wie ein Sergeant einem gedankenlosen Soldaten die Pfeife aus der Hand riß; und wir sahen die Furcht in den Gesichtern der Soldaten, als sie die Kähne bestiegen, in dem Wissen, daß sie auf schwimmenden Bomben über die Themse fuhren. Wir stritten mit dem Vorarbeiter, mit einem Vorsteher und mit dem Werksdirektor, und alle wiesen sie unseren Plan zur Neutralisierung des Pulvers als undurchführbar ab; was bei einem Faß gelingen könne, meinten sie, gelinge nicht bei hundert; und als wir gingen, waren wir mehr als nur halb überzeugt, daß sie recht hatten.

Ein Bericht Gunns schildert den Beweis, daß sie irrten. Er besuchte das Laboratorium des Erfinders Linus Lucas. Draußen, auf einem Hof, brannte in einem improvisierten Ziegelofen ein starkes Feuer, in dem ein Schüreisen glühte, auf einer Bank stand eine Reihe Schalen, die jede in einem anderen Mischverhältnis Sprengstoff mit Glaspulver enthielten; an ihnen begann Lucas, in Zylinderhut und Monteuranzug, seine Demonstration. Er berührte mit einer brennenden Kerze die erste Schale, die am wenigsten Glas enthielt; das Pulver explodierte, sobald es gezündet hatte. Die zweite und dritte Schale, mit größerer Glasbeimischung, brannten, explodierten aber nicht. Die vierte, welche die von Lucas empfohlene Mischung enthielt, brannte weder noch explodierte sie – sie löschte sogar die Kerze. Linus Lucas jedoch, der ein wenig zur Effekthascherei neigte, war damit nicht zufrieden und rollte ein ganzes Faß mit seiner Mischung herbei, nahm das rotglühende Schüreisen und stieß es tief hinein. Gunn suchte Deckung, aber es gab keine Explosion, nur ein dumpfes Schmoren und etwas Rauch. Der Erfinder brachte ein zweites Faß herbei, diesmal eines, das mit Wasser gesättigt war, siebte das Glas aus und tauchte wieder das Eisen hinein. Es gab einen Knall, daß ein Konstabler mit Beschwerden über zersprungene Fenster an die Tür kam.

Von Owen habe ich einen Bericht über seinen Besuch in Sydenham Hill, wo der Forschungsreisende Meredith Blake seinen lenkbaren Ballon, die *Gloriana,* untergebracht hatte, mit dem er die Irische See überquert hatte und in den Firth of Forth gefallen war. Er versprach, sie uns zur Verfügung zu stellen, vorausgesetzt, daß er selbst sie steuern dürfe und ihm jeder Schade, den sie nehmen könnte, vergütet werde. Owen als Präsident der Britischen Gesellschaft zur Förderung der Wissenschaft hatte Blake schon früher mit Beobachtungen in großen Höhen beauftragt; er nahm Blakes Bedingungen gern an. Man ließ ihn die *Gloriana* bewundern. Sie bestand zu der Zeit nur aus einem Stapel zusammengelegter, mit hellem Firniß überzogener Stoffbahnen und einer Gondel aus Korbgeflecht; aber Blake, der viel auf Statistiken gab, versicherte, daß die fünfzig Bahnen, jede 105 Fuß lang und in der Mitte 44 Zoll breit, in aufgeblähtem Zustand ein Volumen von 112 000 Kubikfuß umfaßten. Bald darauf kam ein Trupp Artilleristen unter Hauptmann Mossop, um die *Gloriana* nach Barking zu transportieren. Owen und Blake sahen zu, und ihre Besorgnis mischte sich mit Heiterkeit, als ein Sergeant und ein Korporal von dem Netz des Ballons fast stranguliert und vier Kanoniere unter dem Seidensack fast erstickt wurden; der Hauptmann selbst entging nur knapp einer Zweiteilung, als die Gespanne der beiden Kanonenwagen, auf die er die Gondel lud, scheuten und durchgingen.

Ebenfalls in meinem Notizbuch steht McWhirries Bericht über seine Fahrt zum Artillerie-Institut in Woolwich, wo zwei Professoren der Artillerie ihm ein Dutzend Papiergranaten vorführten, jede von anderem Gewicht und anderer Stärke, gefüllt mit einem Gemisch, das dicken schwarzen Rauch entwickelte, wenn man es entzündete. Seine Forderung nach entsprechenden Gewehrpatronen und granatengroßen Kanistern verblüffte sie, doch dann reizte sie die ungewöhnliche Aufgabe und sie machten sich daran, Muster herzustellen.

Nachdem McWhirrie zufrieden war, schickten sie die technischen Angaben an das Arsenal und an die Königliche Handfeuerwaffenfabrik in Enfield, deren gesamte Belegschaft zwangsverpflichtet worden war, um die von Crashaw schon in Auftrag gegebenen Modifikationen an den Gewehren seiner Schützen nochmals zu modifizieren.

Mir selbst hat sich die Ausrüstung des Panzerzugs am nachhaltigsten eingeprägt. Eine Seite meines Skizzenblocks nimmt der Besuch in der Admiralität ein, wo wir Kapitän Hazard kennenlernten, einen Ingenieur im Inspektionsamt der Marine, der mit Cowper Coles zusammengearbeitet hatte, dem Erfinder der Schildfregatten, von denen sich die amerikanischen Panzerschiffe herleiteten. Wir hatten Glück, sagte Hazard: Die Werft in Chatham hatte eine Anzahl Platten für die Panzerung ihrer neuen Dampffregatten bestellt, und die Admiralität hatte eingewilligt, daß wir davon entnehmen konnten, was für den Panzerzug nötig war. Die Ingenieure der Städtischen Eisenbahngesellschaft kamen hinzu und musterten Grund-, Quer- und Aufrisse ihrer Lokomotiven, bezeichneten Verankerungspunkte, Überschneidungen, Feuerbereiche und maximale Geschützwinkel.

Von der Admiralität ging es zu den Eisenhütten in Poplar, wo Hazard uns Tonnen von Kaltgebläse-Roheisen zeigte, die in den Kuppelöfen geschmolzen wurden. Die Augen zusammenkneifend gegen die Glut, den Rauch und den scharfen Luftzug, sahen wir, wie das Eisen von großen Kellen erfaßt wurde, die an Trägern von der Decke hingen, und es in die Gußformen entleerten: von da aus wanderte es, noch zischend, in die Schneide- und Hobelmaschinen, die es in Form von vier Zoll dicken Platten ausstießen. Ob wir glaubten, fragte Hazard besorgt, daß unsere Leute sich dahinter sicher fühlen würden? Wir glaubten es wohl, sagten wir. Die Platten wurden von Kränen zu der hydraulischen Presse befördert, wo sie zu der Form verbogen und gefaltet wurden, in der sie unseren Zug von außen verkleiden sollten. Im Gegensatz zu dem Getöse in der Schmelzhütte arbeitete die Presse fast geräuschlos, mit einem einzigen Arbeiter, der die Schalter bediente, jede Platte auf den Zylinder senkte, sie mit Gewichten an ihrem Platz befestigte und in der Mitte den Preßbock heranführte, um die Platte in die richtige Kante oder Rundung zu zwingen. Dampftraktoren schleppten die Platten in die Hallen der Eisenbahngesellschaft, wo sie unter Hazards Leitung an den Rumpf der *Jupiter* angeschweißt wurden, der Lokomotive, die für den Angriff ausgewählt worden war. In den Waggons wimmelte es unterdessen von Schützen- und Artillerieoffizieren, welche die Schießstände markierten und in der Mitte jedes Abteils Munitionsdepots und Ladestellen vorbereiteten.

»Wer wird denn die Ehre haben, die *Jupiter* ins Gefecht zu führen?« fragte Hazard einen der Bahndirektoren, der die Szene mit verständnislosen Blicken verfolgte.

»Wir haben noch keinen Freiwilligen gefunden«, gab der Direktor zu.

»Dann haben Sie jetzt einen«, sagte Hazard.

Ein letztes Blatt in meinem Block zeigt wieder eine Einöde. Ich stand mit Rimmer in der Marsch von Barking. Seemöwen schrien über uns, der Wind pfiff kläglich durch das Riedgras, und tausend Mann waren an der Arbeit, die zur Aufheiterung des Bildes nichts beitrugen. Es waren Straßenarbeiter, von den Kanalbauten am Südufer des Flusses eilends herbeigeholt, um einen Graben auszuheben. Bloße Strichmännchen in der Entfernung, schoben sie Karren die Rampen hinauf und hinunter, zogen Eimer an Flaschenzügen hoch oder schwangen rhythmisch ihre Pickel. In diesen Graben sollten die Ratten gelenkt werden, wenn sie aus den Sammelkanälen kamen, und hier entlang sollten sie laufen, geradewegs in die kreisförmige Falle, 2 000 Schritt im Umfang, die für sie vorbereitet war. Die Peripherie des Kreises bildeten die vergrabenen Fässer mit Linus Lucas' Pulvermischung; Radien, ebenfalls aus Fässern, teilten die Fläche in Sektoren ein, die über einen Zeitraum von mehreren Stunden hin nacheinander detonieren sollten. Ich hielt mit ein paar Strichen fest, wie Rimmer sich mit Bazalgette besprach, in der Nähe der Pumpstation an der Kanalmündung, die wegen ihrer Sicherheit vor der Explosion unser Hauptquartier am Boden sein sollte; wie Owen und Lucas über die Zündung der Fässer diskutierten und wie hinter ihnen die Artilleristen elektrische Kabel entrollten und eingruben; wie Meredith Blake und Mossop die *Gloriana* zusammenbauten und als allerletzte Skizze, wie Crashaw ganz allein im Zentrum des Kreises stand und den neu ausgehobenen Graben inspizierte, die Verteilung der Pulverfässer, die Detonationsstellen und den Beobachtungsposten. Einer seiner Adjutanten hatte mir erzählt, während der ganzen Vorbereitungszeit habe der Oberst weder gegessen noch geschlafen, sei nirgendwo länger als dreißig Minuten geblieben und habe sich nie länger als fünf Minuten hingesetzt. Die Anspannung stand ihm im Gesicht, als ich es zeichnete, mit verquollenem Fleisch, geröteten Augen, tiefdunklen Flecken über den Backenknochen und aschgrauer Blässe darunter. Ich datierte die Zeichnung auf den 31. Dezember, mittags. Es war eine Stunde vor Beginn unseres Angriffs.

Von den Vorgängen in den letzten zwölf Stunden des Jahres 1863 habe ich nur das Wenigste selbst erlebt. Auf

Rimmers Anraten ließ ich mir jedoch Berichte von den anderen Mitgliedern des Yelverton-Komitees geben: von Owen, der mit Kapitän Hazard in der *Jupiter* in den Untergrundbahntunnel fuhr; von McWhirrie, der mit Crashaws Schützen in die Kanäle stieg; von Gunn, der an dem Überfall auf das Hungerford-Revier teilnahm; von Bazalgette, der sich an der Verbindungsstelle der Sammelkanäle bei der Alten Furt in Hackney postierte; und von Edeltrutz, die sich den Heeresärzten an den Kanaleinstiegen anschloß. Zusammengestückelt geben ihre Berichte ein Bild vom Hergang der Ereignisse, die zu der Schlacht auf der Barkinger Marsch führten.

Meine Unruhe war nicht gering, schreibt Richard Owen, als ich durch einen Schlitz in der Panzerung verfolgte, wie unser Zug aus dem Depot von King's Cross rollte und wie der Tunnel der Untergrundbahn größer wurde, auf den wir zuholperten. Ich hatte mich zu Kapitän Hazard ans Steuer der Lokomotive begeben, vermochte aber weder seinen jugendlichen Enthusiasmus für unser Wagnis noch seine zuversichtliche Erwartung des Gelingens zu teilen. Unser Vorankommen schien mir kläglich langsam. Der durch die Panzerung schwerfällig gewordene Zug gehorchte Hazards Lenkung nur zögernd, und ich fürchtete bei jeder Unebenheit der Gleise die Havarie, die uns dem Feind ausliefern würde.

Die Schwärze des Tunnels schloß sich um uns. Als meine Augen sich an das Dunkel gewöhnt hatten, schaute ich nach vorn und war entsetzt über den Anblick. Der ganze Boden des Tunnels, das Gleis mit eingeschlossen, war bedeckt mit wimmelnden, drängenden Rattenhorden, jede in Begleitung eines der Riesen, die wir uns nun gewöhnt haben die Fürsten zu nennen. Kapitän Hazard blieb jedoch unbeeindruckt.

»Zeit für meine erste Gegenmaßnahme«, sagte er.

Er legte einen Hebel um, worauf sich vor den Bug der Maschine eine metallene Vorrichtung senkte, nicht unähnlich einer ausgestreckten, umgedrehten Harke oder einem amerikanischen Schienenräumer. Sie trieb die Ratten vor uns auseinander, indem sie manche zermalmte, andere beiseitestieß und die Rudel zum Zurückweichen zwang. Dahinter jedoch formierten sie sich wieder, kletterten an den Seiten des Zuges hoch und versuchten durch die Schießscharten einzudringen.

»Nur ruhig voran!« rief Hazard und, an einem Rad drehend, stieß er aus einem Rohr, das er längs über die Wände des ganzen Zuges hatte legen lassen, eine Wolke heißen Dampfes aus, der die Ratten verbrühte und sie von den Wänden des Zuges vertrieb.

Dann betätigte er die Ventilpfeife als Signal für unsere Kanoniere, das Feuer zu eröffnen. Rauchbälle explodierten vor uns, und als wir den schwarzen Vorhang passiert hatten, sahen wir, daß die Strecke nun ein ganzes Stück weit frei war. Die Ratten waren auf der Flucht.

Wir begegneten keinem nennenswerten Widerstand, bis wir uns dem Bahnhof Baker Street näherten. Hazard hatte den Schienenräumer eingezogen und statt dessen einen massiven Metallschild vor uns ausgefahren. Mit Höchstgeschwindigkeit dampfte er auf die Trümmer los, die um den Bahnhof verstreut lagen, und schob sie vom Gleis, so daß sie sich hoch über den Bahnsteig türmten. Horden von Ratten waren hinter den Trümmern in Deckung gegangen, und hätten wir gehalten, um das Gleis zu räumen, so wären wir in einen tödlichen Hinterhalt geraten; so aber drängte der Schild sie ebenso wirksam zurück wie der Schienenräumer, und unsere Rauchbälle schlugen sie abermals in die Flucht. Als wir in Paddington einfuhren, lag der Bahnhof verlassen. Unser Angriff auf den Tunnel war siegreich gewesen. Es war drei Uhr, als wir ausstiegen und Crashaw die Meldung nach Barking signalisierten.

Wir stiegen in großer Zahl, als es Mittag schlug, in die Kanäle hinab, erzählte McWhirrie. Die Soldaten trugen Umhänge aus Segeltuch und hohe Stiefel. Sie gingen zielstrebig vor, hielten an allen Rohren und Anschlüssen und schossen Rauchpatronen in alle Öffnungen. Zwei Mann drangen in jeden Seitenkanal ein. Sie trugen Kanister mit Luntenzündung und warfen sie so weit hinein, wie sie konnten. Ich hatte mich dem Trupp angeschlossen, der in Covent Garden einstieg, denn der Verlauf dieses Kanals war mir aus Rimmers Schilderungen bekannt. Wie schon die vorigen Male hielten die Ratten sich zunächst versteckt, doch nach dreißig Minuten hörten wir den Schrei eines Fürsten. Wir errieten, daß sie sich zum Angriff bereitmachten, und trafen die verabredeten Vorsichtmaßnahmen. Jeder Trupp war mit einem für die Kanäle besonders hergerichteten Dreipfünder ausgerüstet. Den unseren hatten vier Mann ohne viel Begeisterung durch den Einstiegsschacht und um die Biegungen des Kanals manövriert. Nun erwies er sich als nützlich: Die vier Kanoniere montierten ihn, brachten ihn in Stellung und feuerten große Rauchgranaten ab. Auf den geraden Strecken konnten sie seine Reichweite voll ausnützen, und fast ebenso weit schossen sie an den Biegungen mit gut berechneten Abprallern. Auf diese Weise hielten wir den Frontalangriff der Ratten von uns ab; zu einem gleichzeitigen Angriff in unserm Rücken nahm ihnen der dichte Rauchvorhang den Mut, den wir hinter uns gelassen hatten. Inzwischen wurden aber der Rauch und die Kanaldünste so dick, daß die Männer in Erstickungsgefahr kamen. Es wurde

Befehl erteilt, die Holzkohle-Masken aufzusetzen, und mit diesem Schutz gelangten wir bis ans untere Ende des Kanals. Wir stiegen in guter Ordnung aus; allerdings hatten etliche Männer später unter den Nachwirkungen des Rauchs zu leiden. Es war fünf Uhr, als wir die Erledigung unseres Auftrags dem Kommandoposten der Gardeschützen signalisierten, der die Meldung nach Barking an Crashaw weitergab.

Ich besuchte mehrere Verbandsstellen, die an den Kanalausstiegen eingerichtet worden waren, berichtete Edeltrutz, und ich war arg erschrocken über die schlimme Verfassung, in der sich manche Männer befanden, als sie wieder auftauchten. Ein paar hatten furchtbare Bißwunden, doch sehr viele mehr hatten entsetzlich unter dem Rauch gelitten, manche weil sie leider erst allzu spät die Masken vorgebunden hatten, andere weil die Masken so beklagenswert primitiv waren.

Ich wollte die Ergebnisse der Ausräucherung sehen, fuhr McWhirrie in seinem Bericht fort, und ging zum Finsbury-Kanal, den Maginn ausgekundschaftet hatte. Die Soldaten hatten ihre Runde dort abgeschlossen, und nachdem sie sich etwas erholt hatten, traten sie von neuem an, um alle die Ratten auszutreiben, die den Rauch überlebt haben mochten. Sie stiegen mit aufgesetzten Bajonetten hinein, stocherten in allen Öffnungen, scheuchten die noch Lebenden auf und töteten sie. Ich war betroffen, als ich sah, wie viele Ratten erstickt oder auf der Flucht durch den Hauptkanal ertrunken waren. Ich bin Naturforscher, und, offen gesagt, ich liebe die Tiere mehr als die Menschen. Mich ekelte vor dem Gemetzel, für das wir verantwortlich waren, und vor dem Gedanken an das vorbereitete Massaker auf der Barkinger Marsch. Zwar hielt ich mir vor Augen, daß dies keine Geschöpfe im Stande natürlicher Unschuld waren, sondern Ungeheuer, die ihre schlimmsten Instinkte durch Übernahme der menschlichen verfeinert hatten, und somit nicht besser waren als tolle Hunde oder Mordbuben. Dennoch, ich sehnte mich zurück nach Aberdeen oder besser noch auf die Orkneys, wo die Ansiedlungen von Menschen nicht dicht genug sind, um die Natur zu schänden und zu verderben.

Seit sechs Generationen sind aus meiner Familie Soldaten hervorgegangen, prahlte Gunn; einer meiner Vorfahren hat bei Agincourt gefochten. Es überrascht daher nicht, daß mein Blut in Wallung geriet, als der Überfall auf das Revier in Hungerford begann, an dem teilzunehmen ich die unschätzbare Ehre hatte. Wir versammelten uns in Westminster an der Rohrpoststation der Versuchslinie, über die unser Transport nach Hungerford vonstatten gehen sollte. So sehr erfüllte mich die Erregung, daß jedes Gefühl von Klaustrophobie mir fern blieb, als ich neben Leutnant Coker, dem Befehlshaber unseres Stoßtrupps, in der zylindrischen, an der Grundfläche abgeplatteten Hülse platznahm, die uns befördern sollte. Nebeneinander lagen wir lang ausgestreckt, die Arme kreuzweise über der Brust. Der Leutnant gab das Signal, daß wir fertig seien, und die automatischen Türen des Rohrpostschachtes öffneten sich. Als wir hineinglitten, verspürte ich zwei unangenehme Empfindungen, einen Druck aufs Trommelfell und einen kalten Luftzug um die Augen, doch sobald wir ein Stück weit drinnen waren, ließen diese widrigen Sogwirkungen nach, und unsere Fahrt wurde im folgenden nur noch durch die ungleichmäßigen Bewegungen des Gefährts und durch den aufdringlichen Rostgeruch gestört. Die Ingenieure der Firma hatten nach den von Rimmer mit Anmerkungen versehenen Karten berechnet, wieviel Antriebskraft nötig war, um uns bis an die Stelle zu bringen, wo der Schacht genau über den Hungerford-Kanal hinwegführte; und als wir nun dort ankamen, wurde unsere Hülse zum Halten gebracht, wir entfernten eine Bodenplatte, und der Leutnant drang in den daruntergelegenen Kanal ein. Während ich ihm nachstieg, setzte sich unsere Hülse wieder in Fahrt, um der nachfolgenden Platz zu machen.

Unser Stoßtrupp war dreißig Mann stark, ausgerüstet mit Rauchbällen und Rauchpatronen, mit scharfer Munition und mit Bajonetten. Leutnant Coker teilte uns in drei Gruppen ein: sieben als Vorhut, sechzehn Rauchschützen und die Nachhut. Ohne Hast wurden die Rauchbälle und Patronen in jedes Loch und jede Spalte eingebracht, und in alle Seitenkanäle wurden Kanister geworfen. Angegriffen wurden wir erst, als wir uns der »Kinderstube« des Rattenreviers näherten. Die Wachen der Fürsten griffen uns frontal und im Rücken zugleich an, denn wir waren nicht mit Artillerie ausgerüstet und konnten sie nicht fernhalten. Mit bewunderungswürdiger Kaltblütigkeit ließ Leutnant Coker die Vor- und Nachhut jeweils in zwei Reihen antreten und den Angriff in bester Wellingtonscher Manier erwidern: stehend schießen, knieend laden. So entschlossen leisteten wir Widerstand, daß der Angriff der Ratten ins Stocken kam, woraufhin wir mit aufgesetzten Bajonetten vorgingen und sie in die Flucht schlugen. Ich beobachtete jedoch, daß es mehrerer wohlgezielter Schüsse bedurfte, um einen der Riesen niederzustrecken, und daß sie einer erklecklichen Zahl von Bajonettstößen standhielten, ehe sie fielen. Ja, selbst noch in der Todesqual kämpften sie weiter und schnappten nach den Soldaten, die sich über ihre hingestreckten Leiber den Weg bahnten. Zuletzt gelangten wir in das mittelalterliche Verlies, wo Rimmer die Meuten sich sammeln gesehen hatte, und hier war uns der größte Erfolg beschieden, denn in diesem Bereich wimmelte es von den Tieren, und die mehrfachen Salven unserer Rauchpatronen brachten sie auf dem engen Raum schnell zum Erliegen. Da wir nun selbst unter dem dicken Qualm litten, setzten wir die Masken auf und zogen uns in den Rohrpostschacht zurück, wo wir uns wieder in die Hülsen zwängten, die zu einer verabredeten Zeit eingetroffen waren, und zur Nordstation in Holborn befördert wurden. Es war vier Uhr, als wir Oberst Crashaw den erfolgreichen Abschluß unserer Mission nach Barking signalisierten.

Mittags, schrieb Bazalgette, begab ich mich in die versiegelte Beobachterkabine an der Verbindungsstelle zwischen dem mittleren und dem oberen Sammelkanal an der Alten Furt. Von dort blickte ich hinab auf die Schleusenkammer, einen großen, gewölbten Durchlaß, in dem der Zustrom von Schmutz- und Regenwasser aus den Sammelkanälen reguliert und in einen mächtigen, zweibahnigen Kanal geleitet wird, der in den Barkinger Bach mündet. Ich hatte keine Ahnung, zu welcher Zeit die Ergebnisse der Ausräucherung sichtbar werden würden, und so verbrachte ich die Zeit damit, immer wieder aufs neue das Signallämpchen zu überprüfen, mit dem ich Meldungen an die Bodenstation über mir durchgeben konnte.

Drei Stunden waren verstrichen, als ich ein Geräusch hörte, das immer lauter wurde, bis es das ruhige Plätschern der Abwässer übertönte. Ich bin kein Schriftsteller und kann es nur unzulänglich schildern, aber es war ein Lärm wie von hundert Balanciermaschinen, die im Gleichtakt auf und nieder gehen, wie von tausend Lokomotiven, die mit Volldampf dahinstürmen, wie von zehntausend Reitern der schweren Kavallerie bei der Attacke, wie von hunderttausend Maoris, wenn sie den

Kriegstanz stampfen. Die Resonanz ließ die Metallplatten an den Wänden der Kabine vibrieren, Nieten schoben sich aus ihren Löchern, und Träger bebten in ihren Halterungen. Dann erschienen die ersten Ratten: So dicht gedrängt waren sie, daß sie den ganzen unteren Teil des Schleusendurchlasses ausfüllten; sogar oben an den Wänden liefen sie entlang, der Schwerkraft spottend, denn der Druck von der Mitte nach außen trug sie. Viele waren tot, erstickt oder zerquetscht, doch ihre Kadaver wurden mitgeschleppt, eingekeilt zwischen die Flanken der Lebenden. Fürsten und gemeine Ratten rannten Seite an Seite, wobei die Riesen nach ihren Untergebenen bissen, hieben und stießen, um sich den Weg zu bahnen. Ich signalisierte nach oben, daß sie gekommen waren. Es war drei Uhr.

Die ersten Ratten, so vermutete ich, kamen aus den Kirchspielen im Osten, aus Hackney, Shoreditch und Finsbury; gegen fünf Uhr jedoch bemerkte ich, daß die Flüchtenden nun fetter, geschmeidiger und stärker waren, und ich nahm an, daß sie aus dem Westen und der Stadtmitte waren, wo sie sich mit den Abfällen von Westminster, Kensington und Chelsea einen guten Tag gemacht hatten; ich sah nun auch mehr Fürsten und fragte mich, ob sie aus dem Revier in Hungerford kamen. Um sieben Uhr war die Marschkolonne dünner geworden, und ich machte mir Gedanken, wie es denen auf der Barkinger Marsch wohl ergangen war. Ich betete, daß unsere Berechnungen sich als richtig erwiesen und daß wir bei den Vorbereitungen nichts vergessen hatten; denn wäre uns irgendein Fehler unterlaufen und die Ratten entkämen, so hätten wir diese verheerende Horde auf London und die südöstlichen Grafschaften losgelassen, und in ihrem Gefolge kämen Hunger und Seuchen. Wäre etwas fehlgeschlagen, so hätten wir zu 1348, dem Jahr des Schwarzen Todes, und 1665, dem Jahr der Großen Pest, 1863 als das Jahr der Ratten hinzuzählen müssen.

Ich selbst war mittags mit Rimmer und Crashaw auf dem Posten in unserem Hauptquartier, der Pumpstation am Barkinger Bach. Mossop und seine Artilleristen hatten die *Gloriana* zusammengesetzt und begannen den Ballon zu füllen. Blake tanzte um sie herum, jammerte lauthals über ihr Ungeschick und drohte mit blutiger Vergeltung, wenn man ihm auch nur ein Strähnchen Seide zerrisse. Rimmer und Crashaw, die wortlos einen Waffenstillstand geschlossen hatten, besprachen das Signalmeldeverfahren, das mit den Meldern in London verabredet war, und blickten voll Abneigung auf die Enge in der Gondel der *Gloriana*.

»Nur Mut!« beruhigte sie Blake, nun im Überschwang der ersten Feude, nachdem die *Gloriana* sich unversehrt aufblähte. »Platz genug für drei!« Außerdem, fügte er hinzu und sah auf seiner Liste nach, für Ballast im Gewicht von vier Personen, für eine Batterie Aneroidbarometer und selbstregistrierende Thermometer, Teleskope, Grubenlampen, Spiegeltelegraphen, Signallampen, wasserdichte Capes, einen Verpflegungskorb (»kaltes Geflügel, Wildpastete, drei Sorten Käse und einen trinkbaren Champagner«) und zwei Mappen mit Karten. Hinzu kam noch ein Stapel Granaten, an denen Kattunfallschirme befestigt waren; über diese wunderte ich mich, als ich das Innere der Gondel besichtigte, bis mir Rimmer erklärte, es seien Leuchtgranaten, so konstruiert, daß sie über dem Boden schwebten und ihn erhellten; die Beobachtung vom Ballon aus würde zum großen Teil nach Einbruch der Dunkelheit geschehen.

Mossop meldete, daß die *Gloriana* aufstiegsbereit sei. Blake sprang in die Gondel und machte sich an den

Tauen und Ankern zu schaffen; währenddessen überredete Rimmer Crashaw, uns beiden den Probeaufstieg zu gestatten. »Hol's der Teufel, sollen wir riskieren, daß unser Oberbefehlshaber ausfällt, wenn dies Teufelsdings platzt oder zum Nordpol entschwebt?«

Crashaw beugte sich Rimmers Argument, und ich glaube nicht, daß es ihm schwerfiel. Rimmer und ich stiegen in die Gondel und lugten nervös über den Rand, während Blake die letzten Handgriffe an den Bug- und Heckankern tat, den ersten Ballast abwarf und das Haltetau löste. Mit einem Ruck und einem bedrohlichen Knirschen von Tauen und Korbgeflecht stiegen wir auf. Vier Minuten später waren wir 500 Fuß hoch, und ich schaute aus dem klarsten Himmel, den es seit einem Monat gegeben hatte, über London hinweg. Ich erkannte die östlichen Stadtteile wie im Modell eines Architekten, jedes Quadrat, jeder Straßenzug, jedes Lagerhaus und jede Kirche so säuberlich, als wären sie aus Pappmaché nachgebildet. Durch Blakes Teleskop sah ich im Westen die Zeiger der Uhr von Westminster und dahinter, jenseits der Stadt, die graugrünen Felder und das dunklere Waldland von Middlesex und Essex, die aus dem Schnee auftauchten. Am schönsten aber war die Themse, ein glitzerndes Band, mit Brücken schraffiert und mit Booten gesprenkelt. Ich griff nach dem Skizzenblock, vergaß Ratten, Kanäle und Sprengstoffe über dem brennenden Wunsch, alles, was ich dort unten sah, mit einem weichen Stift auf mattem Papier festzuhalten. Neben mir redete Blake. Ich hörte einzelne Wörter wie »Sterben«, »Fliegen« und an solch einem Tag«, doch gab ich nicht acht; mein Sinn war in den Fingerspitzen.

Während ich zeichnete, betätigte Rimmer den Spiegeltelegraphen. Zuerst nahm er mit allen unseren Meldestationen Verbindung auf, um die Zuverlässigkeit des Systems zu prüfen; dann erbat er die Lageberichte, die er nach unten an Crashaw weitergab. Hazard hatte auf der Untergrundbahnlinie angegriffen, die Gardeschützen waren in die Kanäle eingestiegen, Coker bereitete seinen Überfall auf das Hungerford-Revier vor, und als wir die Barkinger Kirchenuhr zwei schlagen hörten, hatte er den Angriff begonnen. Rimmer ließ Blake niedergehen. »Das nächste Signal müßte von Bazalgette kommen. Bis dahin muß Crashaw hier oben auf dem Posten sein.«

Wir sanken und stießen mit Wucht auf den Boden. Das Aussteigen geschah Hals über Kopf, Rimmer und ich in einem Knäuel. Bis wir uns aufgerappelt hatten, war Crashaw schon eingestiegen; er lehnte sich aus der Gondel und sagte etwas zu Rimmer. Es klang gewissermaßen freundlich:

»Der Plan scheint zu gelingen.«

Rimmer antwortete gewissermaßen respektvoll: »Ich kann Sie nur beglückwünschen zu Ihrer Organisation und zu der Energie, mit der Sie alles aufgezäumt haben. Ich hätte nie gedacht, daß sich in zwei Tagen unter der Leitung eines Einzigen so viel erreichen ließe.«

Crashaw zögerte. »Rimmer – so hätte ich es gleich anfangen sollen. Mich störte, daß man mich mit einer so – wie mir schien – unwürdigen Aufgabe betraut hatte, und ich war zu stur, um Ihre und der anderen Kritik anzunehmen. Ich meinte, es müßte einfache Lösungen geben, und die Folge war, ich habe sechzig Menschen geopfert. Ich – Sie müssen wissen, daß ich aus Einsicht in mein Verschulden heute mein Abschiedsgesuch eingereicht habe.«

Ehe Rimmer etwas erwidern konnte, hatte Crashaw den Befehl zum Aufstieg gegeben, und Blake warf die

Gloriana los. Während sie rasch über uns aufstiegen, sagte Rimmer kopfschüttelnd:

»Seine Selbstachtung mag er damit beruhigen, aber sein Verbrechen macht er nicht gut.«

Linus Lucas, der seit unserer Ankunft damit beschäftigt war, die Sprengsysteme zu untersuchen und zu prüfen, meldete, das Pulver werde nun gereinigt und sei in dreißig Minuten zur Detonation bereit.

»Vortrefflich«, sagte Rimmer. »Oberst Crashaw wird das Signal geben, sobald die Ratten in den Durchgang kommen. Lassen Sie dann noch fünfzehn Minuten vergehen, damit der Ballon aus der Gefahrenzone kommt, ehe Sie den ersten Sektor der Falle sprengen.«

Lucas nickte und ging. Wir warteten. Um drei Uhr blitzte Crashaws Spiegel auf: Die Ratten waren an der Alten Furt. Um vier gab er das nächste Signal: Der Überfall auf das Rattennest in Hungerford war gelungen. Um fünf blitzte es abermals.

»Das letzte Glied in der Kette«, sagte Rimmer. »Die Ratten sind im Graben.«

Die *Gloriana* flog nach Westen, mithilfe ihres dampfgetriebenen Propellers. Wir richteten die Ferngläser auf den Punkt, wo der Durchgangsgraben in die Falle einmündete. Zuerst sahen wir nichts, dann jedoch bemerkten wir eine ungleichmäßige Bewegung den Grabenrand entlang und begriffen, daß dies der Rücken der Rattenhorde war, die sich in vielen Schichten übereinander durch das Innere des Graben wälzte. Plötzlich war ein Fleck im Mittelpunkt der Falle, zuerst kaum auszumachen gegen das aufgegrabene Erdreich; dann schwoll er zu einer Pfütze, einem Teich, der sich zu einem See streckte, und der See wurde von einem Meer verschlungen – einem wogenden, brandenden, schäumenden Meer von Ratten.

Es war viertel nach fünf. Lucas sprengte den ersten Sektor.

Eine schwarze Blume wuchs auf über der Barkinger Marsch, mit einer Gewalt, daß die Pumpstation wakkelte, als wäre sie nur ein Bretterschuppen, mit einem Beben, das bis unter die Mauern von St. Paul zu spüren war, mit einem Donner, daß uns die Nasen bluteten und dem Parlamentspräsidenten in Westminster die Stimme versagte. Der Luftdruck schleuderte uns gegen die Wände der Station, und noch in Wapping splitterten Fensterscheiben. Fünfzehn Minuten dauerte es, bis der Hagel von Dreck und Steinen, der Rauch und die Flammen soweit nachgelassen hatten, daß wir die *Gloriana* sehn konnten. Crashaw schwebte wieder über der Falle und hatte die erste Leuchtkugel geworfen; er signalisierte, daß die Ratten weiterhin in gewaltigen Mengen hereinströmten. Wir ließen ihnen fünf Minuten Zeit, dann sprengten wir den zweiten Sektor.

Bis halb sieben hatte die Falle sich abermals gefüllt. Wir sprengten den dritten Sektor.

Um sieben sprengten wir den vierten.

Ein Sektor blieb noch, zusammen mit dem Graben, der ebenfalls mit Sprengstoff präpariert war. Bazalgette signalisierte, daß der Zustrom der Ratten nachlasse; er sagte voraus, daß die letzten kurz vor neun Uhr bei uns ankommen würden. Crashaw gab Anweisung, den Graben um Punkt neun zu sprengen. Die Ratten strömten in den letzten Sektor; ringsum brannte Sumpfgas, das die Explosion entzündet hatte, und hinderte sie am Ausbrechen. Wir sprengten um halb neun; dann konzentrierten wir uns auf den Graben. Lucas machte sich Sorgen, ob Bazalgettes Voraussage zutraf und ob es wirklich die letzten Ratten waren, die jetzt in den Graben kamen; es widerstrebte ihm, den restlichen Sprengstoff zu verfeuern, solange wir nicht sicher sein konnten, den größtmöglichen Effekt zu erzielen. Derselbe Gedanke muß auch Crashaw gekommen sein, denn während wir dies besprachen, sahen wir, wie der Ballon genau über dem Graben stehenblieb, auf eine gefährlich niedrige Höhe herunterging und dem Verlauf des Grabens folgte. »Immer noch Ratten«, spiegelte Crashaw, und dasselbe Signal wiederholte er zehn Minuten später. Fünf vor neun meldete er, er werde jetzt eine letzte Besichtigung vornehmen, und warf eine Leuchtkugel. Bei der geringen Flughöhe konnte sich der Fallschirm nicht öffnen; die Granate fiel brennend in den Graben und brachte das Pulver zur Detonation. Die *Gloriana* mitsamt ihrer Besatzung wurde zerrissen.

Die Aufsicht über den restlichen Teil der Operationen überließen wir Hauptmann Mossop: das Kalken und Zuschütten des Grabens und des Kraters, das Auslegen von Gift und Fallen für alle Ratten, die davongekommen sein mochten. Wir stiegen hinab in die Halle der Pumpstation. Yelverton war angekommen, und mit ihm Owen und Bazalgette. Bald darauf kamen Gunn und McWhirrie mit Edeltrutz. Von seiten Yelvertons gab es Glückwünsche zu dem erfolgreichen Unternehmen, abwechselnd mit Klagen über das Schicksal Crashaws und Blakes. Als er ging, deutete er an, den Premierminister und noch eine Andere Persönlichkeit verlange es nach einem Bericht aus erster Hand über die Schlacht auf der Barkinger Marsch. Owen und Bazalgette blieben länger, und Edeltrutz braute einen Kaffee, den Rimmer heimlich mit Rum würzte. Das Gespräch kam zum Erliegen; in Gedanken waren wir bei Crashaw.

»Wissen Sie, ich glaube, wir haben ihm Unrecht getan«, sagte Owen. »Fehlgeleitet war er vielleicht, aber sehr tapfer.«

Bazalgette ließ ein zustimmendes Brummen hören, und Edeltrutz gab ein sanftes Echo. »Ja, sehr tapfer«, sagte sie leise.

Die Kirchenuhr von Barking schlug elf.

»Na jäh«, sagte McWhirrie, »mähr kann man vläächt necht erwarte von em Soldate.«

»Er kannte die harte Zucht des Krieges«, zitierte Gunn, »und alles hat ein Ende.«

Erst als wir allein in einer Droschke heimfuhren, ließ auch Rimmer seinen Epitaph auf Crashaw laut werden.

»Wenn dies nun ein Romänchen wäre, Matt, so hätte Crashaw den Heldentod gefunden, grad so, wie die guten Leute meinen. Aber, wie ich's dir schon einmal gesagt habe, dies ist kein Roman, es ist die Realität des neunzehnten Jahrhunderts.« Er atmete tief ein. »Diese Leuchtkugeln, Matt, waren sorgfältig beschriftet, mit genauer Angabe der Höhe, aus der man sie abwerfen darf. Ich wette, Crashaw hat die Aufschrift nicht gelesen und aus schierer Dummheit Blake und sich selbst umgebracht.«

Er drehte den Kopf. »Hör mal!«

Wir hörten es beide. Die Glocken von London läuteten das neue Jahr ein.

Ein König tanzt

Emsige Hände im Innenministerium verwischten die Spuren, die unser Feldzug hinterlassen hatte, verknüpften die losen Fäden, schliffen die Ecken und Kanten ab, so unauffällig, daß die Öffentlichkeit von all dem nichts merkte. Die Zeitungen willigten ein, sich auf eine kurze Meldung zu beschränken, wonach die unfreundliche Witterung nahrungssuchende Ratten in großer Zahl an die Oberfläche getrieben hatte; doch die Stadtwerke waren ihnen wirksam begegnet. An anderer Stelle veröffentlichten die Zeitungen ein Bulletin des leitenden Ingenieurs, das den erfolgreichen Abschluß einer Versuchsreihe mit einer neuen Methode unterirdischer Ausräucherung bekanntgab; dies, so merkten sie schelmisch an, entziehe den Spekulationen vieler Londoner den Boden, die kürzlich, als sie aus den Kanalisationsschächten Rauch aufsteigen sahen, vermeint hatten, der Antitabak-Liga sei es endlich gelungen, die Pfeifen- und Zigarrenraucher der Hauptstadt in unterirdische Reservate zu verbannen. Spätere Ausgaben brachten eine Erklärung des Artillerie-Instituts, auf der Barkinger Marsch hätten Versuche zu neuen Methoden der Sprengung und zur Neutralisierung von Sprengstoffen stattgefunden; auf schriftlichen Antrag mit ausreichenden Belegen würden alle durch die Explosion hervorgerufenen Schäden vergütet. Ohne großes öffentliches Interesse war, daß eine Reihe von Flutungen durchgeführt wurde, um die Überreste der vom Rauch erstickten Ratten aus den Kanälen zu entfernen. Inspektoren wurden ausgeschickt, die das ganze Kanalsystem besichtigten, um sich zu vergewissern, daß die Fürsten ausgerottet waren. Nach einer Wochc erklärten die Verantwortlichen, daß das System gesäubert sei, und die

Inspektoren meldeten, nirgends gäbe es mehr Fürsten, auch nicht in dem Nest in Hungerford. Die plündernden Rudel am Südufer wurden mit Rauch ausgetrieben und vernichtet; die Schäden an den Brücken von Blackfriars wurden mit einer zufälligen Entzündung erklärt und repariert; und die Städtische Bahngesellschaft gab mit Freuden bekannt, daß die Überflutung durch den Fleet River, derentwillen der Tunnel gesperrt worden war, nun vorüber sei, und daß die Bahnhöfe wieder geöffnet würden.

Sollte irgend jemand die Nachrufe auf Oberst Augustus Crashaw (»diente mit Auszeichnung auf der Krim, fand den Tod bei experimentellen Studien mit der Artillerie . . ., beliebt bei seinen Männern«) und auf Meredith Blake (»Mann der Forschung und kühner Ballonflieger . . . Unfall über Barking«) gelesen und zwischen beiden eine Verbindung hergestellt haben, so wurde die Tatsache uns nie bekannt. Sollte jemand das Recht der Witwe Scud auf die Pension in Zweifel gezogen haben, die ihr gestattete, mit ihren Kindern nach Irland heimzukehren, so haben wir nichts davon gehört. Und sollten das Verschwinden von Anthony Norris aus der guten Gesellschaft und die lapidaren Antworten der Polizei und der anderen Behörden auf die ihn betreffenden Anfragen jemanden zu Kommentaren herausgefordert haben, so erreichten sie uns nicht. Auch das Ausscheiden von Ashley Durston aus dem Innenministerium blieb unbeachtet. Sollte ihn von den achtbaren Engländern, die in den folgenden Wintern Italien bereisten, jemand bemerkt oder erkannt haben, so wurde davon in keinem Brief und in keiner Zeitung berichtet.

Rimmer und ich brauchten Erholung, und wir gönnten sie uns. Drei Tage lang nach der Schlacht auf der Barkinger Marsch verschliefen wir die Vormittage, überaßen uns und tranken Unmengen Portwein und verdünnten Schnaps. Wenn wir uns jedoch einmal von den Fleischtöpfen losrissen, arbeitete Rimmer an dem ausführlichen und vertraulichen Bericht, um den ihn Yelverton gebeten hatte (»aber bitte in einer den Staatsarchiven gemäßen Sprache, nicht in Ihrem Journalistisch!«), während ich eine Reihe Zeichnungen vorbereitete, die dem Bericht beigefügt werden sollten (»aber bitte klar und informativ, ohne alle romantischen Schnörkel!«). McWhirrie und Gunn hatten Auftrag, Anhänge zu manchen Einzelheiten zu verfassen, und daran schrieben sie in ihren Zimmern in Hammersmith, wo sie sich von Gunns Tante, die mit Tee und Gebäck vom einen zu andern ging, wechselseitige Injurien gegen ihren Stil zutragen ließen.

Am vierten Tag nach der Schlacht schickte uns Yelverton Anweisungen, wie wir uns binnen zwei Tagen für einen Empfang in der Downing Street herrichten müßten. Rimmer holte aus einer Reisetasche, die zuoberst auf dem Schrank in der Speisekammer verstaut lag, einen Anzug von antikem Zuschnitt hervor; schon sein Vater, versicherte er, habe ihn beim Besuch Georgs IV. in Edinburgh getragen. Er schüttelte die Falten aus, und nachdem er eine Mäusefamilie aus diesem komfortablen Wohnsitz vertrieben hatte, rief er Edeltrutz zuhilfe, um dem Staatskleid neuen Glanz zu geben. Mich trieb man zu einem Schneider, von dem ich mir die schmähliche Frage gefallen lassen mußte, ob man dem jungen Herrn das alte Kostüm einpacken oder es verbrennen solle. Gunn musterte verlegen seine vier schwarzen Anzüge und konnte sich nicht entscheiden, welcher der schwärzeste und der beste war. McWhirrie trennte sich von seinen Tweedhosen, seiner Mütze und dem Plaid erst sechzig Minuten vor dem Empfang, und auch dann nur, weil Yelverton einem Schlaganfall nahe schien. Edeltrutz kam aus ihrem Ankleidezimmer als eine perfekte Hofdame hervor, edler und trutziger denn je, mit dem Erfolg, daß sie es war, an die Lord Palmerston die meisten seiner Fragen richtete und die er anblickte, wenn einer von uns anderen ihm antwortete.

Der Anderen Persönlichkeit begegneten wir eine Woche später, unter so widrigen Umständen, daß wir vermutlich keinen dauernden Eindruck auf Ihre Majestät hinterlassen konnten. Der einzige Augenblick, zu dem der Hofstallmeister Oberst Ponsonby uns eine Audienz verschaffen konnte, war während ihrer Fahrt von Schloß Windsor nach Osborne, im Anschluß an einen kurzen Besuch in der Hauptstadt, wo sie ihren neugeborenen Enkel besichtigt hatte. Wir sollten ihr daher auf dem Bahnhof Windsor präsentiert werden, bevor sie die Westbahn bestieg. Richard Owen, der ein Günstling der Königin und des Prinzgemahls gewesen war, unterwies uns tagelang in der Hofetikette und probte mit uns eine knappe Erzählung von unseren Abenteuern. Unsere Kleidung unterzog er einer strengen Musterung, und als er McWhirrie befahl, sich einen Schottenrock herbeischaffen zu lassen – »Majestät findet großen Gefallen an Ihrer heimischen Tracht« –, da klang seine Stimme so gebieterisch, daß McWhirrie kleinlaut gehorchte. Um ein Uhr am festgesetzten Tag führte man uns auf den Bahnsteig, unter einem finsteren Kumulonimbus und einem Regenschauer, der unsere Kleidung so zurichtete, daß ein Spaßvogel in der Menge seinem Freund zurief, wir seien Nachzügler, die das Königliche Neujahrsalmosen abholen wollten. Die Königin kam; der Bahnhofsvorstand verbeugte sich, und die Bahndirektoren machten Kratzfüße. Dann führte Ponsonby uns vor, doch in diesem Augenblick pfiff die Lokomotive und übertönte seine Worte. Ihre Majestät schritt huldvoll an uns vorüber, und Edeltrutz weinte während des ganzen Heimwegs nach Paddington.

Für den folgenden Tag hatten wir uns einen neuerlichen Besuch in Hungerford vorgenommen. Wir wollten die Grube vermessen, die wir inzwischen die Mastodonsgrube nannten. Owen schickte eine Nachricht, daß er uns leider nicht begleiten könne, drängte uns aber, die Vermessung trotzdem vorzunehmen. Er hatte gehört, daß Regen und Schneeschmelze im unteren Kanalsystem den Wasserspiegel steigen ließen, und war darauf bedacht, daß wir die Grube wiederfanden und ihre Lage so genau wie möglich bezeichneten, für den Fall, daß die Witterung eine längere Verschiebung der Ausgrabungen erzwänge.

Wir trafen uns an der Pferdefähre, und da wir mit Bazalgette vereinbart hatten, daß die Kanalmündung nicht versperrt werden durfte, konnten wir vom Fluß her eindringen; dann gingen wir bis zu der Stelle, wo der alte Kanal zugemauert gewesen war. Der Wasserstand war merklich gestiegen, und das Schmutzwasser spülte uns um die Knie. Als wir vor der Sperrmauer standen, zog Gunn eines seiner Propatriablätter hervor; es enthalte, sagte er, einen Bericht über die Absperrung des Kanals, doch sei dieses Dokument nicht so leicht zu finden gewesen, wie wir erwartet hatten. In den amtlichen Protokollen der Kanalisationskommissare von Westminster sei diese Maßnahme nirgends erwähnt, und vergebens habe er alle anderen Bände oder Dokumente durchsucht, die sich auf das Jahr 1723 bezogen. Erst als er schon drauf und dran war, aufzugeben, hatte er ein versiegeltes Päckchen mit der Aufschrift »Außerordentliche Sitzung, 1723« entdeckt, und darin hatte er, nach

Einholung der Erlaubnis, es zu öffnen, die Lösung unseres Rätsels gefunden. Gunn räusperte sich und las vor:

> 19. April 1723. Diesen Tags hatten die Commissarii in vertraulicher Sitzung den Tagelöhner Samueln Molden für sich geladen und behöreten ihn auf eine gewisse von ihm eingebrachte Meldung, so den Canal am Hungerford-Markt anlanget. Worinnen selbiger Samuel gemeldet, daß er vielmalen ein Geschrei und Lärmen aus denen Seiten-Canälen vernommen und in dieselben eingedrungen, darin er viel Ratten und derselben Nester von großen Proportionen gesehen. Worauf sie aber, als sie ihn erblicket, ihm zugesetzet, und er geflohen sei. In Furcht, daß nicht selbige Ratten die Stadt placken möchten, hatte er Meldung abgestattet. Nachdem sie den Zeugen examinieret und für redlich und ernsthaft befunden, beschlossen die Commissarii ohne Widermeinung, selbigen Canal an dessen unterm Ende zu versiegeln, und taten dem Sekretär Bescheid, daß er sogleich Maurer zu dieser Verrichtung entsende. Und sollte dies Geschäft in aller Heimlichkeit verhandelt werden, indem es gesondert bemerkt und die Kosten in den Rechnungsbüchern nicht sollten registrieret werden.

»Also, dieser Sam ist in das Hungerfordnest in seiner frühesten Zeit hineingetappt«, sagte Rimmer, »und beinah hätten die Wächter ihn erwischt. Kein Wunder, daß die Kommissare eine Sperrmauer errichten ließen!«

»Aber warum haben sie es geheimgehalten?« fragte ich. »Hätten die Behörden früher davon erfahren, wäre viel unnötiges Leiden zu verhindern gewesen.«

»Sie hielten es geheim«, erklärte Gunn, »weil sie für den Kanal die Verantwortung trugen, und hätten sie eingestanden, daß Riesenratten darin hausten, so hätten sie für alle durch die Ratten verursachten Schäden und für die Kosten ihrer Vernichtung aufkommen müssen.«

»Trotzdem, verflucht leichtsinnig!« meinte Rimmer.

»Förd ek necht sage«, entgegnete McWhirrie verständnisvoll. »Fenn ek desen Kommessarn hätt Kanalgepöhre zahle messe, on se hätte de doppelte Somme verlangt, hätt ek vläächt orch empfohle, döskrät den Mond ze halte. Aber schleßlech pen ek ors Puchan, on da sähn fer orf den Penning.«

Wir wanden uns durch den alten Kanal, an der verlassenen Brutkammer vorbei, und krochen bis zum Rand der Mastodonsgrube. Von unten herauf schimmerte Wasser, doch wir beschlossen, hinabzusteigen und nahmen aus einem unserer Rucksäcke die mitgebrachte Strickleiter. Ich bildete freiwillig die Vorhut und gelangte ohne Schwierigkeiten auf den Boden, wo ich achtzehn Zoll tief in den Schlamm einsank. Gunn kam als nächster, erhitzt von der Anstrengung und mit bitteren Klagen über den Geruch, die McWhirrie, der neben ihm herabplumpste, mit einem Fssscht! zum Verstummen brachte. Zuletzt kam Rimmer, behangen mit zusätzlichen Laternen und fluchend über den großen Kasten, den er sich auf McWhirries Bitten außerdem noch aufgeladen hatte. McWhirrie machte sich sogleich mit dessen Inhalt zu schaffen, während wir andern beim gesammelten Schein unserer Laternen die Wände musterten. Wir fanden den Mittelhandknochen, und als wir McWhirrie riefen, damit auch er ihn ansah, stellten wir fest, daß er auf einem Dreifuß eine Kamera in Stellung gebracht hatte, in die er soeben eine Glasplatte einschob. Gunn rückte sich sogleich den Hut zurecht, und Rimmer strich sich den Bart glatt; McWhirrie aber beachtete sie nicht, zündete ein Magnesiumlicht an, nachdem er uns geboten hatte, uns nicht zu rühren, und begann laut die Belichtungssekunden zu zählen. Als er sich auf eine zweite Aufnahme vorbereitete, nahm Rimmer in der Pose eines Triumphators neben seinem Knochen Aufstellung.

»Mann«, knurrte McWhirrie und winkte ihn beiseite, »der photographesche Apparat soll dem Fortschrett der Fesseschaft deene on necht zor Veräwigong der Morlaffe von Poorsche met ze hohem Selbstbefoßtsän.«

Als die Aufnahmen zu McWhirries Zufriedenheit beendet waren, verriet Gunn, daß er sich über das künftige Schicksal des Knochens Sorgen mache; wenn das Wasser in der Grube weiter stieg, meinte er, konnte es das Erdreich wegspülen, das ihn trug, oder bei den Ausgrabungen konnte jemand, der die Wände hinabstieg, ihn versehentlich beschädigen. McWhirrie stimmte ihm zu, und Rimmer gab nach. Gunn holte die Materialien hervor, die er für eine solche Eventualität mitgebracht hatte (»die Unwägbarkeiten archäologischer Forschung lassen solche Vorsichtsmaßnahmen ratsam erscheinen«) und machte sich an die Arbeit. Er umhüllte die bloßliegende Seite des Knochens mit Leinenstreifen, die in Gips getaucht waren; dann, nachdem er die Schicht hatte antrocknen lassen, legte er behutsam die anderen Seiten frei und vollführte an ihnen die gleiche Prozedur. Als der Knochen ganz umwickelt war, schob er die Finger in das Erdreich, zog den Knochen in seiner Hülle heraus und legte den weißen Klumpen in einen mit Baumwollabfällen gepolsterten Kasten.

»Die Hülle ist noch ein klein wenig feucht«, sagte er zu Rimmer.

»Dann bleibt der Knochen frisch, als ob wir das Mastodon eben erst geschlachtet hätten«, antwortete Rimmer.

In der Nachbarschaft des Knochens entdeckten wir keine Anzeichen für weitere Funde; als wir daher mit dem Vermessen und Aufzeichnen der Erdschichten in der Grubenwand fertig waren, stiegen wir hinauf und gingen durch den alten Schacht in östlicher Richtung weiter, um zum Ausgang in Covent Garden zu gelangen. In dem mittelalterlichen Keller machten wir halt, damit Gunn die Deckenwölbung skizzieren und nach Maurerzeichen suchen konnte. Während er unter lauten Kundgaben seiner Bewunderung von Wand zu Wand lief, bemerkte ich, daß McWhirrie sich auf den Boden gehockt hatte, der drei Zoll tief unter Wasser stand und daher kaum als ein angenehmer Ruheplatz gelten konnte. Er rief uns alle herbei und zeigte auf ein Häufchen Kot.

»Frescher Rattenkot!« sagte er.

Ich sah mich wieder eingeschlossen zwischen unersättlichen Buchdeckeln, spürte nahendes Unheil und hatte plötzliche Vorahnungen.

»Fürsten?« fragte Rimmer.

»Fahrschänlech die Ältesten«, antwortete McWhirrie.

»Also sind doch nicht alle umgekommen«, murmelte Gunn.

»Und wenn sie sich hier unbehelligt erholen können, werden sie sich wieder vermehren, und die ganze Geschichte fängt von vorn an«, erklärte Rimmer. »Wir müssen ihnen einen Besuch machen.«

Niemand widersprach. Wir prüften unseren Bestand an Waffen und Munition. Jeder hatten wir einen Toscherstock; außerdem hatte Rimmer sechs Rauchbälle und ein Messer, McWhirrie einen *Sgian dubh*. Eine große Schlacht konnten wir nicht liefern. Ich fragte Rimmer, wo er denn die Überlebenden glaube finden zu können, und er erinnerte mich an unseren ersten Besuch in diesem Keller, bei dem wir die Ältesten gesehen hatten. Hatte ich denn nicht bemerkt, fragte er, daß sie aus der entgegengesetzten Richtung gekommen waren wie die Rudel, die sich hier versammelt hatten? Vielleicht hatten sie ein geheimes Lager . . .

»Irgendwo«, überlegte er und ging auf die andere Seite des Kellers, »hier herum.«

Die Mauer war glatt. Es gab eine Nische, in der ein Schränkchen gestanden haben könnte, aber keine Öffnung. »Sesam öffne dich!« sagte Gunn optimistisch, und ich hatte den Kopf so voller Gruselrequisiten, daß ich an eine Geheimtür dachte, vielleicht einen Mauerblock auf einem Federscharnier. Rimmer jedoch fand eine schlichtere Antwort, als er auf dem Boden der Nische einen engen Spalt entdeckte, den die überstehende Mauer verborgen hatte.

»Wer geht voran?« fragte er.

Wieder einmal zeigte sich, wie nachteilig es war, klein, schmal und der Jüngste zu sein, und während die andern unser Gepäck auf einen Haufen zerbröselten Mauerwerks stapelten, kroch ich durch den Spalt, glitt sofort abwärts wie auf einer Rutschbahn und landete unten mit der Anmut eines Sacks bester Durhamer Kohle. Vor mir öffnete sich ein Tunnel mit gerundetem Boden und flacher Decke, die Mauern aus glatten rosa Ziegeln. Rimmer plumpste neben mir herab und bestätigte meinen ersten Eindruck, daß wir uns vor einem Kanal befanden, der früher einmal offen gewesen und später überdacht worden war. Dann kamen noch zwei Bündel, Gunn und McWhirrie, von denen der erstere etliche Knöpfe und ein paar Hautfetzen am Eingang zu der Rutschbahn verloren hatte. Er war es, der nun die Führung übernahm. »Heiliger Himmel«, rief er nach einem kurzen Blick auf den Tunnel, »welch ein Fund!

Was sag ich, welch eine Entdeckung!« Und sofort stürmte er hinein, soweit ihn die Knie trugen.

»Fas quasselt er feder?« fragte McWhirrie und kroch dem verzückten Antiquar nach, um sich aufklären zu lassen.

Aus fünfzig Schritt Entfernung drang Gunns Stimme zu uns: »Großer Spalt im Boden hier, zwanzig Schritt breit und etwa ebenso tief. Wir werden die Leiter brauchen.«

»Folle Se ons necht ärst erkläre, fas Se gefonde habe?« drängte McWhirrie, der nun zu ihm trat.

»Gewiß doch«, sagte Gunn und kehrte dem Spalt den Rücken zu. »Die Bauweise, das Mauerwerk, das ist ganz offensichtlich . . .«

Was aber ganz offensichtlich sein sollte, blieb ungesagt. Zwei Rattenälteste sprangen aus dem Schatten der Mauer auf Gunn und McWhirrie los und stürzten mit ihnen in den Spalt hinab. Bevor wir zum Rand gelangten, brach ein weiteres Stück Boden ein und bedeckte unsere Gefährten mehrere Fuß hoch mit Schutt.

»Zurück!« rief Rimmer mir zu. »Geh Hilfe holen! Ich seh inzwischen, was ich hier tun kann.«

Aber als ich mich umwandte, sah ich, daß uns der Rückweg abgeschnitten war. Der Rumpf eines Ältesten versperrte den Tunnel. Wir hielten ihm die Stockspitze entgegen, nach der bewährten Taktik von Agincourt, und erwarteten seinen Ansprung, aber er zögerte. Warum, merkten wir sogleich, als aus dem Dunkel hinter Rimmer ein zweiter auftauchte. Wir knieten Rükken an Rücken. Ich spürte, wie Rimmer in seinen Taschen wühlte und mir etwas in die Hand drückte; es war ein Rauchball mit brennender Lunte. Wir warfen unsere Geschosse gleichzeitig und griffen die Gegner an, während der Rauch sie blendete. Ich traf meinen in die

Brust und zog rasch den Stock zurück, um noch einmal zuzustoßen, während er im Todeskampf um sich schlug. Rimmer schrie. Ich fuhr herum und sah ihn am Boden, den Stock zerbrochen und den Ältesten auf seinem Rücken, mit der Schnauze in Rimmers Halsschutz. Ich stach ihn in die Seite, aber er ließ nicht los. Ich drehte den Stock herum und hämmerte ihm auf den Nacken, bis er den Kopf zu mir herumwarf; worauf ich ihn, mein ganzes Gewicht hinter den Stoß legend, zwischen die Augen spießte. Ich zog das Tier von Rimmer herunter, aber mein Gefährte war bewußtlos; am Schädel kam Blut, und sein Arm schien mir unnatürlich von der Schulter abgewinkelt.

Ich setzte mich hin, schnappte nach Luft und überließ mich dem Gedanken, wie unglaublich dies alles war: Die Schlacht auf der Barkinger Marsch war ein Sieg gewesen, der Krieg gegen die Ratten gewonnen, und doch waren nun zwei Männer umgekommen und ein dritter schwer verwundet, und ich saß allein da, jedem Rattenältesten preisgegeben, der sich die Mühe machte, mich anzugreifen. Wie ich mir selbst in diesem Augenblick leid tat, zeigt sich wohl daran, daß ich weder ein neues Gruselklischee herbeizitierte noch ohnmächtig wurde – mein gewohntes Verhalten unter widrigen Umständen –, sondern schlicht, wie ein trotziges Kind, hervorstieß: »S' ist ungerecht!« Und ich kann nicht verschweigen, daß das Opfer der Ungerechtigkeit, das ich beklagte, keiner der beiden toten Gelehrten war und auch nicht der verwundete Rimmer, sondern niemand anders als ich.

»Nicht sehr elegant formuliert, mein Lieber, aber in der Aussage muß ich dir recht geben.« Rimmer war zu sich gekommen und sah mich belustigt an. »Doch wie dem auch sei, was hast du nun vor?«

»Hilfe holen, denk ich.«

»Lieber nicht! Dem Wasserstand in diesem Tunnel traue ich überhaupt nicht. Du müßtest dich einen Riesentrottel heißen, wenn du mit einer Bahre wiederkämst und mich einen Fuß tief unter dreckigem Wasser fändest; und denk bloß nicht, ich fände das lustig! Nein, mein Lieber, du wirst schon etwas ganz Heldenmäßiges anstellen müssen, in nicht allzu ferner Zukunft und ohne jede Hilfe meinerseits. Ich fürchte, dieser alte Raufbold hat mir etliche Rippen verbogen, und mein Schlüsselbein ist auch nicht mehr da, wo es sein soll. Ich will dich nicht länger aufhalten.« Und mit diesen Worten verlor er wieder das Bewußtsein.

Sein spöttischer Ton hatte genau die beabsichtigte Wirkung; er ärgerte mich und riß mich aus dem Selbstmitleid heraus. Ich zog den Mantel aus und schob ihn Rimmer unter den Kopf, steckte den Inhalt seiner Taschen in meine, nahm meinen Stock und die Bruchstücke des seinen und ging zurück zu der Rutschbahn. Mit den Klauen und den Hüftmuskeln der Ratten wäre ich leichter hinaufgekommen; so aber dauerte es lange, und ich mußte die Stöcke fallen lassen, ehe ich mich auf den Ellbogen hinaufstemmen konnte. Ich steckte den Kopf in die Nische und zog ihn gleich wieder zurück, als ich drei Älteste sah, die unser Gepäck beschnüffelten. Ich holte einen von Rimmers Rauchbällen hervor und warf ihn mit einem Stoßgebet, daß er auf dem nassen Boden nicht erlöschen möge, in das Knäuel um die Rucksäcke. Als der Rauch die Ältesten auseinandertrieb, stürmte ich zu dem Gepäck, griff es mir, ließ drei von den Bündeln gleich wieder fallen und flüchtete mich mit Gunns Rucksack und McWhirries Kamera auf einen Schutthaufen an der Wand gegenüber. Ohne auf die Ältesten zu achten, schleifte und zerrte ich Mauerbrokken heran, bis ich einen kleinen Schutzwall um mich aufgetürmt hatte; dahinter legte ich mir einen Haufen Steinsplitter zurecht und holte alles hervor, was in meinen Taschen und in dem Rucksack war: die noch übrigen Rauchbälle und Rimmers Messer; ein paar Streifen Leinen, die Gunn zur Umhüllung des Mittelhandknochens nicht gebraucht hatte; ein leerer, verstöpselter Krug, in dem er den Gips gehabt hatte; eine Flasche Portwein (nette Ideen hatte er, Gunn!); ein Fläschchen Eau-de-Cologne. Den umhüllten Knochen und einen dicken Band über Ausgrabungstechnik ließ ich im Rucksack. Erst als ich alles griffbereit hatte, spähte ich über den Schutzwall nach meinen Feinden. Die Ältesten hatten sich verteilt und kamen von drei Seiten bedächtig näher, die Bäuche eingezogen, die Schnauzen vorgestreckt und mit peitschenden Schwänzen. Alt und gebrechlich waren sie, diese Weisen aus dem Rattennest, doch als sie jetzt den Hügel unter meiner Verschanzung heraufstiegen, erschienen sie mir als ein übermächtiger Feind.

Es hatte keinen Sinn, daß ich sie fernzuhalten versuchte; das hätte das Ende nur verzögert, und ich wußte nicht, wie lange ich Rimmer allein lassen konnte. Beim Sichten meines Waffenarsenals war mir ein Gedanke gekommen; er beruhte auf einer Skizze, die ich während der polnischen Revolution einmal gestochen hatte, mit den Rebellen darauf, wie sie sich auf den Barrikaden selbst ihre Granaten bastelten. Ich beschloß es zu wagen. Die Ältesten mit gelegentlichen Steinwürfen auf Distanz haltend, nahm ich im Gedenken an Gunn einen Schluck aus seiner Portweinflasche und verteilte dann den Rest gleichmäßig auf die Flasche, den Gipskrug und das Parfümfläschchen; in die Öffnungen dieser drei Behälter stopfte ich die Leinenstreifen, die sich mit dem Wein vollsogen; ich kappte die Lunten von drei Rauchbällen, schnitt und bohrte Löcher in die Stöpsel auf den Behältern und schob in jeden eine der Lunten. Dann wartete ich und ließ die Ratten herankommen.

Sie stiegen vorsichtig scharrend über das Geröll herauf, einer von links, einer von rechts und einer in der Mitte. Ich mußte sie mir einzeln vornehmen, ehe sie zu einem kombinierten Angriff kamen. Als erstes Ziel wählte ich den zu meiner Linken; er war der Schnellste und sah mir am kräftigsten aus. Ich entzündete die Lunte, die aus der Portweinflasche hing, und warf die Ladung dem Biest vor die Füße. Es streckte neugierig die Schnauze danach aus, und im gleichen Augenblick explodierte die Flasche. Flammen kräuselten sich über den alten, trocknen Pelz, und als eine lodernde Masse wälzte das Tier sich am Boden. Die beiden andern beschleunigten ihren Vormarsch, als sie das Schicksal ihres Gefährten erkannten. Ich wandte mich als nächstem dem Rechten zu, diesmal mit dem Gipskrug und mit dem gleichen Erfolg. Auf dem Friedhof von St. Pankraz hatte ich einen jungen Fürsten weiterkämpfen gesehn, nachdem er schon schwer verwundet war; die Ältesten jedoch waren zu schwach, um den Schmerz und den Schock zu überleben. Ich nahm mir den dritten Gegner vor, der nun bedrohlich nahgekommen war. Ich warf ihm das Parfümfläschchen hin, aber er stieß es mit der Pfote weg, es polterte die Böschung hinab und explodierte unten, ohne Schaden zu tun. Er stemmte sich mit den Vorderpfoten auf den Wall, und ich zog aus dem Rucksack das einzige Geschoß, das mir noch blieb: Gunns Buch über Ausgrabungen. Ich schleuderte es ihm an den Kopf, daß er das Gleichgewicht verlor und hintenüber fiel; dann sprang ich ihm nach und stieß ihm mein Messer in die Kehle.

Ich kam wieder auf die Füße. Alle Wut, die Rimmer

in mir entfacht und die mir die Entschlossenheit gegeben hatte, meine Feinde zu besiegen, war verflogen, und ich konnte nur noch zittern und mich erbrechen bei dem Gestank von Blut und verbranntem Fleisch. Als der Anfall vorüber war, nahm ich Gunns Rucksack mit dem immer noch unbeschadeten Elefantenknochen und McWhirries Kasten mit der Photoausrüstung wieder an mich, inspizierte den Keller und stellte im Geist eine Berechnung an, wieweit wir die Ältesten nun dezimiert haben mochten: Zwei waren mit Gunn und McWhirrie in den Spalt gestürzt, zwei waren im Tunnel geblieben, drei hier – sieben. Ich entsann mich unseres ersten Besuchs in diesem Keller, stellte mir vor, wie die Ältesten eingetreten waren und zählte sie: neun. Einer war noch am gleichen Tag umgekommen, also war vielleicht noch einer am Leben? War er! Wie wenn mein Rechenergebnis sich materialisiert hätte, stand er hinter mir.

Als ich ihn sah, überkam mich das gleiche Gefühl wie an dem Tag, als die Freiwilligen in dem Kanal gestorben waren und ich an kein Entkommen mehr geglaubt hatte: eine friedvolle Ruhe, eine Erleichterung, daß all die Angst und Aufregung nun ein Ende hatten. Kraft hatte ich keine mehr, also setzte ich mich auf McWhirries Kasten, ein törichtes Grinsen im Gesicht, während das Biest mich umkreiste, jedesmal ein Stückchen näher kommend, bis ich seinen Gestank in der Nase hatte. Ob er wohl drauf wartete, daß ich ihn photographierte? kicherte ich in mich hinein und malte mir aus, wie ich den Dreifuß vor ihm aufbaute, die Linse richtete und das Blitzlicht entzündete. Das Blitzlicht! Ich sprang auf die Füße, riß den Kasten auf, zog den Blendschirm heraus, auf dem zusammengerollt der gebrauchsfertige Magnesiumdraht lag, und entzündete ein Streichholz. Das Magnesium blitzte auf, und ich warf es ihm an die

Schnauze, die kaum einen Schritt weit entfernt war; es brannte nur kurz, eben lange genug, um mir die Brauen zu versengen und die Ratte einzuschüchtern. Als sie zurückwich, riß ich den Dreifuß heraus, klappte das vorderste, mit einer Spitze versehene Bein auseinander und rannte dem Tier hinterher, bis es mit dem Rücken zur gegenüberliegenden Wand stand. In die Enge getrieben, stellte es sich auf die Hinterbeine, und ich rammte ihm mein improvisiertes Bajonett in die Brust, daß sein stinkendes Blut mich bespritzte. Ich taumelte zurück und brach auf dem Boden zusammen.

Mein Feind lag minutenlang zusammengekrümmt am Fuß der Mauer. Schließlich aber nahm er die letzten Kräfte zusammen und kam torkelnd auf die Füße; noch ein Ruck, und er stand auf den Hinterbeinen. Mich beachtete er nicht. Seine Augen waren glasig, und nur seine Ohren zuckten, so als höre er etwas, das ich nicht hörte. Er taumelte im Kreis herum, in einer ruckweisen, schwankenden Schrittfolge die Füße bewegend. Nun erst begriff ich, daß seine Bewegungen nicht die unbeherrschten Zuckungen eines vor Schmerz rasenden Tieres waren; sie waren planvoll und diszipliniert. Die Riesenratte tanzte. Und mir fiel ein, wie es in der *Ergezlichen Zeithung von Hungerford* geheißen hatte: »ein zierlichs und artigs Tänzlein auf denen Hinter-Beinen.« Und ich begriff, daß ich hier nicht irgendeinen von den Ältesten vor mir hatte, sondern den König des Rattenreviers, ja, den König des unterirdischen London. Der Erbe war er, der Letzte aus dem Geschlecht des Rattus Rex, und im Todeskampf tanzte er das zierliche Schrittmaß, das der königliche Vorfahr seinem Gedächtnis überliefert hatte. Und mich, der ich doch nach seinem Blute stank und die Ausrottung seiner abscheulichen Rasse bejubelt hatte, mich traf der

Anblick seiner tanzenden Füße und seiner kindlich emporgestrecken Arme so tief, daß ich weinte. Als ich mir die Augen bedeckte, hörte ich zum letzten Male den Schrei des Fürsten und sah seinen Körper zusammenbrechen. Der Schwanz zuckte noch einmal, dann nicht mehr. Der Rattus Rex war tot.

Ich ging zurück zu Rimmer, indem ich zuerst die Überreste unseres Gepäcks die Rutschbahn hinunterstieß, ehe ich selbst hinabfuhr. Die Stöcke, die ich beim Aufstieg verloren hatte, fand ich wieder. Rimmer begrüßte mich mit einem matten Grinsen, doch sah ich, daß der Schmerz ihm zu schaffen machte und daß er mit Besorgnis das Steigen des Wasserspiegels verfolgte. Ob ich denn, fragte er, nachdem ich meine Abenteuer kurz berichtet hatte, mir etwas ausgedacht habe, wie wir hier herauskommen könnten? Mir war ein Mittel eingefallen, und ich machte mich daran, es herzustellen. Wieder einmal kam mir die Erinnerung an einen Block, den ich gestochen hatte, zugute, diesmal eine Zeichnung von Indianern auf dem Marsch. Aus unseren Stöcken – meinem eigenen und den zwei Teilen, einem längeren und einem kürzeren, in die Rimmers Stock zerbrochen war – formte ich ein ungefähr gleichschenkliges Dreieck, indem ich die Enden mit Stricken aus unserer Leiter zusammenband. Über diesen Rahmen spannte ich in mehreren Bahnen den Rest der Strickleiter, so daß sie ein Netz bildete, und an diesem Netz band ich Rimmer fest, soweit er sich darauf unterbringen ließ. Er saß nun auf einer Art Pferdeschlitten, und ich mußte das Zugtier spielen. Daß ich ihn nicht die Rutschbahn hinaufbefördern konnte, wußte ich, und an ein Durchqueren des Bodeneinbruchs war bei seinem Zustand nicht zu denken; also beschloß ich, den dritten Weg einzuschlagen, der uns offenstand – wenn er, was ich nur vermuten konnte, tatsächlich existierte –, und schleppte ihn zu der im Dunkeln liegenden Maueröffnung hin, von der aus die Ältesten uns angegriffen hatten.

So sehr ich Lord Tennyson bewundere, habe ich doch nie die Ehre gehabt, ihm zu begegnen – zu unser beider Nachteil, denn meinen Weg durch die Röhre, in welche die Öffnung führte – sie einen Tunnel zu nennen, wäre zu großspurig –, vermöchte nur seine Feder nach Gebühr zu beschreiben; so ist ihm ein Epos entgangen, und mir fehlt der Barde. Die einzige mir bekannte Schilderung, die eine entfernte Ähnlichkeit mit unserer Art der Fortbewegung aufweist, findet sich in einem Blaubuch über Kinderarbeit; man sieht dort einen spindeldürren Knirps, wie er auf allen Vieren durch den engen Stollen eines Kohlenbergwerks kriecht, einen vollbeladenen Karren hinter sich herziehend. Nur wog Rimmer noch einiges mehr als ein Karren Kohle, und die Röhre war der engste Durchgang, in den wir uns im Laufe unserer unterirdischen Abenteuer je gewagt hatten; einzig die Unmöglichkeit der Umkehr bewahrte mich vor dem Aufgeben. Rimmer behielt seine gute Laune, ja, er wurde übermütig – oder so kam es mir vor, bis ich seinem unentwegten Geplauder einmal für einen Augenblick zuhörte und merkte, daß er delirierte. Ich schleppte mich voran, bis zu den Knöcheln und Handgelenken im Wasser und bei jedem Schritt mit der Nase eintauchend. Nach fünfzig Minuten Reißen und Rukken, was jedesmal zwei, drei Zoll Bodens hinter uns brachte, kam es mir so vor, als ob sich der Tunnel erweiterte; um aber der Enttäuschung vorzubeugen, weigerte ich mich, es zu glauben, und kroch weiter. Fünfzehn Minuten später gönnte ich mir eine Pause und nahm Maß. Zu meiner Freude fand ich, daß es stimmte. Obwohl die Röhre nun steiler anstieg, war die Decke jetzt höher, und die Wände traten weiter auseinander. Bald konnte ich knien, dann hocken, dann gebückt gehen, bis ich mich schließlich voll aufrichtete und mit dem Kopf gegen eine Metallscheibe stieß: Es war der Deckel eines Einstiegslochs. Ich stieß dagegen, und er gab nach; ich drückte stärker, und er hob sich; ich gab ihm einen letzten Ruck, und er ging auf. Ich zog mich in die Öffnung hinauf und starrte auf ein hohes Deckengewölbe über mir, auf einen Polizisten, dem sein Knüppel, einen Bürodiener, dem seine Akten, und einen Arbeiter, dem sein Sandwich aus der Hand fiel. Es wurde Zeit, daß ich meine letzten Worte als Romanheld sprach.

»Wo bin ich?« fragte ich.

»Im Keller sind Sie«, sagte der Polizist.

»Was für ein Keller?« fragte ich.

»Vom Haus natürlich«, sagte der Arbeiter.

»Was für ein Haus?« fragte ich.

»Oberhaus«, sagte der Bürodiener, »und ich muß Sie dringend um eine Erklärung bitten, mit welchem Recht Sie hier auf diesem Wege eindringen.«

Wenn man Bazalgettes Karten studiert, findet man die Erklärung. Beim Umbau der Parlamentsgebäude waren auch die Entwässerungskanäle erneuert worden, teils unter Benutzung der schon vorhandenen, teils durch neue Ausschachtungen. Seitdem jedoch die Kanalisationsbehörde von Westminster den Hungerford-Kanal abgesperrt hatte, wußten die Ingenieure und Architekten nichts mehr von den Anschlüssen dorthin, und so hatten sie versehentlich die Abflüsse der neuen Parlamentsgebäude mit einigen der ältesten Kanäle von Westminster verbunden. Der ältesten und der gefährlichsten. Wie Rimmer sagte: »Wenn du so leicht im Oberhaus auftauchen konntest, ist es ein Wunder, daß die Ratten dort nie einen Besuch gemacht haben.« Er besann sich, im Gedanken an Lord Yelverton, und fügte hinzu: »Nein, kein Wunder, ein Jammer ist es!«

Ich kletterte aus meinem Loch, Rimmer entstieg seinem Koma, McWhirrie und Gunn erstanden auf von den Toten – so jedenfalls kam es mir vor. Denn kaum hatte ich einen Schnaps und ein paar Decken bekommen und ein Dutzend Parlamentsboten ausgeschickt, um die Behörden vom Tod unserer Freunde zu benachrichtigen, als sie auch schon beide im Oberhaus erschienen, leicht verstimmt, weil sie unnötigerweise eine Suchexpedition zur Bergung unserer Leichen in Gang gebracht hatten. Mir schien es ein Wunder, gleich dem des Lazarus, aber sie klärten es in Bescheidenheit auf.

»Das wesentliche Moment unseres Berichts ist dies, daß der Tunnel, in dem wir aus dem mittelalterlichen Keller hinabgestiegen sind, eine hadrianische Wasserleitung war«, sagte Gunn.

»En remescher Kanal«, sagte McWhirrie, »on er föhrte zo remeschen Pädern.«

»Kleinere als die unter dem Strand, aber in mehreren Stockwerken übereinander. Als wir daher in den Spalt gestoßen wurden . . .«

»Landeten fer met veel Getees, aber hälen Knochen en den onteren Pädern. Mäne Ratte hatte sech den Schädel geproche, on Kunns Ratte erstach ek met mänem *Skean dhu* . . .«

»Kurz bevor ich sie auf meinen Stock spießen konnte. Dann krochen wir in einen Quergang, gerade als der Bodeneinsturz den Spalt blockierte . . .«

»On dann senn fer so fäter gekroche, pes fer schleßlech metten en den Borstellen am Ufer herorsgekomme on ze onserm Treffponkt gegange senn . . .«

»Wo wir, als wir mit Bestürzung feststellten, daß Sie

zur vereinbarten Zeit nicht erschienen waren, manche Befürchtungen für Ihr Wohlbefinden äußerten . . .«

»Fer dachte, Se senn tot.«

Ich berichtete Gunn, daß der Mastodonsknochen dank seiner sachkundigen Verpackung unversehrt geblieben war, und beschrieb, wie der König des Rattenreviers gestorben war. Sie verfielen in Schweigen, bis McWhirrie bedrückt sagte: »Vläächt far da etwas Ädles, on fer konnten's necht sähn ors Forcht. Ach, ek moß zoröck nach Aberdeen!«

Einmal trafen wir uns noch, bevor unsre Freunde schieden. Gunns Tante trug einen Festschmaus auf, und wir tranken uns zu, mit Weinen aus Clappertons Keller – wir alle bis auf Rimmer, der verdrossen an einer Brühe nippte.

»Es war der ereignisreichste Monat meines keineswegs ereignislosen Lebens«, versicherte er.

»Das wohl«, sagte Bazalgette, »aber ich bin froh, daß es vorbei ist.«

»Mir ist ein ruhiges Plätzchen in der Bodleianischen Bibliothek wohl gemäßer«, erkläre Gunn, »und dennoch habe ich am Kampf Geschmack gefunden.«

»Ich habe gelernt«, sagte Owen, »wie schmal die Grenze ist, die Kampf und Zusammenleben zwischen Tier und Mensch trennt.«

»No jeh, vläächt«, sagte McWhirrie, und wir faßten es als Zustimmung auf.

Wir tranken auf die abwesenden Freunde, gedachten Scuds, Durstons, Crashaws und Blakes – und, jawohl, warum nicht, wir tranken auf den Rattus Rex. Doch dann hob Edeltrutz ihr Glas und trank auf die Zukunft. Mir schien, es störte.

Mich störte es, weil sie jeden Tag mehr Zeit an Rimmers Krankenbett und weniger in ihrer Mission zu verbringen schien, ein Verhältnis, das kaum mehr in Rimmers Gesundheitszustand seinen Grund hatte. Und was noch ärger war, Rimmer, wenn er ihre Süppchen, ihren Rahmbrei und ihre Medizin schluckte, schien sich mit ihrer Gesellschaft abgefunden zu haben. Eines Nachmittags, vierzehn Tage nachdem McWhirrie nach Aberdeen und Gunn nach Oxford abgereist waren, hörte ich, wie Edeltrutz leise auf Rimmer einsprach, während er mit seinem Gipsverband im Schlafzimmer herumstapfte.

»Natürlich, diese Räume hier sind nichts für Sie. Was Sie brauchen, ist ein Studierzimmer, eine Bibliothek, ein Laboratorium, und ja, auch einen Weinkeller – Platz genug, um die Menschen zu bewirten, die Ihnen helfen können. Sie sollten sich nach einem Haus in Kensington umsehen, oder vielleicht in Hampstead.«

»Mmmh!« stimmte Rimmer zu, »dann könnte Matt auch sein eigenes Atelier haben.«

»Über Matt wollte ich schon längst einmal mit Ihnen sprechen«, sagte Edeltrutz . . ., und ich schlich mich davon; mochte nicht hören, was es vielleicht noch zu hören gab.

An diesem Abend, nachdem sie gegangen war, knisterte Rimmer mit dem *Punch* herum, und ich stocherte ziellos im Feuer. Er hüstelte.

»Äh – Matt – äh – Edeltr – das heißt – Fräulein Tiptree – ja, mit Fräulein Tiptree hab ich über ein paar Dinge gesprochen – äh – auch über dich – und – äh – jedenfalls, ich will sagen . . .« Die Worte rissen ihm ab. Ich bearbeitete das Feuer und mochte ihn nicht ansehen. »Ich will sagen – daß ich ein Telegramm von McWhirrie bekommen habe, worin er uns auf die Orkneys einlädt, um mit ihm eine Befestigung auszugraben, die er entdeckt hat; und ich meine, wir sollten schleunigst machen, daß wir dorthin kommen, bevor dies verdammte Weib sich noch weiter einmischt. Greif dir das Kursbuch und such einen Zug heraus, der uns nach Edinburgh bringt, ehe sie weiß, daß wir fort sind!«

Als der Zug früh am nächsten Morgen von King's Cross abdampfte, schaute Rimmer auf das zurückbleibende London hinaus und sagte: »Kein Mensch wird je die Wahrheit über den Rattus Rex erfahren. Yelverton macht ein Amtsgeheimnis daraus.«

Ich nickte.

»Schade«, sagte er, »ein rundes Garn wär's gewesen!«

Ich stöhnte.

»Ein nettes Gruselromänchen gäb' es«, fuhr er fort, »vielleicht in vierzig Jahren, wenn alle Beteiligten tot oder vergessen sind.

Ich stimmte zu.

»Nur, wer soll es glauben?«

Mervyn Peake: Gormenghast
Aus dem Englischen übersetzt von
Annette Charpentier

Erstes Buch: Der junge Titus
536 Seiten, kart. im Schuber, ISBN 3-608-95070-2

Zweites Buch: Im Schloß
550 Seiten, kart. im Schuber, ISBN 3-608-95050-8

Drittes Buch: Der letzte Lord Groan
285 Seiten, kart. im Schuber, ISBN 3-608-95051-6

»Mervyn Peakes Gormenghast-Trilogie ist eine großartige Ausnahme in der Literatur, die sich einer Etikettierung entzieht. Der erste Band wurde zuerst 1946 publiziert und ist im Geiste noch mehr der Schauerromantik verpflichtet als Beckford oder ›Der Mönch‹ von Lewis, und die bizarre geschlossene Welt des Grafen Groan und ihres Stammsitzes Gormenghast erhebt sich wuchtig jenseits der Grenzen einer historischen Zeit oder eines historischen Ortes…
Der Autor schreibt mit dem feinen Gespür eines ausgezeichneten Dichters. Selbst Sätze, die übervoll sind mit Beschreibungen winziger sichtbarer Details, leben durch eine energische Syntax und durch verblüffende Bildhaftigkeit…
Es ist schwer, Vergleichbares zu dieser Trilogie zu finden. Kafka? John Cowper Powys? Tolkien?«
New Statesman

Hobbit Presse
Klett-Cotta